ullstein

Teagan Hunter

Wrong Number, Right Guy

Roman

Aus dem Amerikanischen
von Christiane Bowien-Böll

Ullstein

Besuchen Sie uns im Internet:
www.ullstein-buchverlage.de

MIX
Papier
FSC FSC® C083411

Deutsche Erstausgabe bei Forever
Forever ist ein Verlag der Ullstein Buchverlage GmbH, Berlin

1. Auflage November 2020

Titel der amerikanischen Originalausgabe: *Let's Get Textual (Teagan Hunter 2017)*
Umschlaggestaltung: zero-media.net, München
Titelabbildung: © FinePic®, München
Autorenfoto: © Perrywinkle Photography
Gesetzt aus der Quadraat Pro; powered by peyprus.com
Druck und Bindearbeiten: CPI books GmbH, Leck

ISBN 978-3-548-06321-8

CHRISTINE,

DU WIRST ES NIE ERRATEN, ABER ICH …

Kapitel 1

UNBEKANNT: Bleibt es bei unserem Treffen morgen?

Ich blicke auf mein Handy und runzle die Stirn. Die Nummer kenne ich überhaupt nicht.

Dann begreife ich: Liam hat seine Mobilnummer gewechselt ... wieder einmal. Und hat vergessen, mich zu informieren ... wieder einmal.

Brüder – ein einziger Spaß!

ICH: Ja. Welche Uhrzeit noch mal?

UNBEKANNT: 2

ICH: Alles klar.

Ich werfe das Handy auf das Kissen neben mir und denke zurück an unser Gespräch von Mittwoch. Ich hätte schwören können, dass Liam halb drei gesagt hat, weil er ja am anderen Ende der Stadt wäre und es von dort unmöglich bis zwei

Uhr schaffen könnte. Vielleicht hat er es sich anders überlegt? Egal. Ich liebe den gemeinsamen Lunch mit meinem Bruder alle zwei Wochen.

»Bist du bald so weit, Babe?«

Eine unwirsche Erwiderung dringt durch die Badezimmertür. Ich möchte reagieren, genauso unwirsch antworten, aber wozu?

»Was soll's«, murmele ich, drehe mich auf die Seite und knipse das Licht aus.

Ich beobachte, wie der Zeiger der Uhr auf dem Nachttisch die Sekunden abarbeitet. Zehn Minuten später kommt Caleb auf Zehenspitzen aus dem Badezimmer und setzt sich auf die Bettkante. Dort sitzt er händereibend für weitere zwei Minuten. Schließlich legt er sich neben mich.

Er sagt kein Wort und ich auch nicht.

Wir sind an dem Punkt in unserer Beziehung angelangt – ihr wisst schon, an dem Punkt, wo das Zusammensein schwieriger ist als das Getrenntsein. Um ehrlich zu sein, wir leben so jetzt schon über einen Monat nebeneinander her. Caleb ist meistens recht kurz angebunden und ich selbst bin auch nicht gerade ein Ausbund an Freundlichkeit. Seit Wochen hatten wir keinen Sex mehr. Nichts in unserer Beziehung fühlt sich noch an wie eine Beziehung. Wir warten einfach ab, bis wir es nicht mehr aushalten.

Ich jedenfalls halte es nicht mehr aus.

»Caleb?«

»Was?« Es klingt, als ob er schon genug von dem Gespräch hätte, bevor es überhaupt begonnen hat.

Ein weiteres Zeichen dafür, dass ich im Begriff bin, die richtige Frage zu stellen.

»Was machen wir hier überhaupt?«

Er seufzt und ich merke, dass er sich mit der Hand übers Gesicht fährt. »Ich weiß es nicht mehr genau, Delia.«

»Sollen wir ...« Ich befeuchte meine Lippen und atme hörbar aus. »Sollen wir Schluss machen?«

Caleb dreht sich zu mir um. Wie im Reflex strecke ich die Hand aus, um die Locke zur Seite zu schieben, die ihm immer ins Gesicht fällt. Er packt meine Hand und hält sie fest. Ich erwidere seinen Blick. Seine dunklen blauen Augen wirken traurig, als hätte er schon geahnt, dass es so kommen würde.

Ich weiß, was er sagen wird, bevor er es ausspricht.

»Ich glaub schon.«

Caleb nimmt mich in die Arme, als mir die Tränen kommen.

Ich bin traurig und das sollte mich eigentlich nicht überraschen. Wir sind jetzt seit sechs Monaten zusammen – ganz schön lange für eine College-Beziehung – und, nun ja, ich habe mich an Caleb gewöhnt ... an seine Hände, seinen Geruch, sein Lächeln. Ich werde ihn vermissen, aber ich weiß, dass er recht hat. Wir sollten die Beziehung beenden, bevor wir womöglich anfangen uns zu hassen; genau darauf läuft es nämlich hinaus. Wir haben angefangen wegen Kleinigkeiten zu streiten und darauf zu warten, dass der jeweils andere aufhört. Wir sind einfach zu bequem, um die Sache beim Namen zu nennen – zuzugeben, dass es vorbei ist.

Bis jetzt.

»Ich hätte dich lieben können.« Calebs Stimme versagt und ich weiche zurück und sehe, dass seine Augen ebenfalls feucht schimmern. »Wenn wir uns an einem anderen Punkt unseres Lebens befänden, wenn wir nicht diesen Druck hätten wegen der Abschlussprüfungen und allem, was danach kommt, dann hätten wir als Paar eine Zukunft gehabt, Delia.«

»Ja, das hätten wir.«

Caleb seufzt. »Es tut mir leid.«

»Mir auch.«

»Willst du …« Er schluckt. »Soll ich gehen?«

»Kannst du noch bleiben? Kannst du mich noch einmal in den Arm nehmen?«

Sein Lächeln ist so warm und es erinnert mich an den Tag, als wir uns in der Campus-Cafeteria zum ersten Mal begegneten.

Den Rucksack über die Schulter geworfen, das Haar zerzaust, das Hemd zerknittert und die obersten Knöpfe offen, stand er vor mir. Er schenkte mir das gleiche Lächeln wie jetzt und fragte, ob er sich zu mir an den Tisch setzen dürfe. Ich blickte mich im Raum um. Das musste wohl ein Scherz sein.

Ich war ein Niemand. Und er das Gegenteil, das wusste jeder.

»Warum?«

»Wie bitte?«, fragte er, überrascht, eine Frage als Antwort zu bekommen.

»Warum willst du bei mir sitzen?«

»Äh, mein Rucksack ist verdammt schwer.« Er hob ihn

an, um es zu beweisen. »Und es ist nirgendwo sonst ein Platz frei. Alle arbeiten für die Prüfungen. Das würde ich auch gern, wenn du so nett wärst, mich hier sitzen zu lassen.«

Ich blickte mich unauffällig um. Was er sagte, stimmte. Die Cafeteria war gerammelt voll mit Studenten, die in ihre Bücher vertieft waren.

Zögernd gab ich nach. »Na schön«, sagte ich und seufzte. »Setz dich … unter zwei Bedingungen.«

»Nur zu, meine Schöne.«

»Stimmt nicht. Drei Bedingungen. Du nennst mich nicht meine Schöne. Du hältst den Mund.« Er nickte langsam, als hätte er im Voraus mit so etwas gerechnet. »Und du fragst mich nicht, ob ich mit dir ausgehe.«

Er grinste und dieses Grinsen war von der Sorte, die dich umhaut. »Du gehst also davon aus, dass das passiert?«

Ich machte eine wegwerfende Geste. »Bei meiner tollen Ausstrahlung muss es praktisch so kommen. Jetzt setz dich und sei still, geheimnisvoller Fremder.«

»Ich bin Caleb.«

Ich bedachte ihn mit einem strafenden Blick. »Mund halten. Außerdem weiß ich, wer du bist, Caleb Mills. Du spielst Baseball.« Seine Augen leuchteten auf, deshalb fügte ich schnell hinzu: »Und ich hasse Baseball.«

Caleb schmunzelte, setzte sich und gab den Rest des Nachmittags kein einziges Wort mehr von sich.

Eine Woche lang kam es immer wieder zu solchen »zufälligen« Treffen zum gemeinsamen Büffeln. Schließlich bat er mich, mit ihm auszugehen. Ich sagte ja und seitdem waren wir zusammen.

Bis jetzt.

Ich wünschte um alles in der Welt, ich könnte sagen, Caleb ist der Mann meines Lebens, aber er ist es nicht. Mir ist das schon eine ganze Weile klar, aber ich habe einfach nicht gewagt, irgendetwas zu unternehmen. Er ist ein toller Typ – intelligent, freundlich, zielstrebig – und vor allem bedeute ich ihm etwas, das weiß ich. Ich weiß, dass er mich liebt, aber nicht auf die Art, wie es für unsere Beziehung nötig wäre. Und ich liebe ihn auch nicht auf diese Art. Wir wissen es beide. Wir sind einfach gute Freunde, wir sind Caleb Mills und Delia Devlin, nicht Caleb und Delia, das »süßeste Paar vom ganzen Campus«, zu dem uns die Campus-Zeitung im Frühjahr auserkoren hat.

»Versprichst du mir, dass wir Freunde bleiben, Delia?«

Ich lächle an seinem Hals. »Etwas anderes könnte ich mir gar nicht vorstellen, Caleb.«

• • •

LIAM: Ich muss unseren Termin leider auf nächste Woche verschieben.

Termin? Verschieben? Wieso hört sich mein Bruder an wie ein Geschäftsmann und nicht wie der Unterstufenlehrer, der er doch in Wirklichkeit ist? Ich ignoriere seinen merkwürdigen Ton und schicke eine schnelle Antwort.

ICH: Kein Problem. Gib Bescheid, wann es dir passt.

LIAM: Ich melde mich umgehend zurück.

Also wirklich. Er benimmt sich merkwürdig.

Das Geräusch von Schritten hält mich davon ab, eine Antwort zu tippen. Ich klicke den Bildschirm weg und blicke hoch. Caleb kommt aus dem Flur, eine Reisetasche hängt an seiner Schulter und er trägt mit beiden Armen einen Karton.

Ich lächle traurig und er lächelt traurig zurück.

»Ich glaube, das ist alles.«

»Caleb, ich …«

»Schon gut, Delia. Du brauchst nichts zu sagen. Es ist ja im gegenseitigen Einvernehmen, oder? Wir funktionieren besser als Freunde. Wir haben es mit einer Beziehung versucht, aber das hätten wir besser bleiben lassen. Es ist besser so. Wir waren uns doch einig, oder? Also, Schluss mit Entschuldigungen. Lass uns einen Kaffee zusammen trinken, dann kannst du mich umarmen und zur Tür bringen. Abgemacht?«

Ich wische mir die verirrte Träne von der Wange und lächle. Caleb kann so unglaublich süß sein. Das werde ich vermissen. »Abgemacht.«

Er stellt den Karton neben der Tür auf den Boden und geht in die Küche, ganz so, als ob wir nicht gerade dabei wären, unsere Beziehung zu beenden.

»Und? Wie läuft es so?«, scherzt Caleb, als er seinen Kaffeebecher auf den Küchentresen stellt und sich zu mir setzt.

»So viel Charme und Witz, wie kann ich dich jemals gehen lassen?«

Er trinkt einen Schluck und schenkt mir über den Rand

seines Bechers hinweg ein Lächeln. »Ich weiß. Ich bin begehrt.«

»Du bist wirklich eine Nummer, Caleb.«

»Du wirst mir fehlen.«

Ich grinse. »Ich weiß.«

Wir sitzen und schweigen. Man sollte annehmen, es müsste peinlich sein oder deprimierend, aber es fühlt sich eigentlich gut an, als ob wir alte Freunde wären.

Nachdem wir beide noch einen Kaffee getrunken haben, steht Caleb entschlossen auf.

»Ich schätze, das war es wohl.«

»Tja. Warte, ich hole nur meinen Mantel. Ich gehe mit dir runter.«

Er hebt die Hand. »Nein, du brauchst nicht mit mir den ganzen Weg hinunterzugehen.«

»Caleb ...«

»Delia, lass es gut sein. Lass mir noch ein bisschen Stolz, okay? Ich will den Walk of Shame nicht mit meiner Ex zusammen machen.«

Ich drücke die Hand aufs Herz und meine Augen füllen sich erneut mit Tränen. »Das klingt so hart.«

»Schande?«

»Nein. Ex. Das tut weh.«

»Es ist das, was wir jetzt sind.«

»Ich weiß, Caleb. Ich weiß.«

Er breitet die Arme aus und ich lächle und lehne mich an ihn. Er schlingt die Arme um mich, es ist die traurigste Umarmung meines Lebens. Ich weiß, wir werden uns nie wieder so umarmen und einander nahe fühlen.

»Reiß dich zusammen, okay?«

»Okay.«

Er küsst mich auf den Kopf und entlässt mich aus seiner Umarmung. Ich wische die Träne weg, die es bis zu meinem Kinn geschafft hat, und er hebt seine Tasche und den Karton auf.

Ich halte ihm die Tür auf und sehe bekümmert zu, als er über die Schwelle tritt.

»Lächle für mich, meine Schöne«, sagt er und dreht sich noch einmal um. »Es ist nicht das Ende. Es ist der Beginn eines neuen Abenteuers.«

Ich antworte mit dem Grinsen, auf das er wartet, und dann dreht er mir den Rücken zu und ich stehe in der Tür und blicke dem Mann nach, den ich hätte lieben können.

Ich schließe die Tür und trete mir selbst in den Hintern.

»Es ist nicht das Ende, Delia.«

»Redest du schon wieder mit dir selbst? Dafür sind wir noch zu jung.« Meine Mitbewohnerin und beste Freundin Zoe schlurft über den Flur, ihre karamellblonden Locken sind total zerzaust, ihre haselnussbraunen Augen etwas verquollen vom langen Schlafen. »Ich brauche Kaffee, sofort.«

»Da steht er, ganz frisch«, erwidere ich und deute auf die noch halb volle Kanne.

»Was ist nicht das Ende, Delia?«

»Hä?«

Sie schenkt sich Kaffee ein und gießt so viel Kaffeesahne dazu, dass man ein ganzes Dorf damit versorgen könnte. Ich ziehe eine Grimasse, als sie auf die heiße Flüssigkeit pustet. »Fang jetzt bloß nicht damit an. Du weißt, dass ich den Kaffee am liebsten mag, wenn er die gleiche Farbe wie meine Haut hat, also halt den Mund.« Ich rümpfe die Nase noch etwas mehr, aber sie ignoriert mich und nippt an ihrem Morgentrunk. »Wovon hast du gerade geredet? Was ist nicht das Ende?«

»Oh.« Ich fahre mir mit den Fingern durchs Haar und schiebe die langen braunen Strähnen hinters Ohr. »Caleb und ich haben heute Morgen Schluss gemacht.« Zoe bläst die Luft aus und bekleckert ihre Hand mit Milchkaffee. »Das heißt, rein technisch gesehen war es letzte Nacht.«

»Letzte Nacht? Schluss gemacht? Was zum Teufel ... Delia! Warum hast du mich nicht geweckt? Ich hätte dich trösten können.«

Seit dem ersten Tag unseres ersten Jahrs im College ist Zoe mein Fels in der Brandung. Wir haben uns im Einführungskurs für Studienanfänger kennengelernt und sind seitdem unzertrennlich. Nachdem wir die letzten drei Jahre im Wohnheim leben mussten, und zwar in verschiedenen, ist es uns dieses Jahr endlich gelungen, eine Wohnung außerhalb des Campus zu ergattern. Falls wir zuvor schon geglaubt hatten, eng befreundet zu sein, so war das nichts im Vergleich zu jetzt.

»Du hast geschlafen. Wir haben geredet, und alles ist gut.«

»Gut, weil ihr alles geklärt habt und wieder versöhnt seid?«

»Gut, weil wir jetzt nur noch Freunde sind. Wir haben die richtige Entscheidung getroffen.«

Zoe schlägt mit beiden Händen auf den Tresen und reißt

Mund und Augen auf. »Ich … ich kann es nicht fassen. Du und Caleb? Das ist … wow.« Sie schnaubt und bläst sich eine verirrte Strähne aus dem Gesicht. »Das hätte ich nie erwartet. Ich habe geglaubt, das mit euch beiden, das wäre für immer. Er war so ein toller Typ.«

Ich nicke und setze mich neben sie. »Das ist er, Zoe. Das ist er immer noch. Es war im gegenseitigen Einvernehmen."

»Wir hassen ihn also nicht?«

Ich lächle traurig. »Nein, wir hassen ihn nicht.«

»Gut. Er hat nämlich einen Wahnsinnshintern.«

Sie gibt mir einen Schubs und ich lache. Als ich merke, dass das gar nicht wehtut, weiß ich, ich werde darüber hinwegkommen.

Kapitel 2

LIAM: Wer ist da?

ICH: Äh, Delia …

LIAM: Wer?

ICH: Deine Schwester?

LIAM: Ich habe keine Schwester. Soll das ein Scherz sein?

ICH: Liam? Was …? Nein! Soll das ein Scherz sein?

LIAM: Wer ist Liam?

Mein Handydisplay leuchtet auf und ich bleibe abrupt stehen. Auf dem Display steht Liams Name, aber ich glaube nicht mehr, dass es wirklich Liam ist. Von Neugier gepackt suche ich mir rasch eine Sitzbank und drücke auf die grüne Taste. »H-Hallo?«

»Wer bist du?« Die Stimme klingt barsch und nicht vertraut.

Ich blicke mich auf dem Campus um, ob sich vielleicht jemand hinter einem Baum versteckt, um mir einen Streich zu spielen, kann aber nichts Außergewöhnliches erkennen.

»Hier ist Delia«, antworte ich. Argwöhnisch verenge ich die Augen zu schmalen Schlitzen. Ich weiß, dass sich mein Misstrauen in meinem Tonfall ausdrückt, auch ohne, dass der Anrufer mich sieht – jedenfalls hoffe ich, dass er mich nicht sieht.

»Delia?« Ein Schauer läuft mir über den Rücken, als der Fremde meinen Namen sagt. »Was zum Teufel ist denn das für ein Name?«

Okay, vergiss den Schauer. Zum Teufel mit diesem Idioten.

»Der Name, den man mir gegeben hat. Und wer zum Teufel bist du?«

»Das muss eine Verwechslung sein.«

»Was du nicht sagst, Sherlock. Aber das beantwortet nicht meine Frage.«

Der Mann am anderen Ende der Leitung schnaubt. »Du bist nicht auf den Mund gefallen, was?«

»Scheint so. Aber …«

»Ich habe deine Frage immer noch nicht beantwortet, schon verstanden. Ich bin Zach. Und du bist nicht Mr Warner, oder?«

»Höre ich mich für dich an wie ein Mr Warner?«

Er schmunzelt und ich spüre es am ganzen Körper. Das macht mich wütend. »Nein. Du klingst viel attraktiver als er.«

»Du findest also, dass Mr Warner in gewisser Weise attraktiv ist?«

»Aha, auch noch Sinn für Humor. Damit komme ich klar.«

Langsam dämmert es mir: Der Mann flirtet mit mir und irgendwie gefällt mir das.

Es ist jetzt eine Woche her, seit Caleb und ich Schluss gemacht haben. Ich wünschte, es wäre nicht so, aber das Ende unserer Beziehung hat mehr Folgen, als ich erwartet habe. Wir behandeln uns freundschaftlich in dem Kurs, den wir gemeinsam belegt haben; wir sind sogar so weit gegangen, uns danach auf einen Kaffee zu treffen, aber es ist anders als früher. Zwischen mir und meinen anderen Freunden hat sich bereits der Ton geändert. Ich bin nicht mehr die Freundin des Baseballstars Caleb Mills. Ich bin einfach nur Delia, Hauptfach Journalismus, eine ganz normale Studentin, und eigentlich ist das für mich in Ordnung.

»Wie kommst du zu dieser Telefonnummer?«

»Durch meinen Mitbewohner. Wir arbeiten zusammen und er ist quasi mein Assistent, er nimmt Anrufe für mich entgegen. Im Zusammenhang mit dem Anruf eines Kunden hat er deine Nummer notiert.« Der Mann seufzt und es klingt sehr genervt. »Ich war im Begriff, die Wohnung zu verlassen, als ich eine Nachricht an die Nummer geschickt habe. Irgendwie muss ich sie falsch in mein Handy eingegeben haben.«

»Du kommunizierst mit Kunden per WhatsApp?«

Zach schnalzt amüsiert mit der Zunge. Mir wird bewusst, dass ich mit einem Fremden telefoniere und dabei breit grinse. Ich sollte längst nicht mehr mit ihm telefonieren und schon gar nicht dabei lächeln. Aber was kann ein bisschen freundliche Konversation schaden?

»Soll das ein Tadel sein, Delia?«

»Das würde mir nie in den Sinn kommen.«

»Dieser Fehler könnte mich einen Kunden kosten.«

»Das ist nicht meine Schuld.«

»Hat keiner behauptet, es war nur eine Feststellung.«

»Aber es steht auch keineswegs fest ...«

Ich höre förmlich, wie er die Augen verdreht. »Dann eben eine Bemerkung, oder was auch immer. Jedenfalls habe ich nicht behauptet, dass es deine Schuld ist.«

»Du klingst vorwurfsvoll«, erwidere ich.

»Bestimmt nicht«, sagt er. »Allerdings muss ich einen Weg finden, um diesen Kunden zu kontaktieren.«

»Das wäre nicht verkehrt. Warum musstest du den Termin eigentlich verschieben?«

»Wird es jetzt persönlich, Delia?«

»Ist die Frage persönlich?«

»Hängt von meiner Antwort ab, oder?«

»Ich schätze, ja.«

»Ich wurde gebraucht. Musste meinem Mitbewohner helfen, sein gebrochenes Herz zu reparieren. Ein Tinder-Date ist in die Hose gegangen, und so weiter.« Ich höre ein Geräusch, als ob im Hintergrund eine Kühlschranktür geöffnet würde, dann das leise Zischen eines Flaschenverschlusses. »Und du hast angenommen, ich wäre dein Bruder, richtig? Ist er sauer, weil du eure Verabredung hast platzen lassen?«

»Wir telefonieren normalerweise, bevor wir uns zum Essen treffen, und er hatte angerufen, um das Treffen zu verschieben. Ich fand es merkwürdig, dass er es noch einmal schriftlich gemacht hat, aber ich habe mir nicht viel dabei gedacht. Er ist manchmal ein bisschen komisch, es war also nicht so ungewöhnlich.«

»Und von wo hat er dich angerufen? Du hast doch geglaubt, diese Nummer sei seine?«

»Von seinem Festnetztelefon.«

»So etwas gibt's noch?«

»Offenbar.«

»Hm ...« Ich höre, wie er einen Schluck trinkt, von was auch immer. »Wirklich ein großer Zufall, was?«

»Riesengroß«, gebe ich zu.

»Und ich bin dabei der Geprellte.«

»Sieht so aus.«

»Zu dumm.«

»Für dich«, sage ich trocken.

Wir sind beide still und ich sehe auf dem Display nach, ob er überhaupt noch dran ist.

»Tja, es hat Spaß gemacht, mit dir zu reden«, sagt er nach mehreren Sekunden des Schweigens.

Ich gebe es ungern zu, aber ich finde es schade, dass das Telefonat zu Ende ist. Zum ersten Mal seit einer Woche fühle ich mich normal und nicht wie Calebs Ex, die von jedem ein mitfühlendes Lächeln bekommt. Wissen die denn wirklich nicht, dass es in gegenseitigem Einvernehmen war? Wissen sie nicht, dass ich es so wollte und kein Mitleid brauche? Verstehen sie nicht, dass für mich alles in Ordnung ist? Klar, ich vermisse Caleb. Er war ein toller Freund, perfekt eigentlich, aber er war für mich nicht der Richtige, und es geht uns beiden gut.

»Tut mir leid wegen deines geplatzten Termins, Zach.«

»Mir tut es leid wegen ... nun ja, wegen nichts, Delia. War nett, mit dir zu plaudern.«

»Mit dir auch.«

Wir warten beide noch ein paar Sekunden, bis er schließlich die Verbindung trennt.

Ich sitze auf der Bank und sehe dem Gewimmel der Studenten zu, die von Kurs zu Kurs eilen. Was zum Teufel ist da gerade passiert? Wie ist es passiert? Und warum zum Teufel hat der Typ mich angerufen? Ganz schön mutig, ich würde nämlich nie die Taste drücken, um mit einer völlig fremden Person ein Gespräch anzufangen.

Aber das ist vielleicht auch mein Problem. Ich lasse mich immer wieder in Verhaltensmuster fallen und selbst wenn mir dann langweilig wird, unternehme ich nichts dagegen. Hm, so war es auch mit Caleb. Es wurde alles zu vertraut mit ihm, er hat mir kein Herzklopfen mehr gemacht, aber ich habe es einfach weiterlaufen lassen, obwohl mir klar war, dass wir im Grunde nur gute Freund waren.

»Hey, gehst du in den 103er?«

Wenn man vom Teufel ...

Ich beschirme meine Augen mit der Hand gegen die Sonne und blicke zu Caleb hoch. »Sobald ich mich dazu überredet habe, von dieser Bank aufzustehen.«

»Angst vor dem Test?«

»Macht der vielleicht Spaß?«

»Du hast ja so recht.« Er streckt die Hand aus und zieht mich hoch. »Wieso grinst du eigentlich so?«

Ich kann nichts dagegen machen – mein Lächeln wird immer breiter und mein Gesicht wird heiß.

»Oh! Ich glaube, ich sollte besser fragen, wer dich zum Lächeln gebracht hat?«

Es sollte eigentlich peinlich sein, dass er mir diese Frage stellt, es sollte sich irgendwie falsch anhören, aber das tut es nicht. Caleb ist für mich schon zu einem alten Freund geworden. Wir haben nicht das Problem des weithin gefürchteten Beziehungs-Phantomschmerzes.

»Weißt du, ich bin nicht so ganz sicher, wer er ist, aber es war keineswegs unangenehm, mit ihm zu reden.« Caleb wirft mir einen skeptischen Blick zu, aber ich wedele abwehrend mit der Hand und hoffe, er lässt die Sache erst mal auf sich beruhen. Ich packe ihn am Arm und ziehe ihn mit mir. »Los, sonst kommen wir zu spät. Ich erzähl dir später mehr.«

• • •

ZACH: Wenn ich mir eine große Pizza zum Mittagessen bestelle, wieso guckt mich der Lieferant dann so komisch an?

ICH: Moment mal ... du arbeitest zu Hause?

ZACH: Ja, aber darum geht es nicht. Konzentrieren wir uns auf den Pizzalieferanten und seine frechen Blicke in meine Richtung.

ICH: Tja, ich schätze, du öffnest die Tür im Pyjama, die Haare unfrisiert, wirkst entsprechend deprimiert, am Boden zerstört ... oder einfach nur krank. Oder etwas sonderbar. Oder unheimlich. Ja genau, du siehst einfach unheimlich aus.

ZACH: Ich müsste jetzt beleidigt sein, aber du hast wahrscheinlich recht.

ICH: Wahrscheinlich?

ZACH: Ich halte mich einfach an diese Version.

ICH: Ich glaube, die Version zeugt von einer schrägen Einstellung.

ZACH: DU BIST SCHRÄG.

ZACH: Gott, das war schrecklich. Vergiss, dass ich das geschrieben habe.

ICH: *Screenshot*

ZACH: Du bist gemein. Ich wusste, dass du zum Ausgleich mindestens eine negative Eigenschaft haben musst.

ICH: Und was ist mit meinem frechen Mundwerk?

ZACH: Du hast recht, eineinhalb.

ICH: Ich nehme jeden Gewinn mit.

»... sind bis Donnerstag einzureichen. Bis dahin, auf Wiedersehen.«

Das Geraschel und Geraune der Studenten, die ihre Laptops und Notebooks einpacken, reißt mich aus meinem Tagtraum. Mist. Ich habe den ganzen letzten Abschnitt der Vorlesung verpasst.

»Caleb, was sollen wir einreichen?«

»Der bringt dich wohl zum Träumen, was?«

»Wer?«

Er zeigt mit dem Kopf auf das Handy, das ich krampfhaft festhalte. »Der, der dich die letzten zehn Minuten zum Lächeln gebracht hat.«

»Ist das ein komisches Gefühl für dich?«, frage ich, während ich ihm die Treppe hinab in die große Eingangshalle folge.

»Ach was.« Er hebt eine Schulter. »Wir sind nicht mehr zusammen. Wenn du glücklich bist, freue ich mich für dich, D.«

»Wir haben nichts miteinander, falls du das denkst.«

»Tu ich nicht, aber gut zu wissen.«

»Aber ...«

Er grinst, als ich nicht weiterrede. »Raus damit.«

»Aber!«, sage ich laut. »Wäre es ein komisches Gefühl, *wenn* ich etwas mit jemandem hätte?«

»Wie gesagt, Delia, ich freue mich, wenn du glücklich bist.«

Ich bleibe stehen, es dauert einen Moment, bis Caleb merkt, dass ich nicht mehr neben ihm gehe.

»D?«

»Was bist du nur für ein Einhorn, Caleb.«

»Okaaaay ...« Er zieht das Wort in die Länge, seine Stirn ist gerunzelt.

»Du bist mein Ex – und das erst seit Allerneuestem. Wie kannst du so gelassen damit umgehen? Wie kannst du dabei so ... *nett* sein?«

»Soll ich lieber fies sein?«

»Ich ...« Ich verschränke die Hände und versuche, meine Nervosität loszuwerden. »Also ... nein, das wohl nicht. Es ist nur so, dass die meisten Typen nicht so lässig damit umgehen, wenn ihre Ex etwas mit einem anderen anfängt, so kurz nach dem Ende einer Beziehung.« Nicht dass ich glaube, dass ich etwas mit diesem geheimnisvollen Zach anfangen werde, aber trotzdem.

Caleb zwinkert mir zu. »Bin ein Einhorn, vergessen?«

Ich lache und verdrehe die Augen, während ich neben Caleb weitergehe. »Wie konnte ich dich nur gehen lassen?«

»Tja, wer weiß? Und das bei meinem großen Sch...«

Ich presse die Hand auf seinen Mund. »CALEB!«

Er schiebt die Hand weg und grinst wie ein Honigkuchenpferd. »Was denn? Ich wollte sagen, und das bei meinem großen Schatz an Comic-Büchern.«

• • •

Als mein Handy summt, drehe ich mich im Bett herum. Ein Blick auf den Wecker sagt mir, dass es schon nach elf ist. *Was zum …* Ich habe keine Ahnung, wer mir jetzt eine Nachricht schicken könnte, die meisten Leute, die ich kenne, wissen, dass ich um diese Zeit schlafe, besonders an einem Montag.

Ich wische über das Display und im selben Moment breitet sich ein Lächeln auf meinem Gesicht aus.

ZACH: Wie kommt es, dass ich seit zwanzig Minuten erfolglos versuche einzuschlafen, weil ich die ganze Zeit an dich denken muss?

ICH: Versuchst du Sexting zu starten?

ZACH: Was? Nein!

ZACH: Verdammt. Das kam wohl gerade nicht so gut rüber.

ICH: Siehst du? Ich sage es ja, du bist unheimlich …

ZACH: Jetzt, da die Katze aus dem Sack ist …

ICH: Warum denkst du an mich?

ZACH: Ich glaube, ich hätte das genauer

ausdrücken können. Ich muss die ganze Zeit daran denken, dass du mich möglicherweise um einen Kunden gebracht hast. Genau werde ich das erst am Donnerstag wissen.

ICH: ES WAR NICHT MEINE SCHULD! Wenn überhaupt jemand daran Schuld hat, dann dein Mitbewohner. Den kannst du beschuldigen!

ZACH: Habe ich schon. Hätte ich sowieso gemacht. Ich habe ihn gezwungen, mir für den Rest von meiner Pizza Bier zu kaufen.

ICH: Es gibt so etwas wie den Rest einer Pizza?

ZACH: Versuchst du, mich zu bezirzen, Delia?

ICH: Hängt davon ab, ob es funktioniert oder nicht.

ZACH: Gute Antwort.

ICH: Gute Nacht, Zach.

ZACH: Süße Träume, Delia.

Kapitel 3

ZACH: Weißt du, was schrecklich ist?

ICH: Dein Gesicht.

ICH: Oh, fies!

ICH: Brauchst du ein bisschen Aloe Vera?

ICH: Zach?

ICH: Zach?! Bist du sauer? Bin ich zu weit gegangen?

ZACH: Tut mir leid, musste einen Freund anrufen und bitten, dass er mich zur Klinik bringt, um meine Wunden behandeln zu lassen.

ZACH: Übrigens bist du wirklich furchtbar.

ICH: Furchtbar schlimm … oder furchtbar gut?

ZACH: Ich verschwinde jetzt.

ICH: WARTE! Du hast mir nicht gesagt, was schrecklich ist.

ZACH: Oh, tatsächlich? Es ist …

ICH: Zach?

ICH: Zach??

ICH: Zach?!

ICH: DU bist furchtbar.

ZACH: Oder furchtbar gut, richtig?

ICH: Klar, lassen wir es dabei.

ICH: Warum schreibst du mir? Ist das jetzt unsere »Sache«? Chatten?

ZACH: Also, ich wollte dir nur erzählen, dass dem Kunden unsere Geschichte mit der Telefonnummer-Verwechslung so gefallen hat, dass er gleich unterschrieben hat. Dann wollte ich dich in Ruhe lassen, ABER … mach dich auf tägliche Nachrichten gefasst, bis es mir langweilig wird.

ICH: LANGWEILIG? Mit mir wird dir niemals langweilig!

ZACH: Das werden wir ja sehen.

ICH: Machst du das immer so? Dich in die Köpfe anderer Leute einschleichen und sie dann austricksen?

ZACH: Das passiert also gerade? Womit genau trickse ich dich denn aus?

ICH: Jetzt sagt mir mein dummes Gehirn: »DU BIST LANGWEILIG!« Und du hast gesagt: »Wenn mir langweilig wird, dann tschüss.« Du legst es also darauf an, mich anzuspitzen und dann, BUMM, reißt du mir den Teppich unter den Füßen weg, oder wie?

ZACH: Bist du fertig?

ICH: Ich glaube schon.

ICH: Tut mir leid. Manchmal bin ich ein bisschen verrückt.

ZACH: Ein bisschen. Was du nicht sagst.

ICH: Wirst du mir das nachtragen?

ZACH: Und ob.

• • •

ICH: Stehst du auf sonderbare Sachen? Du scheinst der Typ dafür zu sein …

ZACH: Versuchst DU es jetzt mit Sexting?

ICH: OMG. Das klang wirklich total pervers.

ICH: Ich meinte so etwas wie außergewöhnliche Hobbys. Ich dachte, wir verstehen uns. Komm schon, Zach, das müsstest du doch wissen. Wir sind ja praktisch schon beste Freunde.

ZACH: Stimmt. Totalausfall auf meiner Seite.

ZACH: Meine Hobbys sind Arbeiten, Arbeiten, noch ein bisschen mehr Arbeiten und ab und zu ein Gaming-Marathon.

ICH: Also … hast du kein Privatleben?

ZACH: Hey, wow! Das habe ich nicht gesagt.

ICH: War auch nicht nötig.

ZACH: Und jetzt verrätst du mir wohl deine ach so tollen Hobbys?

ICH: Nun ja, wenn du es unbedingt wissen musst, ich ... stricke gern.

ZACH: Und du meinst ICH bin der ohne Privatleben.

ZACH: Bist du in Wirklichkeit 80 oder so?

ICH: ICH BIN NICHT 80! Mir macht das Spaß. Es ist entspannend.

ZACH: Was strickst du denn so?

ICH: Decken. Mützen. Socken. Topflappen.

ZACH: TOPFLAPPEN?! Wow. Das hat mich überzeugt.

ICH: Weißt du was? Ich stricke etwas ganz Besonderes, extra für dich, und schicke dir ein Bild. Gib mir zwei Stunden.

ZACH: Ich halte die Luft an.

• • •

ZACH: Lebst du noch, oder bist du in einem Meer aus Stoff ertrunken?

ICH: Also wirklich, hat deine Mutter dir gar keine Manieren beigebracht?

ZACH: Bis dahin sind wir nicht gekommen ...

ICH: Oh.

ZACH: Hi, ich bin Zach, der Stimmungskiller.

ICH: Hi, Zach. Danke für diese Information, NACHDEM du mich zu deiner besten WhatsApp-Freundin gemacht hast.

ZACH: Was hast du für mich gestrickt?

ICH: ANHANG HERUNTERLADEN

ZACH: SIND DAS ETWA PENIS-TOPFLAPPEN?!

ZACH: Du schlimmes, schlimmes Mädchen.

ZACH: Ich lache mich kaputt. Danke.

ICH: Du liebst sie?

ZACH: Ich liebe sie.

ICH: Ich werde jedes einzelne Mal, wenn ich sie benutze, an dich denken.

ZACH: Wie lieb von dir. Ein wundervolles Geschenk, das ich wohl nie bekommen werde.

ICH: Hey, Zach?

ZACH: Ja?

ICH: Ich ... tut mir leid, dass ich deine Mom erwähnt habe. Ich hatte ja keine Ahnung.

ZACH: Mach dir keine Sorgen. Du bist immer noch meine liebste Penis-Topflappenstrickerin ... für diese Woche.

ICH: Gibt es sonst noch etwas, was ich über dich wissen sollte? Sachen, die irgendwie nicht ganz normal sind?

ZACH: Ich hasse Clowns und Kaninchen. Das ist eigentlich alles.

ICH: Äh, wie bitte? KANINCHEN?! Wie kann das sein?

ZACH: Bitte keine Werturteile. Ich bin sicher, du hast auch ein paar komische Phobien.

ICH: Mir fällt keine ein. Meine sind alle ganz normal, wie Angst vor Spinnen und Schlangen und Vulkanen.

ZACH: Vulkane … aber die sind doch ein Teil der Natur.

ICH: Kaninchen auch!

ICH: Außerdem, hast du Dante's Peak gesehen? *Schauder*

ZACH: Der Film ist nicht im Geringsten gruselig!

ICH: IST ER DOCH!

ICH: Also gut. Was für Filme findest du gruselig?

ZACH: Ganz normale wie Alice im Wunderland, Zoomania (KANINCHEN) und Pinocchio. Und Trolls.

ICH: Trolls? Du meinst den Trickfilm?

ZACH: KEINE WERTURTEILE!

ICH: Keine Werturteile? Ab jetzt immer.

• • •

ZACH: Mir ist so langweilig. Mein Job bringt mich um.

ICH: Ich sitze gerade im Buchführungskurs. Das ist schlimmer.

ZACH: Aua. Ich verneige mich vor Eurer Tapferkeit, meine Königin.

ICH: ...

ICH: Hast du das wirklich gerade gesagt? Haben dir die vielen Videospiele das Hirn vernebelt? WAS für Spiele spielst du eigentlich?

ICH: Bist du in Wirklichkeit erst zwölf? Ich glaube nämlich, so etwas würde nur ein Zwölfjähriger sagen.

ZACH: Wer um alles in der Welt hat dir Manieren beigebracht? Sagst du immer das Erstbeste, das dir in den Sinn kommt? Bist du gestört?

ICH: Meine Mutter. Manchmal. Vielleicht.

ZACH: Du bist echt anstrengend.

ICH: Aber auch wunderbar.

ZACH: Und so bescheiden. Das muss auch gesagt werden.

ICH: Schaut ihn euch an, wie er mir zur Seite steht. BESTE FREUNDE FÜRS LEBEN.

ICH: *flüstert* Aber im Ernst … hast du das wirklich gerade gesagt? Wohnst du noch im Keller deiner Eltern?

ZACH: Ja, ich habe es gesagt. Ich habe vielleicht ein bisschen geflunkert, was meine Spielgewohnheiten angeht. Ich spiele sehr viel … anstößig viel. Am liebsten RPG-Spiele, aber nein, ich wohne nicht im Keller. Ich arbeite in einem.

ICH: Und das ist überhaupt nicht bizarr …

ZACH: Wenn es dir hilft, der Keller, in dem ich arbeite, ist mein eigener.

ICH: Okay, deine Street Cred verbessert sich.

ZACH: Gott sei Dank. Ich habe mir schon Sorgen gemacht, du würdest mich nie wieder nerven.

ICH: Pass auf, was du dir wünschst.

ZACH: Solltest du nicht lieber im Unterricht aufpassen?

ICH: Ja. Also halt jetzt den Mund.

ZACH: *schickt dir tausend Katzenvideos*

ICH: Hör auf, mir zu drohen.

• • •

ICH: Kuchen, Brownies, Eiscreme? ENTSCHEIDE DICH JETZT!

ZACH: Ja.

ICH: NEIN! Wähl eins! SCHNELL!

ICH: Ich bin im Supermarkt, kurz vor der Kasse und ich MUSS ES WISSEN. Ich kann mich nicht entscheiden. Hilf einem armen, süßen, vor Hunger die Kontrolle verlierenden Mädchen, sei so gut.

ZACH: Wie wär's mit … Brownie-Kuchen mit Eis.

ICH: Ich glaube, ich bin gerade gekommen.

ZACH: Ich bin berühmt für mein Talent.

ICH: Hör auf damit. Ich stehe mitten im Supermarkt. Spar dir solche Sprüche für später. 😉

ZACH: Moment … wirklich?

ICH: OMG nein. Lüstling.

ZACH: DU HAST DAMIT ANGEFANGEN.

ICH: Du musst mir helfen zu entscheiden: KUCHEN, BROWNIES, EIS.

ZACH: Ähm … Brownies. Mit Schokoladen- und Vanilleeis obendrauf. Und ein paar Spritzern Schokoladensauce. Und Streusel.

ICH: Ich hasse dich.

ICH: ANHANG HERUNTERLADEN

ICH: Ich habe jetzt alles im Einkaufswagen.

ICH: Du bist schuld, wenn ich ins Zuckerkoma falle.

ZACH: Du kannst dich später dafür bedanken.

ICH: Versprichst du, zum Begräbnis zu kommen?

ZACH: Und unsere gemeinsamen wundervollen Erinnerungen zu teilen, unter anderem, dass ich dich dazu verlockt habe, zu viele Desserts zu essen. Ich werde mich zum Sarg hinabbeugen und flüstern: »Gern geschehen.«

ICH: Bin gleich zurück, liege gerade im Sterben.

• • •

ICH: Unterhalte mich, Knappe!

ICH: Ist das richtig formuliert?

ZACH: Gut genug für mich.

ZACH: Würdest du lieber 1000 Hundewelpen haben, die unaufhörlich bellen, oder einen, der dich nicht leiden kann und sich nicht von dir streicheln lässt?

ICH: Was zum Teufel ist mit dir los?

ZACH: Du MUSST dich entscheiden. Das ist die einzige Regel von Würdest-du-lieber.

ICH: Ich habe dich gebeten, mich zu unterhalten, nicht, mich zu foltern.

ZACH: Tick Tack.

ICH: NA SCHÖN. Einen, der mich nicht leiden kann. Auch wenn das total traurig ist. Ich könnte das Gebell von tausend süßen, flauschigen Welpen nicht aushalten.

ZACH: Ich glaube, das wäre eine kluge Entscheidung.

ICH: Mehr Unterhaltung, sofort. Ich liebe meine Mitbewohnerin wahnsinnig, aber sie guckt gerade die allerblödeste Serie.

ZACH: Welche Serie?

ICH: Irgendwas mit Jungs in Trailer-Parks und Propangas.

ZACH: Ah, ja, verstehe. Mit der Antwort habe ich nicht gerechnet.

ICH: Ich habe nicht damit gerechnet, so was
Nerviges ansehen zu müssen.

ZACH: Willst du ein ...

ICH: EINEN SCHNEEMANN MIT MIR BAUEN. LOS
KOMM UND SPIEL MIT MIR.

ZACH: Nein. Ich habe aus Versehen zu früh auf
Senden gedrückt. Lass gut sein.

ZACH: ALSO NOCHMAL ... ein winziges Haus
oder ein total aufwendiges Baumhaus
besitzen?

ICH: Bist du etwa wirklich der Satan? Hast du
Hörner und Hufe und kleine bösartige Minions?

ZACH: Was habe ich jetzt verkehrt gemacht?

ICH: 1. Ich habe Höhenangst. 2. Ich bin
klaustrophobisch. 3. BIST DU VERDAMMT NOCH
MAL DER TEUFEL?!

ZACH: *lacht sich tot*

ZACH: Wie zur Hölle kriege ich es fertig, deine
beiden größten Ängste gleichzeitig
anzusprechen?

ICH: Du bist einfach das inkarnierte Böse.

ZACH: Und es tut mir nicht einmal leid. *lacht sich wieder tot*

ZACH: Ablenkungsmanöver: Was sind deine Lieblingsfrühstücksflocken?

ICH: Cap'n Crunch. So übel, dass sie schon wieder gut sind. Und deine?

ZACH: Lucky Charms. Denn genau wie ich sind sie einfach zauberhaft appetitlich.

ICH: *blickt ungläubig*

ZACH: Okay, okay. Meine sind Cinnamon Toast Crunch. Es klang einfach so romantisch.

ICH: Hattest du dabei etwa ein ernstes Gesicht?

ZACH: Quatsch.

ZACH: Okay, was ist der eine Ort, den du wirklich gern bereisen würdest?

ICH: Das ist leicht: Alaska.

ZACH: Bist du ein Wintertyp?

ICH: So in die Richtung. Ich bin jedenfalls ein Herbstfan. Bin leicht süchtig nach Halloween.

ZACH: Nein.

ICH: Doch?

ZACH: Das ist mein liebster Feiertag. Von allen. Vergiss Geburtstage und Weihnachten und Geschenkorgien. Ich stehe auf Halloween. Gib mir Gruseliges und Süßes, von mir aus jeden Tag.

ICH: Wir sind ein Traumpaar.

ICH: Bitte sag, dass du dich verkleidest.

ZACH: Letztes Jahr war ich Green Arrow, und du?

ICH: Belle ... die letzten drei Mal.

ZACH: Ich war sechs Jahre lang der rote Ranger, als ich klein war.

ICH: Ich war die in Rosa, vier Jahre lang.

ZACH: Ist das ... ein Wink des Schicksals?

ICH: Mal sehen.

Kapitel 4

ZACH: Weißt du, dass ich heute noch gar nichts geschafft habe? Ich habe noch nicht einmal eine Hose an. Schönen Mittwoch!

ICH: Du sitzt wirklich nur im Slip da?

ZACH: Ich trage keine »Slips«, vielen Dank auch. Ich trage männliche Boxershorts.

ICH: Mit Comicfiguren drauf, nicht wahr?

ZACH: Woher weißt du das?

ICH: Ich habe einen Bruder, vergessen? Unter seinem seriösen Lehrer-Outfit befindet sich Marvel-Unterwäsche.

ZACH: Marvel? Im Ernst?

ICH: Bist du etwa kein Fan?

ZACH: Ich bin X-Men- und Deadpool-Fan. Sonst eigentlich nichts.

ICH: Seufz. Ryan Reynolds. Ich könnte hinter ihm ... oder auf ihm ... oder unter ihm ... Wie er's am liebsten mag.

ZACH: Schlimmes, schlimmes Mädchen.

ICH: *zuckt mit den Schultern* Ich würde ihn besteigen wie Hans die Bohnenranke.

ZACH: Hast du seine anderen Filme gesehen?

ICH: Beleidige mich nicht, Zachary. Das passt nicht zu dir.

ZACH: Welcher ist dein Lieblingsfilm?

ICH: Abserviert. Er ist auf eklige Art perfekt. Und deiner?

ZACH: Du wirst mich auslachen ...

ICH: Niemals!

ICH: Ich kann nicht einmal beim Schreiben lügen. Würde ich so gerne.

ZACH: SIEHST DU?!

ICH: Sag schon, du Riesenbaby.

ZACH: Na schön ...

ZACH: Selbst ist die Braut.

ICH: NEIN. AUF KEINEN FALL. Der Film mit Sandra Bullock? Und der verrückten Betty White?

ZACH: Ja ...

ICH: Romantische Komödie, richtig? Nur damit ich nichts falsch mache, wenn ich das in deine Street-Cred-Karte eintrage.

ZACH: JA VERDAMMT.

ICH: Ich lache nicht.

ZACH: Doch, tust du. Deshalb wollte ich es dir ja nicht sagen.

ICH: Ich bin total beeindruckt, weil du es doch getan hast. Die meisten Typen an deiner Stelle würden einfach schnell im Internet nach dem übelsten Machostreifen suchen und irgendwelche allgemeinen Aussagen darüber von sich geben und ihn als ihren Lieblingsfilm bezeichnen.

ICH: Du hast gerade sehr viele Punkte erzielt.

ICH: Hallo? Zach?

ZACH: Ja?

ICH: Ich lache immer noch.

ZACH: Dann bin ich froh, dass mir heute wenigstens etwas gelungen ist, auch wenn ich nicht die Absicht hatte, dich zum Lachen zu bringen ...

ICH: Wirklich, das hat gutgetan. Vorhin war ein echt rüpelhafter Kunde da und mein Chef kam dazu. Dein Geständnis hat für mich den Abend gerettet.

ZACH: Du arbeitest um diese Tageszeit?

ICH: Ja, aber nur, weil ich für jemand eingesprungen bin. Normalerweise bleibe ich an Wochentagen nie so lange.

ZACH: Bei mir gilt eine strikte

Acht-bis-fünf-Regel, keine Wochenenden. Die musste ich einführen, als ich feststellte, dass ich 100 Stunden pro Woche arbeitete und überhaupt kein Privatleben hatte. Nicht dass ich jetzt eins hätte, aber es geht ums Prinzip.

ICH: Wir können gemeinsam Loser-ohne-Privatleben sein! *High Five*

ZACH: HOSSA!

ICH: Ja, was auch immer das heißt. Ich muss los. Aufräumen. Die Pflicht ruft.

ZACH: Leb wohl, kleine Dienstmagd.

ICH: Du bist so schlau ... NICHT.

• • •

»Komm schon, Delia, bitte. Nur ein Drink, dann können wir gehen.«

»Wir haben Alkohol im Haus. Wir müssen nicht ausgehen und uns überteuerte Drinks reinziehen.«

Zoe schnaubt und stemmt eine Hand in die Hüfte. »Du hast seit drei Wochen nicht mehr dieses Haus verlassen, außer um zum College und zur Arbeit zu gehen. Du musst ausgehen, wenigstens auf einen Drink. Bitte, ich fange an, mir Sorgen um dich zu machen.«

»Dazu gibt es keinen Grund, Zoe. Mir geht's gut. Ich habe unglaublich viel zu tun hier.«

»Du hast meinen Kleiderschrank aufgeräumt ... zweimal, und du hast den Gefrierschrank aufgeräumt, weil dir nicht gepasst hat, wo ich die Erbsen hingetan habe. Du musst ausgehen und etwas anderes tun, als nur alles hin und her zu schieben, bis ich in diesem verdammten Apartment gar nichts mehr finde.«

»Du übertreibst«, brumme ich. Als sie mich strafend anblickt, verdrehe ich die Augen und wälze mich aus dem Bett. »Na schön. Ein Drink, dann verziehen wir uns.«

»Abgemacht!« Sie klatscht in die Hände und kichert. »Das wird ein Spaß! Zieh dir was Nettes an.«

Sie huscht aus meinem Zimmer hinüber in ihres, wo ich sie in ihrem Schrank herumwühlen und zu sich selbst sagen höre, dass sie überhaupt nichts mehr findet. Ich grinse und fange ebenfalls an, mich vorzubereiten.

Ich schätze, wir werden ins Lola gehen, es ist also klar, was outfitmäßig akzeptabel ist. Ich ziehe ein blauweiß gestreiftes T-Shirt und schwarze Leggings heraus und schlüpfe hinein, als Zoe erneut hereinplatzt.

»Ich habe ein paar Freunde eingeladen. Hoffe, du hast nichts dagegen! Tschüss!«

Und schon ist sie wieder weg. Ich vervollständige mein Outfit mit einer langen schwarzen Weste, schwarzen Stiefeletten, kleinen Silberkreolen und etwas Make-up. Mein Haar habe ich bereits vorhin zu einem seitlichen Zopf geflochten, der passt perfekt dazu, also lasse ich es, wie es ist.

Ich mache mir nicht die Mühe anzuklopfen, als ich Zoes Zimmer betrete.

»OMEINGOTT! ICH BIN NACKT!«

»Hab selber Brüste. Als ob ich noch nie welche gesehen hätte.«

»Aber meine sind besonders«, schimpft sie über ihre Schulter.

»Richtig. Und meine Vagina ist eine Zauberhöhle.«

»Hey, das hast du gesagt, nicht ich.« Sie lässt den BH-Verschluss einschnappen und wirbelt zu mir herum. »Oh, Wahnsinn! Du siehst umwerfend aus! Du wirst heute Abend ganz sicher Aufmerksamkeit erregen.«

Ich will heute Abend keine Aufmerksamkeit. Ich will zurück ins Bett und dort die nächsten Stunden sitzen, mit meinem Handy in der Hand.

»Bloß Leggings und ein T-Shirt, kein Ding.«

»Jetzt nimm doch, zum Kuckuck, mal ein Kompliment an und verschwinde. Ich bin in fünf Minuten so weit.«

»Also zehn?«

Sie wedelt mit der Hand. »Fünf, verdammt noch mal.«

»Wenn es doch zehn werden, gehen alle Drinks auf dich.« Ich wackle mit den Fingern und bin draußen, bevor sie etwas nach mir werfen kann.

ICH: Meine Mitbewohnerin zwingt mich, auszugehen. Nur auf »einen« Drink. Entweder wir halten uns beide daran oder wir kommen erst um zwei Uhr morgens nach Hause.

ZACH: Ich könnte mir auch ein Bier gönnen ... oder zehn. Es ist einer von diesen Tagen.

ICH: Puh. Willst du darüber reden?

ZACH: Sollte ich wohl, aber ich würde meine Sorgen lieber in Alkohol und Videospielen ertränken.

ICH: Wie gesund.

ICH: Sorry, das war blöd.

ZACH: Ich mag es, wenn du blödes Zeug redest. Dadurch bleibt es real.

ZACH: Außerdem hast du recht. Es ist nicht gesund. Ich habe vier Stunden Arbeit verloren wegen einer plötzlichen Stromschwankung. Meine Backups haben nicht so funktioniert, wie sie sollten, und jetzt fange ich von vorne an und bin wohl bis in die frühen Morgenstunden beschäftigt.

ICH: Okay, ja, das IST ein Scheißtag. Zeit für ein Bier?

ZACH: Zeit für ein Bier. Dann zurück an die Arbeit. Ich bin draußen rumgelaufen, um frische Luft zu schnappen und mich selbst davon abzuhalten, meinen Computer zu zertrümmern.

ICH: Ich glaube, das war sehr klug. Hilft es denn?

ZACH: Gib mir noch ein paar Minuten, dann sag ich es dir.

ZACH: Warum willst du eigentlich nicht mit deiner Freundin ausgehen?

ICH: Sagen wir, ich fühle mich einfach wohler zu Hause mit Netflix, als wenn ich in irgendeiner Bar mit irgendwelchen Zufallsleuten abhänge.

ZACH: Zufallsbekanntschaften. Schlaumeier.

ICH: Na gut. Aber es stimmt, das ist einfach nicht mein Ding. War es noch nie. Aber sie meint, ich muss ausgehen, um »wieder in die Gänge zu kommen«.

ZACH: Vor Kurzem eine Beziehung abgebrochen?

ICH: Kann man wohl sagen. An dem Abend, als

du mir das erste Mal geschrieben hast, ist es passiert.

ZACH: Da hast du schon angefangen, dich in mich zu verlieben. Ich wusste es. *grins*

ICH: GRINS? IM ERNST?

ICH: Ich kann nicht fassen, dass ich überhaupt mit dir rede.

ZACH: Technisch betrachtet, schreibst du mir.

ICH: Erinnere mich bitte nicht daran.

ZACH: Ich glaube, insgeheim machen dir unsere Chats Spaß.

»Ha! Neun Minuten und dreißig Sekunden. Du musst deine Drinks selbst bezahlen.«

Ich fahre mit dem Kopf herum und schließe rasch den Bildschirm, als ob Zoe Superkräfte hätte, mit denen sie durch das Handy hindurch unseren Chat lesen könnte.

Ich weiß nicht, warum ich ihr nichts von Zach erzählt habe. Ich hätte es tun sollen, es ist schließlich nichts dabei und zwischen uns läuft nichts, aber ich mag es, Zach für mich zu haben, möchte die Stimmung genießen, in die er mich versetzt. Wir schreiben uns jeden Tag, den ganzen Tag – seit jenem Nachmittag, als wir unseren Irrtum bemerkten. Inzwischen geht das seit Wochen so hin und her. Es hat keine tiefere Bedeutung und es hat überhaupt nichts Poetisches, aber es ist doch irgendwie etwas Besonderes.

Zach gibt mir das Gefühl, etwas Besonderes zu sein.

Was einfach idiotisch ist, denn ich kenne den Mann ja noch nicht einmal.

Trotzdem ... er weckt in mir jedes Mal Herzklopfen und Vorfreude, wenn wir miteinander kommunizieren. Er zaubert ein Lächeln auf mein Gesicht. Er weiß genau, was er sagen muss, um mich zum Lachen zu bringen.

Warum ist das eigentlich so kompliziert? Warum mache ich es so kompliziert?

»Erde an D. Auf geht's. Ich will die Happy Hour nicht verpassen.«

Ich reiße mich von ... tja, von mir selbst los, lasse mich vom Küchenhocker herabgleiten und gehe zur ungeduldig an der Tür wartenden Zoe.

»Ein Drink, Zoe. Ich meine es ernst.«

Sie wirft mir einen schelmischen Blick über die Schulter zu. »Ganz wie du meinst.«

• • •

Zoe hat in der einen Stunde, die wir hier sind, bereits drei Drinks konsumiert.

Das wird ein langer Abend.

»Hallo, wer hat sich denn da an einem Donnerstag zur Ladies Night verlocken lassen?«

Ein Grinsen breitet sich auf meinem Gesicht aus. »Die haben dich hier hereingelassen?«

»Ich bin nun mal ich.«

»Du warst schon immer so bescheiden, Caleb.« Ich stehe auf und drücke ihn kurz an mich. »Was machst du hier? Du sagst immer, das Lola's ist nicht dein Ding.«

»Und ich dachte, es wäre auch nicht dein Ding.«

»Stimmt.«

Er deutet mit dem Daumen über die Schulter und lässt sich auf dem Sitz neben mir nieder. »Diese Blödmänner haben mich hergeschleppt. Meinten, es wäre gut für mich.«

»Damit dein gebrochenes Herz heilt?«

»Angeblich. Jedes Mal, wenn ich versuche, ihnen zu erklären, dass alles klar ist und dass ich kein Problem damit habe, dass wir uns getrennt haben, verschwende ich nur meine Zeit.« Caleb windet sich auf seinem Stuhl. »Verdammt, D. Das hört sich furchtbar an. Ich wollte damit nicht sagen, dass es mir total egal ist oder so. Ich ...«

Ich hebe die Hand. »Stopp. Ich bin die Letzte, der du irgendwelche Erklärungen schuldest, Caleb. Ich war dabei – alles in Ordnung.«

»Danke. Habe mich einen Moment lang wie ein Mistkerl gefühlt.«

»Nur einen Moment?«

»So schlimm war ich doch nicht, oder?«

»Zum Ende hin?« Ich zucke mit den Schultern. »Ein bisschen schon, aber das war auch meine Schuld.«

»Du warst hundertprozentig in Ordnung, D.«

»Ach, hör auf. War ich nicht, aber lass uns das nicht alles noch mal durchkauen. Wie läuft's beim Baseball?«

Jetzt lächelt er anders, er scheint froh zu sein, sich ganz auf sein Training konzentrieren zu können. Ich glaube, zum Teil hat unsere Beziehung auch darunter gelitten, dass Caleb Baseball mehr geliebt hat als mich.

Ich bin froh, dass er sich in der Hinsicht nicht mehr einschränken muss.

»Alles super. Wirklich, ich kann mich nicht erinnern, wann ich das letzte Mal so gut war. Wir müssen nur noch zwei Spiele gewinnen, dann sind wir in den Playoffs.«

»Super!« Ich hebe die Hand zu einem Faustcheck und er geht darauf ein, wobei er am Ende Explosionsgeräusche macht. Tja, diese Art von »Händeschütteln« hätte von Anfang an zeigen können, dass es uns mit einer rein freundschaftlichen Beziehung besser gegangen wäre.

»Und wie geht es dir so?«

»Gut ... glaube ich.«

»Aha? Und was ist mit dem Kerl, mit dem du dich triffst?«

»Was?« Fast hätte ich meinen Drink ausgespuckt. Ich wische das Bisschen, das an meinem Kinn herabläuft, weg. »Welcher Kerl?«

»Der, wegen dem du vor ein paar Wochen so gelächelt hast. Spielt er keine Rolle mehr?«

»Oh!« Ich schlage mir an die Stirn. »O Mann, das habe ich ganz vergessen. Er spielt schon noch eine Rolle ... irgendwie, aber er ist nicht mein Freund. Wir sind nicht zusammen.«

»Dann seid ihr also …«

»Wir schreiben uns«, erkläre ich.

»Ihr schreibt euch bloß? Moment mal – bist du dem Typ jemals begegnet?«

»Nein.«

Calebs dunkle Brauen wandern abwärts und eine Falte bildet sich dazwischen. »Wie hat das denn angefangen, diese … schriftliche Beziehung?«

»Er hatte sich verwählt und ich ging davon aus, dass es Liam war – du weißt schon, weil er immer seine Handys verliert und deshalb ständig die Telefonnummer ändern muss.« Ich wedele mit der Hand. »Egal, jedenfalls schreiben wir uns seitdem.«

»Du meinst … schmutzige Sachen?«

»Nur du kannst so dreist sein, deiner Ex-Freundin so eine Frage zu stellen.«

Caleb grinst und bringt mich damit fast dazu, ihn zu vermissen. »Ich war schon immer sehr direkt.«

»Bei mir warst du der perfekte Gentleman.«

»Du warst anders.«

Ich verdrehe die Augen. »Wie auch immer. Und nein, wir schreiben uns keine schmutzigen Sachen. Ganz normale Sachen wie zum Beispiel, was wir gerade tun, oder er hilft mir, mich zu entscheiden, was ich essen möchte, oder …«

»In der Hinsicht war es immer schlimm mit dir«, fällt er mir ins Wort.

»Halt den Mund. Ich weiß. Jedenfalls macht es uns einfach Spaß, es ist locker, hat keine tiefere Bedeutung – was für eine Bedeutung könnte es auch haben. Wir …«

»Ihr seid dabei, euch näher kennenzulernen?«

»Ja. So könnte man sagen.«

»Wirst du dich mit ihm treffen?«

Nachdenklich verziehe ich die Lippen. Ich weiß nichts über Zach, nicht, wo er wohnt, nicht, wovon er lebt – verdammt, ich weiß nicht einmal, wie alt er ist. Wir sind praktisch Fremde, aber ich fühle mich zu ihm hingezogen. Er ist inzwischen der Erste, dem ich morgens eine Nachricht schicke, und ich möchte ihm schreiben, wie ich den Tag verbringe. Er ist es, an den ich mich wende, wenn ich etwas zum Lachen brauche.

Aber möchte ich ihm persönlich begegnen?

Ich weiß es nicht.

»Mal sehen.«

»Mehr wirst du wohl nicht erzählen, was?«

Ich zucke mit den Achseln. »Vorerst nicht.«

Caleb seufzt. »Sei auf jeden Fall vorsichtig, D? Okay? Wir sind zwar nicht mehr zusammen, aber du bist mir nicht egal.«

»Du bist mir auch nicht egal.«

»Was willst du trinken? Soll ich dir noch mal das Gleiche holen?«

»Ich hätte eigentlich lieber ein Wasser. Ich versuche, nüchtern zu bleiben.« Ich deute auf Zoe, die sich auf der winzigen Tanzfläche an irgendeinen Typen schmiegt. »Jemand muss auf sie aufpassen.«

»Ach du lieber Himmel. Ist der Junge überhaupt schon achtzehn? Tolle Arme, aber er ist zu jung für Zoe.«

»Na, dann geh und rette den armen Jungen und bring mir ein Wasser.«

Caleb steht auf und salutiert. »Yes, Ma'am!«

Ich spüre, wie das Handy in meiner Gesäßtasche vibriert, und ziehe es heraus.

ZACH: Benimmst du dich auch ordentlich?

ICH: Definiere »ordentlich«.

ZACH: Keine alkoholischen Sachen aus dem Bauchnabel des Barkeepers schlürfen. Keine fremden Männer knutschen. Nicht mit Frauen in Bananenkostümen herummachen.

ICH: Ist dir Letzteres schon einmal passiert?

ZACH: Ich wurde Zeuge, falls das auch zählt. Mein Mitbewohner ist ein bisschen ... sagen wir, sozial eingestellt.

ICH: Ich habe auch eine sehr soziale Mitbewohnerin und die muss ich heute Abend babysitten. Ich habe nur einen alkoholischen Drink zu mir genommen und beabsichtige, sie zu gegebener Zeit von hier wegzuschaffen, so betrunken, wie sie ist.

ZACH: Du bist ja so eine verantwortungsvolle falsche Nummer.

ICH: Willst du damit sagen, ich bin langweilig?

ZACH: Nein … obwohl, na ja, vielleicht doch. Da ist eigentlich nichts Verkehrtes dran. Ich bin auch langweilig.

ICH: Dann können wir ja gemeinsam langweilig sein?

ZACH: Weshalb sonst, glaubst du, rede ich immer noch mit dir?

ICH: Du sagst die allernettesten Dinge.

»Ist er das?« Caleb stellt das Wasserglas vor mir ab.

Ich schließe das Display und lächle zu ihm hoch. »Hm, ja. Er hat mir gerade gesagt, dass ich langweilig bin.«

»Wow. Klingt ja wie der Mann fürs Leben.«

»Ist das sarkastisch gemeint?«

»Verdammt. Ja.« Er nimmt einen kräftigen Schluck von seinem Bier. »Was für ein Typ sagt einem Mädchen, dass es langweilig ist? Wie will er damit Punkte machen?«

»Erstens, er ist nicht darauf aus, mir an die Wäsche zu gehen, also muss er keine Punkte machen. Zweitens, es war ein Kompliment. Du weißt doch, dass ich nicht gerne den Abend so verbringe, und ich glaube, du *weißt* auch, dass ich langweilig bin. Es ist einer der Gründe, weshalb wir nicht mehr zusammen sind. Ich bin gern zu Hause auf der Couch, umgeben von Junkfood. Ich stricke, verdammt noch mal! Ich bin nicht wild. Ich bin zwar nicht extrem verschlossen, aber ich bin auch nicht superextrovertiert. Langweilig finde ich irgendwie gut. Es ist … gemütlich.«

»Mir hat dein Selbstvertrauen immer gefallen. Du versuchst nie, mit smarten Sprüchen zu imponieren, wenn du nach deinen Hobbys gefragt wirst. Du sagst einfach, du strickst gern und das war's.«

»Ich habe Penis-Topflappen gestrickt«, erkläre ich stolz.

Caleb lacht laut los. »Nur du, D. Nur du.«

»D! Trink einen Shot mit mir!« Zoe kommt an unseren Tisch gewackelt, den gerade mal Achtzehnjährigen im Schlepptau. »Schnaps!« Sie blickt in Calebs Richtung. »Hey, wen haben wir denn da? Caleb Mills, zum Teufel. Wie geht's, Süßer? Was macht dein gebrochenes Herz?«

»Hey, Schönheit«, begrüßt er sie, drückt ihr einen Kuss auf die Wange und löst ihren Arm vom Nacken seines Teamkameraden. »Ich übernehme jetzt, Skeet.«

Der Junge wirkt erleichtert und murmelt ein undeutliches »Danke«, bevor er sich davonmacht.

»Caleb, sei ein Schatz und hol uns Schnaps.«

»Ich werde keinen Schnaps trinken, Zoe. Ich möchte eigentlich gehen.«

»O Mann, nein. Wir gehen *nie* aus. Es sollte dein Abend sein, damit du diesen«, sie deutet auf Caleb, »Loser vergessen kannst, der dich verlassen hat.«

»Es war in beiderseitigem Einvernehmen«, korrigiert Caleb.

»Wie auch immer.« Zoe wedelt mit der Hand und ohrfeigt dabei beinahe einen Typen, der viel zu jung aussieht, um sich in einer Bar aufzuhalten. »Jetzt lass uns ein bisschen Spaß haben. Lass uns Schnaps trinken und tanzen und sämtliche Loser vergessen.«

»Was ist mit Mr -«

»Okay, also Schnaps!«, fahre ich dazwischen. Ich will nämlich nicht, dass Caleb etwas über Mr Falsch Verbunden erzählt.

Seine Augen weiten sich, als er begreift. »Äh, richtig. Schnaps für die Damen. Bin gleich wieder da.«

Während Caleb zum Bartresen geht und Zoe sich nach einem weiteren Opfer umblickt, entsperre ich mein Handy und schicke eine Nachricht raus.

ICH: Bete für mich. Zoe will Shots trinken.

ZACH: Shots waren noch nie eine gute Idee. Ich habe in meinem Leben zu viele Schnapsgläser geleert und mich danach ins Gebüsch verdrückt.

ICH: Um dich zu übergeben oder um dich hinzugeben ...?

ZACH: Genau wegen dieser Sprüche mag ich dich.

ICH: Stopp. Ich werde rot.

ZACH: Lügnerin.

ZACH: Pass auf dich auf, okay? Und lass mich vielleicht wissen, wenn du zu Hause bist.

ICH: Alles klar.

• • •

»Zoe, wir müssen nach Hause gehen.« Ich zerre ihr das Bierglas von den Lippen.

»Aber ich will …«

»Nein. Es ist spät und ich will nicht später draußen unterwegs sein als unbedingt nötig. Wir sind zu Fuß hier. Es ist zwar nicht weit, aber ich will nicht da draußen sein, wenn all die anderen Betrunkenen die Bar verlassen.«

»Du gehst zu Fuß, D? Findest du das eine gute Idee? Du solltest ein Taxi rufen.«

»Es sind nur ein paar Blocks. Kein Ding, Caleb.«

»Doch. Du gehst nicht zu Fuß. Lass mich die Jungs nach Hause fahren, dann komme ich zurück und fahre euch.«

»Nein. So lange will ich nicht warten. Außerdem, hast du nicht vorhin etwas getrunken?«

»Ich hatte ein einziges Bier vor drei Stunden. Alles in Ordnung. Bleib bitte hier, ich bin spätestens in einer Viertelstunde wieder da.«

Ich seufze. »In der Zeit könnte ich zu Fuß längst zu Hause sein.«

»Lass mich das für dich tun.«

»Nein, ich rufe ein Taxi.«

Sein Blick sagt mir, dass er mir nicht glaubt.

Ich seufze genervt. »Versprochen, okay? Ich rufe jetzt gleich ein Taxi und gebe Geld aus für eine Fahrt, die doppelt so lange dauern wird, als wenn ich ohne Bezahlung zu Fuß nach Hause gehen würde. Ich verspreche es.«

Er blickt mich skeptisch an, eine Sekunde zu lang. Er will sicher sein, dass ich die Wahrheit sage. Schließlich nickt er zufrieden. »Na schön, aber schreib mir sofort, wenn du zu Hause bist. Abgemacht?«

»Abgemacht.«

»Caleb, gehst du schon?« Zoe schmollt und verschränkt die Arme vor der Brust. »Wir wollten uns noch ein paar Kurze genehmigen.«

»Kommt nicht in Frage, du Säuferin. Hilf lieber D, euch beide heil nach Hause zu bringen. Und holt euch vielleicht einen Kaffee.«

»Ich wollte feiern!« Sie streckt die Arme in die Luft und tanzt. »Weil der Arsch endlich weg ist!«

Caleb schnaubt und blickt mich mit einer hochgezogenen Braue an. »Arsch?«

Ich hebe die Schultern. »Ihre Worte, nicht meine. Sie ist betrunken.«

»Du rufst ein Taxi?«

»Versprochen.«

Er winkt mir zu und eilt davon, um seine eigenen betrunkenen Freunde heimzubringen.

Ich taste nach meiner Geldbörse – O NEIN! VERDAMMTER MIST.

Wo ist meine Geldbörse?!

»Oh, verdammt! Nein, nein, nein!«

»Schnaps, Schnaps, Schnaps!«, singt Zoe.

»Nein! Vergiss den Schnaps! Meine Geldbörse wurde geklaut.«

»Hier.« Sie wühlt in ihrer Handtasche. »Geld.«

Sie gibt mir zwei Ein-Dollar-Noten. Ich möchte sie gleichzeitig auslachen und erwürgen. Ich weiß genau, dass das ihr ganzes Geld ist, denn wir beide nehmen immer nur unseren Ausweis, einen winzigen Geldbeutel und vierzig Dollar Bargeld mit, wenn wir abends ausgehen.

»Danke, Zoe. Du Lebensretterin«, antworte ich, aber mein Sarkasmus ist an sie verschwendet. Sie strahlt mich an und hält beide Daumen hoch.

»Du hast es erfasst, Schätzchen.«

Ich stöhne und ziehe das Handy aus meiner Gesäßtasche, froh, dass das nicht auch geklaut wurde. *Wen soll ich anrufen … wen soll ich anrufen …*

Caleb!

Ich drehe mich auf dem Stuhl herum und halte Ausschau nach meinem Ex. Er ist nirgendwo zu sehen.

Na super.

Ich drehe mich wieder zurück und betrachte Zoe, die den Kopf auf den Bartresen gelegt hat und schläft.

»Dich kann man wohl erst mal vergessen, Zoe«, verkünde ich angesichts ihres reglosen Körpers. »Was um alles in der Welt sollen wir tun?«

Mein Handy summt.

ZACH: Ist noch alles okay?

ICH: Nein, alles ist überhaupt nicht okay.

ZACH: Was? Warum? Ist etwas passiert?

ICH: Meine Geldbörse wurde geklaut. Ich wollte ein Taxi rufen, das habe ich einem Freund versprochen. Aber ich glaube, ich werde wohl doch mit meiner betrunkenen Mitbewohnerin zu Fuß gehen müssen.

ZACH: Ihr geht nicht zu Fuß. Auf keinen Fall. Es ist zu spät.

ICH: Es sind nur ein paar Blocks. Es wird verdammt schwierig sein, Zoe zu zwingen, geradeaus zu gehen, aber ich kriege das hin.

ZACH: NEIN.

ZACH: Wo bist du?

ICH: Warum? Woher wissen wir, ob wir überhaupt im selben Staat wohnen?

ZACH: Vorwahlnummern. Wir sind gar nicht weit voneinander entfernt.

ICH: Was? Daran habe ich noch nicht gedacht.

ZACH: Tja. Also, wo bist du?

ICH: Im Lola's in Wildwood.

ZACH: Gib mir fünf Minuten.

Der Geräuschpegel der Bar schlägt über mir zusammen, als ich meine Aufmerksamkeit von Zach löse. Ich strecke die Hand aus, streiche Zoe das Haar aus dem Gesicht und schüttle den Kopf.

»Nur du gehst aus, um deine Freundin zu feiern und dich dann sinnlos zu besaufen. Hast du ein Glück, dass ich dich so liebhabe.«

Mein Handy vibriert auf dem Tresen. Ich greife sofort danach, entsperre das Display und lese die Nachricht.

ZACH: Ein Taxi wird in fünf Minuten da sein. Der Fahrer wird dir helfen, deine Freundin ins Auto zu hieven. Die Fahrt ist bereits bezahlt, einschließlich Trinkgeld. Wenn das Taxi nicht kommt, ruf mich an, dann kümmere ich mich darum.

ICH: Zach ...

ZACH: Delia ...

ICH: Das war überhaupt nicht nötig!

ZACH: Machst du Witze? Natürlich war das nötig. Ich wollte nicht, dass du die halbe Stunde, die ich brauchen würde, allein dort sitzen musst, mit lauter Besoffenen um dich herum. Also habe ich mich für die zweitbeste Lösung entschieden.

ICH: Du wärst den ganzen Weg hierhergefahren, um mich heimzubringen?

ZACH: Hätte keine verdammte Sekunde gezögert.

Kapitel 5

ICH: Ich habe beim Einschlafen an dich gedacht.

ZACH: Bitte sag mir, dass wir jetzt anfangen zu sexten.

ICH: Gleich nach dem Aufwachen habe ich mich zwischen meinen wunderschönen Brüsten berührt. Langsam habe ich die Hand über meinen flachen Bauch gleiten lassen, dabei habe ich eine Gänsehaut bekommen. Erst als ich am Rand meines weißen Baumwollslips angekommen bin, wurde mir klar, dass ich es mir jetzt nicht selbst besorgen würde, weil WIR NÄMLICH KEINESWEGS SEXTEN, DU PERVERSER.

ZACH: In diesem Augenblick hasse ich dich einfach nur.

ZACH: ICH HATTE SCHON EINEN KNALLHARTEN STÄNDER.

ICH: Im Ernst?

ZACH: Was erwartest du? Ich bin ein Mann, verdammt! Wir mögen nun mal Brüste und Gänsehaut und weiße Baumwollslips und Sex. DU BIST BÖSE.

ZACH: Können wir vielleicht später ein bisschen sexten?

ICH: NEIN!

ICH: Vielleicht.

ICH: Mal sehen.

ZACH: Wirklich?

ICH: OMG, NEIN!

ICH: 😉

ZACH: Ich bin total verwirrt, aber irgendwie machst du mich an.

ICH: Bitte erzähl mir nichts mehr über deinen Ständer.

ZACH: Ich werde dir niemals nichts über meinen Ständer sagen. Das ist nicht die Art von Freundschaft, die ich möchte.

ICH: Du bist so abartig.

ZACH: Und ...

ICH: *verdreht die Augen* Und ich mag das. ICH MAG ES, OKAY?!

ZACH: Ich weiß.

ICH: O NEIN!

ICH: FYI, ich sexte nicht mit dir. Niemals.

ZACH: Aber ich bin WIRKLICH reizend ...

ICH: Hör bloß auf. Jeder namenlose Idiot auf der anderen Seite des Bildschirms könnte so einen Mist verzapfen. Du musst es schon beweisen.

ZACH: Hey, hey, Delia, wenn du ein Foto von mir willst, musst du nur danach fragen.

ICH: Ich will kein Foto, weil ich nicht mit dir sexte.

ZACH: Ich schicke dir trotzdem eins.

ZACH: ANHANG HERUNTERLADEN

Ich traue mich kaum, auf den Download-Link zu tippen – ich meine, es könnte ja ein Dick Pic oder wer weiß was sein. Ich glaube eigentlich nicht, dass Zach so ein Idiot ist, aber man weiß nie.

Ach, was soll's.

Ich kaue auf der Unterlippe, als sich der Kreis dreht und das Bild erscheint.

»Woah!«

ICH: DU HAST MIR EIN FOTO VON EINER GRINSENDEN ZIEGE GESCHICKT!

ICH: Du bist ab jetzt mein absoluter Lieblingsmitmensch.

ZACH: Sag ich's doch, ich bin total reizend. 😉

ICH: Woher kennst du meine Schwächen so gut?

ICH: Außerdem: kaufst du mir eine? Bitte.

ZACH: 1. JEDER liebt grinsende Ziegenbabys. Das ist einfach Wissenschaft. 2. Nein.

ICH: Gegenargumentation ... 1. Stimmt. 2. Ich glaube, du hast das Wort Ja falsch buchstabiert. J-A.

ZACH: N-E-I-N.

ICH: Hey, ich habe dir PENIS-TOPFLAPPEN gestrickt. Du könntest dich wenigstens erkenntlich zeigen, indem du mir ein Ziegenbaby kaufst. Sei kein Arsch, Zach. Niemand mag Ärsche.

ZACH: Apropos Penis-Topflappen ... wann bekomme ich die? Wir wohnen nicht weit auseinander. Wir könnten uns treffen ...

ICH: Du hältst dich wohl für sehr schlau.

ZACH: Bin ich das etwa nicht?

ICH: Nein.

ZACH: Treffen, ja oder nein?

ICH: Ich überlege es mir, aber nicht jetzt. Ich

muss erst noch sicherstellen, ob du nicht doch ein Freak bist.

ZACH: Du strickst für einen Mann Penis-Topflappen, bist aber nicht bereit, sie ihm zu geben? Wer ist hier der Arsch?

ICH: Kauf mir das Ziegenbaby, dann kommen wir zusammen.

ZACH: Du spielst ganz schön taff, Delia.

ICH: Die Frage ist, wer gewinnt die Runde, du oder ich?

• • •

ZACH: Mir ist gerade etwas eingefallen.

ICH: Glückwunsch!

ZACH: Wir könnten uns »zufällig« treffen und du könntest mir »zufällig« diese Topflappen geben.

ICH: Nur wegen der Gänsefüßchen wird aus deinem Plan noch kein Plan. Schummler!

ZACH: Nun ja, ich ...

ICH: Netter Versuch, Kumpel.

ZACH: Irgendwann kriege ich dich. Ich WERDE diese Schlacht gewinnen.

ICH: Jaja, das glaube ich, wenn es so weit ist.

• • •

ZACH: Ich schicke dir ein Bild. Es ist KEIN Dick Pic. Und keine verdammten Werturteile. Okay?

ICH: Erstens, danke, dass du mir keine Fotos von deinem besten Stück schickst. Zweitens, wir werden sehen. Drittens, ES IST SECHS UHR MORGENS, UND SONNTAG. WAS IST LOS MIT DIR? SCHLAF.

ZACH: Oh. Mist! Habe ich dich geweckt?

ICH: Nein. Ja ... aber auch nein. Ich kann nicht schlafen.

ZACH: Tja, du wirst STEHEN, wenn du das hier gesehen hast. 😉

ICH: Hast du gerade versucht, einen Witz über Ständer zu machen, und vergessen, dass ich keinen Ständer kriegen kann, weil ICH EINE VAGINA HABE?

ZACH: Es ist früh am Morgen. Hör auf, mich zu verurteilen.

ZACH: Bist du bereit?

ICH: Könnte nicht bereiter sein.

ZACH: ANHANG HERUNTERLADEN

ICH: WO ZUM TEUFEL HAST DU DAS HER?!

ZACH: Flohmarkt. Die verkaufen die dort.

ICH: DU HAST MIR EIN GRINSENDES ZIEGENBABY GEKAUFT?

ZACH: Nein, ich habe MIR ein grinsendes Ziegenbaby gekauft.

ICH: Also ... hast du mir eins gekauft?

ZACH: Goaty gehört MIR.

ICH: Ich habe gerade meinen Kaffee in der ganzen Küche verspritzt. Du hast deine Ziege

GOATY genannt? Das ist doof. Wir werden das ändern.

ZACH: Fällt dir etwas Besseres ein?

ICH: Wirklich alles ist besser als Goaty.

ICH: Casper?

ICH: Neee. Vanille.

ICH: NEIN. WARTE! MARSHMALLOW!

ZACH: Hast du Hunger?

ICH: Ich sterbe vor Hunger. Ich mache gleich Frühstück.

ZACH: Das erklärt, warum du Namen aussuchst, die etwas mit Essen zu tun haben. Allerdings gefällt mir Marshmallow ... hmm ...

ICH: Der Name ist perfekt. Wir könnten noch eins mit dunkelbraunem und eins mit hellbraunem Fell kaufen und sie Graham-Cracker und Schoki nennen.

ZACH: Hast du gerade aus meinen zukünftigen Ziegen S'Mores kreiert?

ICH: ... vielleicht.

ZACH: Ist das ein Gradmesser dafür, wie hungrig du bist? Du denkst um sechs Uhr MORGENS an S'Mores? Wann hast du zum letzten Mal gegessen?

ICH: Zu deiner Info, an S'Mores zu denken, ist IMMER normal. Die sind mega lecker.

ICH: Außerdem, ich bin nicht sicher. Ich glaube, ich habe gestern Abend um sechs Popcorn gegessen? Das Abendessen habe ich ausgelassen. Seit ich von der Arbeit gekommen bin, war ich viel zu beschäftigt, es ist so viel liegengeblieben.

ZACH: DU WARST DIE GANZE NACHT AUF?

ICH: Nein. Nun ja, irgendwie. Ich habe mich für zwei Stunden hingelegt.

ZACH: Leg dich hin und schlaf, Delia! Das heißt, iss vorher was, aber dann geh schlafen.

ICH: Ich geh ja schon, ich geh ja schon.

ZACH: Nur noch eines ...

ZACH: ANHANG HERUNTERLADEN

ICH: MARSHMALLOW FRISST EIN MARSHMALLOW.

ICH: PS: Süße Mädelsschlappen.

ZACH: Entschuldige mal, alle lieben Wonder Woman.

ZACH: Und jetzt husch, ins Bett.

• • •

ICH: Habe ein Nickerchen gemacht und bin jetzt ganz frisch. Was gibt's Neues?

ZACH: Ich bin gerade auf Abenteuertour mit meinem Mitbewohner. Wir kaufen Spielzeug, Futter und was Marshmallow sonst noch braucht.

ICH: Hast du überhaupt nachgefragt, ob du ihn als Haustier halten darfst?

ZACH: Pff. Ich bin der Meister der Recherche. *öffnet Google*

ICH: Ts, ts.

ICH: MOMENT! Was, wenn du ihn nicht behalten darfst? Was wirst du dann mit ihm machen?!

ZACH: Hervorragend! Da ich rein technisch gesehen außerhalb der Stadtgrenzen wohne, darf ich ihn behalten! Wir werden einen Heidenspaß haben.

ICH: Ich möchte ihn streicheln. Ist er jetzt bei dir?

ZACH: Ja, er ist bei meinem Kumpel im Auto, während ich alles Nötige besorge.

ZACH: O Mann. Ich werde ihm was bauen müssen. Ich hasse das.

ICH: Er braucht viel Platz, wo er sich frei bewegen kann!

ZACH: Ich weiß, ich weiß. Ich bin dabei.

ICH: Mach es nicht zu klein. Für seine Brüder …

ZACH: Der S'Mores-Clan soll also einen großen Spielplatz bekommen?

ICH: Heißt das, du machst mit?

ZACH: Der Gedanke fängt an, mir Spaß zu machen ...

ICH: Hab ja gesagt, ich gewinne. 😉

ZACH: Jaja. Still jetzt.

• • •

ZACH: Dieses Ziegenbaby hört einfach nicht auf zu kacken.

ICH: Tja ... Ziegen machen das so.

ZACH: Er will auch dauernd meine Hose essen.

ICH: Zieh sie aus.

ICH: Moment. Das war tendenziell pervers.

ZACH: Geht es endlich los mit Sexting?

ICH: Ja. Aber schick mir erst ein Bild von Marshmallow. Ich vermisse ihn.

ZACH: ANHANG HERUNTERLADEN

ICH: Ist das ... dein Gesicht?

ZACH: Äh ... ein Viertel davon.

ZACH: Oh, krass. Mir ist gerade klar geworden, dass wir uns noch nie gesehen haben. Ich meine, überhaupt noch nie.

ICH: ANHANG HERUNTERLADEN

ICH: So, jetzt sind wir quitt.

ZACH: Wow. Deine Stirn ist wirklich sexy. Und ... sind das Sommersprossen?

ICH: Ja ... und das beweist, wie genau du das Foto betrachtet hast, du Creep.

ZACH: Was ist dir an mir aufgefallen? Nicht lügen.

ICH: Du hast buschige Augenbrauen.

ICH: Was ich sexy finde.

ICH: OMG, ich kann nicht glauben, dass ich das geschrieben habe.

ZACH: Ich finde deine Sommersprossen sexy.

ICH: Das sagst du nur, weil ich gesagt habe,

dass ich deine Augenbrauen sexy finde. Sei nicht so einer.

ZACH: Einer, der ernst gemeinte Komplimente gibt?

ICH: Nein, einer, der Höflichkeitsfloskeln verteilt, die er nicht wirklich so meint. Z. B. wenn eine alte Dame sagt: »Sie haben aber ein sympathisches Lächeln«, und man antwortet: »Danke, ich finde Ihr Parfum toll«, dann hat man gelogen, weil wirklich niemand den Geruch von Alte-Frauen-Parfum mag.

ZACH: Ich wette, wenn du eine alte Dame wärst, würde ich dein Parfum mögen.

ICH: Hör. Auf.

ICH: Aber ja, ich wette, das würdest du.

ZACH: Du bist ja so unglaublich eingebildet. Tja, außer wenn ich dir ernsthaft ein Kompliment für deine Sommersprossen mache. Dann wirst du zum Idioten.

ICH: Hast du mich gerade Idiot genannt?

ZACH: Ja. Idiot.

ICH: Das reicht. Du schuldest mir noch ein Bild von Marshmallow.

ZACH: ANHANG HERUNTERLADEN

ICH: OMG!!! Er hat eine Windel an! Das ist so süß. Ich heule. *schluchzt*

ZACH: Ich war bis jetzt noch nie stolz darauf, eine Frau zum Weinen gebracht zu haben. *schluchzt*

Kapitel 6

ICH: Rette mich, mir ist langweilig.

ZACH: Ich schicke dir keine schmutzigen Sachen, Delia.

ICH: DAS WOLLTE ICH AUCH NICHT.

ZACH: Oh, komm schon. Die ganze Sache schreit nach schmutzigen Fotos.

ICH: Du bist so ein verdammter Lügner. Du wünschst dir, dass ich gerne Fotos von dir hätte.

ZACH: Ich schicke dir eins. Bin gleich zurück.

ICH: Wow. Ich sterbe vor Spannung.

ZACH: ANHANG HERUNTERLADEN

ICH: Du hast ein Badezimmer-Selfie mit Marshmallow gemacht?

ZACH: Für ihn das allererste Mal. Ich bin so stolz auf ihn. Hoffentlich habe ich ihn gut getroffen.

ICH: Er sieht toll aus und ich finde es ja so gut, dass du immer noch nicht dein ganzes Gesicht zeigst.

ZACH: Das würde die Überraschung verderben für den Tag, an dem du endlich nachgibst und dich mit mir triffst.

ZACH: Ich bin übrigens total reizend.

ICH: Klar, buschige Augenbrauen etc.

ZACH: Hat das was mit deinen sexuellen Vorlieben zu tun? Buschige Brauen? MOMENT MAL. Hast du mein Foto in deiner Pornobildersammlung gespeichert?

ICH: DAS VON DEINEN AUGENBRAUEN?! Nein, du Freak.

ZACH: Ich wette, du hast komische Sexgewohnheiten.

ICH: Habe ich nicht. Ich bin der Blümchen-Typ.

ICH: Mist, das ist das Letzte, was ich einem Mann gegenüber sagen sollte. Ich bin unheimlich schlecht im Flirten.

ZACH: Moment, wir flirten? Verdammt. Wenn ich das gewusst hätte, hätte ich dir ein Foto von meinem Sixpack geschickt. Bleib dran.

ZACH: ANHANG HERUNTERLADEN

ICH: Okay, ich hatte mit Bier gerechnet, das wäre typisch für dich, und ein SEHR KLEINER TEIL von mir hatte auf ein echtes Foto von deinen Bauchmuskeln gehofft, aber das? Ja ... damit habe ich nicht gerechnet. Ich wusste nicht einmal, dass es noch Leute gibt, die solche T-Shirts mit aufgedruckten Bauchmuskeln besitzen.

ZACH: Falls du es noch nicht gemerkt hast, ich bin ein bisschen nerdig. PS: Wie findest du die Muskeln?

ICH: Oh. Hmm ... ich habe sie gar nicht richtig gesehen. Lass mich das kurz vergrößern.

ICH: Der rechte Arm wirkt etwas dicker als der linke. Hmm … *tippt sich ans Kinn*

ZACH: Das ist mein Gamer-Mausarm.

ICH: Und die Nerd-Treffer kommen immer näher …

ZACH: Wie wär's damit – du zeigst mir deins, ich zeig dir meins?

ICH: Mein was?

ZACH: Ich weiß nicht. Irgendwas.

ZACH: Komm schon, Delia. Wir sollten uns textuell näherkommen.

ICH: Hast du gerade …

ICH: Ich kann jetzt nicht. KANN NICHT.

ZACH: Du stehst total drauf, dass ich dich mit Scherzen und blöden Sprüchen unterhalte. Komm schon, gib es ruhig zu – es gefällt dir.

ICH: Tut es nicht!

ICH: *flüstert* Tut es eigentlich doch.

ZACH: ERWISCHT!

ZACH: Also, schickst du jetzt ein Foto, oder nicht?

ICH: Nicht vom Gesicht, okay?

ZACH: Nein, wir wollen uns ja nicht die Überraschung verderben.

ICH: Gut. Einen Moment.

ICH: ANHANG HERUNTERLADEN

ZACH: DEINE FÜSSE?

ICH: Ist es nicht das, was du wolltest? Oh, mein Fehler. Ich dachte, das macht man beim Sexting.

ZACH: Manche Leute sind total scharf drauf und, wie auch immer, es ist halt ihr Ding, aber nein, DU LIEBER GOTT, NEIN.

ZACH: ANHANG HERUNTERLADEN

ICH: OMG. Wer hat deine Zehennägel lackiert?!

ZACH: Mein Mitbewohner hat einen Sohn, der

sich gerade total für Nagellack begeistert, also habe ich mir von ihm die Nägel lackieren lassen.

ICH: Ich habe Tränen in den Augen. Du bist unglaublich.

ICH: Ist der Kleine oft bei euch?

ZACH: Jedes zweite Wochenende. Im Moment ist er gerade zusammen mit Marshmallow auf meinem Bett eingeschlafen. Sie sind beste Freunde.

ZACH: Wie kommt es, dass wir vom Sexting abschweifen und plötzlich über Kinder reden? Fühle mich betrogen.

ICH: Es lag an den Füßen.

ZACH: Sei ehrlich … hast du DAS Foto in der Pornosammlung gespeichert?

ICH: Na klar. Wer steht nicht auf so glänzende Männerfußnägel?

ICH: Schon gut, nein. Da kommt es mir hoch.

ICH: Zach? Bist du noch da? Bin ich zu weit gegangen?

ICH: Hm. Anscheinend. Es war nett, dich gekannt zu haben.

• • •

ICH: Habe ich etwas falsch gemacht? Wir chatten doch regelmäßig und, ja, ich habe das Gefühl, dass ich seit sechzehn Stunden geghostet werde.

ZACH: Ich finde es süß von dir, dass du die Stunden zählst, seit wir das letzte Mal gechattet haben. Du magst mich.

ICH: Niemals.

ZACH: Nein, du hast nichts falsch gemacht, Delia. Ich war total beschäftigt mit Xavier und Marshmallow. Beide haben auf mein Bett gekackt, das war ein Spaß. Dann hat das Auto von Xaviers Mutter schlapp gemacht und Robbie musste irgendwie herauskriegen, was los war. Es war das totale Chaos. Ich habe dich nicht ignoriert, ehrlich.

ZACH: Geständnis: Ich habe heute schon drei

Mal zum Handy gegriffen, um mit dir zu chatten, aber jedes Mal bin ich unterbrochen worden.

ZACH: ANHANG HERUNTERLADEN

ICH: Du hast mir ein Foto von Kacke geschickt. Ziegenbaby-Kacke und Menschenbaby-Kacke. Du bist ganz, ganz schlecht im Sexting.

ICH: PS: Ich beneide dich nicht.

ICH: Oh und ich bin froh, dass du nicht sauer auf mich bist. Ich hatte befürchtet, ich hätte unsere wundervolle, merkwürdige Freundschaft zerstört.

ZACH: Was steht für den Rest des Abends auf dem Plan?

ICH: Arbeiten. Ich bin noch hier, aber ich hoffe, die schicken mich bald nach Hause. Hier ist nichts los und ich möchte jetzt ein Eis essen und dann schlafen – in der Reihenfolge.

ZACH: Bitte sag, dass du es verstehst eine wirklich gute Eiscreme zu genießen.

ICH: Ist das deine Art zu fragen, welche Sorte ich mag?

ZACH: Ja.

ICH: Marke oder Geschmacksrichtung?

ZACH: Beides. Beides ist wichtig.

ICH: Mint Chocolate Chip, Baskin Robbins.

ZACH: Hmm ... das geht in Ordnung. Auch wenn BR viel besser ist, frischer, und die Geschmacksauswahl ist nicht unmöglich, im Vergleich zu allen anderen.

ICH: Und auf welche Eiscreme stehst du?

ZACH: Birthday Cake ist meine Lieblingssorte, aber es ist schwierig, einen zu finden, der ordentlich gefrostet wurde. Meistens mache ich dafür eine Extratour ans andere Ende der Stadt.

ICH: Ich glaube, ich weiß, wohin du gehst.

ZACH: Zu Boom's?

ICH: Jaaa! Bestes. Eis. Aller. Zeiten.

ZACH: Lass uns hingehen. Jetzt gleich. Mach dich bereit, es geht zu Boom's!

ICH: Das ist nicht dein Ernst ...

ZACH: Stimmt, aber nur weil ich schon im Bett bin ... nackt.

ICH: Oh, ich wünschte, dort wäre ich auch.

ZACH: Du wärst gern nackt im Bett mit mir? Mir gefällt die Richtung, die unsere Konversation gerade nimmt.

ICH: Ich wünschte, ich wäre nackt in MEINEM Bett.

ZACH: Das klingt nach nicht annähernd so viel Spaß.

ICH: Für mich schon. 😉

• • •

ICH: Wir können uns gegenüber doch wirklich ehrlich sein, oder?

ZACH: Ich hoffe es.

ICH: Hast du damit gerechnet, dass aus dieser falschen Handynummer so etwas entstehen würde?

ZACH: Du meinst, ob ich damit gerechnet habe, dass eine völlig fremde Person mir zu den unmöglichsten Zeiten schreiben und von mir verlangen würde, zu entscheiden, was SIE essen möchte? Oder dass ich an ihren chaotischen Gedanken teilnehmen würde? Oder dass sie ständig versuchen würde, mit mir zu sexten? Oder die Sache mit dem Ziegenbaby – dass ich, nur weil besagte Fremde keine Ruhe geben würde, weil die doch so niedlich wären, stundenlang Videos von diesen total süßen Wesen angucken würde, bis ich praktisch davon besessen wäre und am Ende tatsächlich eins kaufen würde?

ZACH: Ist es all das, was du meinst?

ICH: Ich glaube, du hast das Wesen unserer Beziehung perfekt zusammengefasst.

ZACH: Nein. Delia, ich habe nicht damit gerechnet, dass wegen einer falschen Handynummer all das passieren würde.

ICH: Bist du froh, dass es passiert ist?

ZACH: ANHANG HERUNTERLADEN

ZACH: Dieses furchtbar süße winzige Zicklein
hat meine Lieblingsschuhe angeknabbert.
Irgendwie hasse ich dich im Moment.

ZACH: Ja ... gestand er widerwillig.

ICH: Oh, hör auf. Ich werde rot.

ICH: Also wirklich, andererseits ... ist es nicht komisch?

ZACH: Nö. Nun ja, irgendwie schon. Aber nö.

ICH: Was du sagst, ergibt unheimlich viel Sinn.

ZACH: Ich weiß.

ICH: Seufz. Ich müsste eigentlich jetzt etwas fürs College tun, aber ich kann mich einfach nicht darauf konzentrieren.

ZACH: Mit anderen Worten, du kannst nicht
aufhören an mich zu denken? *zwinkert*

ICH: Bäh.

ICH: Ich reite mich hier immer tiefer rein.

ICH: Ich schwöre, wenn du auch nur einen einzigen Reiter-Witz machst ...

ZACH: Was willst du denn tun? Mich per Text anschreien? Ich zittere vor Angst.

ICH: Ich werde dich finden.

ZACH: Lass mich raten. Du verfügst über ein paar ganz besondere Fähigkeiten?

ICH: Ich kann unheimlich gut einen blasen.

ZACH: Heilige Scheiße. Ich musste so laut lachen, dass ich gefurzt habe und unser Ziegenbaby Angst bekommen hat.

ICH: UNSER Ziegenbaby, soso? Langsam wird mir klar, was du vorhast ...

ICH: O nein – was, wenn wir damit aufhören? Was wird dann aus Marshmallow? Oder seinen Brüdern? WIE KANN ICH MEIN BABY DANN JEMALS WIEDERSEHEN? *heult*

ZACH: Gar nicht. *lacht böse*

ICH: ZACH!

ZACH: DELIA!

ICH: Du bist heute ganz schön dreist.

ZACH: Solltest du nicht was fürs College tun,
oder so?

ICH: Oder so.

Kapitel 7

»Ich habe heute ein Date«, verkündet Zoe, als ob das etwas Neues wäre. Spoiler-Alarm: Ist es nicht.

»Wer ist denn diesmal der Unglückliche?

»Der *Glückliche*. Es ist Shep.«

»Du meinst, *der* Shep?«

Ein schelmisches Grinsen breitet sich auf ihrem Gesicht aus. »Genau.«

»Clark? Shep Clark? Der in Calebs Baseball-Mannschaft ist? Der Shep?«

Sie nickt, ihr Kopf bewegt sich schnell auf und ab und ihr Grinsen wird noch breiter. »Jawohl.«

»Äh … wow. Wow. Bist du sicher? Ich meine, es ist Shep – *der* Shep.«

»Kannst du bitte aufhören, so zu tun, als wäre er Gott?«

»Er ist ein Gott!«

»Er ist ein gewöhnlicher Sterblicher, der zufällig weiß, wie man einen Baseball trifft, weiter nichts.«

»Weiter nichts«, brumme ich. »Sie sagt, weiter nichts.«

»Das habe ich gehört.«

»Ja, weiter nichts.«

Ein Luftzug warnt mich vor dem Kissen, das in Richtung meines Kopfes geworfen wird, gerade rechtzeitig, um dem Attentat auszuweichen.

Zoe stemmt die Hände in die Hüften und zieht einen Schmollmund. »Sei gefälligst lieb, Delia.«

»Oder was, Zoe?«, gebe ich zurück und äffe ihre Haltung nach.

»Ich werde dich einfach schneiden.«

Ihre Stimme ist so sanft, dass sie fast kalt wirkt. Aber ich kenne Zoe. Zoe kann nicht einmal eine Pizza schneiden.

»Na los, geh und wirf dich in Schale für dein Date, du viel zu liebes, niedliches Ding.«

»Ich bin furchterregend!« Sie stampft mit dem Fuß auf und ich lache, bis mir fast die Tränen kommen.

»Du bist einfach süß. Also, was willst du anziehen? Bei einem Date mit *Shep* kannst du schließlich nicht irgendetwas tragen.«

»OmeinGott. Bitte hör auf, seinen Namen so auszusprechen.«

Ich fasse mir in gespielter Unschuld ans Herz. »Ich weiß gar nicht, was du meinst.«

»Doch, weißt du sehr wohl – du dramatisierst. Du senkst die Stimme. Das ist gruselig. Hör auf damit.« Sie zieht zwei Tops aus ihrem Kleiderschrank und hält sie hoch. »Blau oder blau?«

Ich rümpfe die Nase. »Keins von beiden. Such weiter.«

Während Zoe sich in ihren überfüllten Kleiderschrank vertieft, fische ich mein Handy aus der Hosentasche und stelle überrascht fest, dass eine Nachricht auf mich wartet.

ZACH: Es ist Freitagabend und ich habe ein Date … mit Netflix und dem Takeout-Imbiss. Bitte sag, dass ich kein furchtbar langweiliger Typ bin. Übrigens schöne Grüße von Marshmallow.

Ich lächle, als ich den Text lese – aber ich sollte nicht lächeln, oder? Ich sollte verwirrt und besorgt sein, weil Zach mir schon wieder schreibt.

Oder?

Jedenfalls bin ich es nicht. Ich bin nicht nur nicht besorgt. Ich antworte.

ICH: Du bist nur langweilig, wenn ich langweilig bin, ich habe nämlich genau das Gleiche vor. PS: Hi, Marshy! ♡

ZACH: Wir haben was GEMEINSAM!

ZACH: O Mann. Ich bin ein zwölfjähriges Mädchen. Kann mich jemand umbringen?

ICH: Du hast dich nicht wie ein zwölfjähriges Mädchen angehört, als du mich angeknurrt hast wegen der falschen Telefonnummer.

ZACH: Ich habe dich nicht angeknurrt.

ICH: Du hast dich angehört wie ein wütender Bär.

ZACH: Darf ich dabei einen Hut tragen?

ICH: Möchtest du Smokey Bear sein?

ZACH: Den fand ich immer cool ...

ICH: Wow, du BIST tatsächlich ein zwölfjähriges Mädchen.

»Erde an Delia. Hallo! Hier bin ich!«

Ich schrecke aus meiner Zach-Blase auf und widme meine Aufmerksamkeit Zoe. Sie starrt mich an und es ist nicht zu übersehen, dass sie wütend ist. »Ja?«

»Jeans – hell oder dunkel?«

»Dunkel. Eine dunkle Jeans ist nachts besonders sexy.«

Sie neigt den Kopf und überlegt. »Hm, gute Idee. Sie bringen außerdem meinen Hintern zur ...«

»Was exakt der Grund ist, weshalb du sie tragen solltest.«

»Natürlich.«

Mein Handy brummt wieder und ich blicke nach unten, um die Botschaften zu lesen.

ZACH: Ich erkläre hiermit, dass ich mindestens dreizehn bin.

ZACH: Hast du Stranger Things gesehen?

ZACH: Natürlich hast du. Jeder hat das gesehen. Egal. Wie wär's mit Hemlock Grove? Ich glaube, das könnte ein abgefahrener Abend werden.

ZACH: Warum zum Teufel nerve ich dich überhaupt?

ZACH: Ich lasse dich jetzt in Ruhe.

Ich schüttle den Kopf, weil er so merkwürdig drauf ist. Meine Finger schweben über dem Display, während ich zu entscheiden versuche, wie ich antworten soll.

»Wenn es dich nicht interessiert, dann verschwinde.«

Zoe starrt mich schon wieder erbost an. »Tut mir leid, Z. Um was geht es jetzt?«

Sie versucht gar nicht, ihre Verachtung zu verbergen. Sie schnaubt und greift sich in die chaotische Masse ihrer Haare. »Hochgesteckt oder offen?«

»Offen. Nein, warte – hochgesteckt!«

»Also … so?«

»Ach nein.« Ich schüttle den Kopf. »Offen.«

Zoe verdreht die Augen und wirbelt herum. Ihre ganze Aufmerksamkeit gilt jetzt ihrem Kopf im Spiegel ihrer Frisierkommode.

ICH: Ich habe ST gesehen, aber Hemlock Grove noch nicht.

ICH: Vorschlag?

ICH: Lass uns Hemlock Grove zusammen angucken. Via Chat.

ICH: Außerdem finde ich es abgefahren, dass du mir immer schreibst, ABER ICH texte ja zurück, also bin ich wohl auch abgefahren. Du bist eigentlich ... unterhaltsam.

ZACH: Nur eigentlich?

ICH: *verdreht die Augen* Auch eine Art, den Augenblick zu ruinieren.

ZACH: ICH ruiniere den Augenblick? Du bist es, die gelogen hat.

ICH: Inwiefern gelogen?

ZACH: EIGENTLICH. Als ob wir nicht beide wüssten, was für ein richtig toller Typ ich bin.

ICH: Du bist überhaupt nicht eingebildet.

ZACH: Oder selbstbewusst. Treffen Sie Ihre Wahl.

ICH: Warum unterhalte ich mich immer noch mit dir?

ZACH: Weil wir uns zusammen Hemlock Grove reinziehen werden?

ICH: Gib mir 30 Minuten.

ICH: MOMENT. Was bestellst du zum Essen? Lass uns echte Loser sein und beide das Gleiche essen.

ZACH: *stöhnt* MUSS das sein?

ZACH: Ich bestelle beim Chinesen.

ICH: Och nee. Ich mag lieber Hähnchenflügel.

ZACH: Also gut. Hähnchenflügel.

ICH: *flüstert* Welche Sorte nimmst du?

ZACH: WIR NEHMEN NICHT DIE GLEICHE SORTE. So spießig muss es nicht sein.

ICH: Okay, aber nur damit du es weißt, ich schmolle.

»Und was machst du heute Abend?«, will Zoe wissen, während sie aufwendiges Make-up aufträgt. Ich habe keine Ahnung, was das für Zeug ist, weil Make-up nicht mein Ding ist, aber, verdammt noch mal, das Mädel versteht sich aufs Schminken.

Ich spüre mein Lächeln und weiß, dass Zoe es sieht, bevor ich es unterdrücken kann.

»Warum lächelst du? Was ist los? Was hast du heute Abend vor?«

»Äh … ich glaube, ich gucke Netflix und bestell mir was Nettes zum Essen.«

»Oh.« Ihre Augen weiten sich. »Oh! Du willst ›Netflix and Chill‹ mit dir selbst? Du schlimmes Mädchen, du.«

»Zoe! Ich werde nicht masturbieren und dabei Netflix gucken – nicht, dass ich daran etwas verkehrt finde, es ist aber nicht das, was ich vorhabe. Warum zum Teufel denkst du das?

Sie zuckt mit den Schultern. »Dein Lächeln. Ich weiß nicht. Es wirkt so … geheimnistuerisch und dabei fällt mir eben nur das ein. Tut mir leid, Sex beherrscht gerade mein Denken. Ich meine, ich gehe zu einem Date mit Shep.«

»*Dem* Shep.«

»Ja, mit *dem* Shep.« Sie seufzt und es klingt sehnsüchtig, was für Zoe ganz untypisch ist.

Ich will euch nichts vormachen, meine beste Freundin ist als Herzensbrecherin bekannt. Sie ist der Heute-hier-morgen-da-Typ, lässt niemals jemand zu nah an sich heran, sucht sich lieber schnell wieder einen anderen. Das ist schon okay. So ist sie eben.

Gäbe es ein männliches Gegenstück zu Zoe, dann wäre das Shep, und das wissen die beiden.

Aber dass sie sich so viele Gedanken darum macht, was sie anziehen soll, ihre verträumten Seufzer, das Zittern ihrer Finger, als sie ihr Make-up perfektioniert, all das sagt mir, dass dieses Date für sie anders ist. Sie ist nervös. Zoe wird nicht nervös.

Durch Caleb bin ich Shep ein paar Mal begegnet und er war immer anständig. Viel zu selbstsicher, aber anständig. Allerdings habe ich auch mitbekommen, wie er mit Verehrerinnen nur so um sich wirft, und habe auch ein paar Mal erlebt, wie er geohrfeigt wurde. Dann grinst er bloß und wendet sich der Nächsten zu. Ich fand es immer ein bisschen ... schäbig, wie er sich dabei verhalten hat.

»Hey, Zoe?«

»Ja?«

»Du passt aber gut auf dich auf, wenn du dich mit Shep triffst, okay? Er hat so einen Ruf ...«

Lautes Lachen erfüllt den Raum. »Delia, ich habe auch einen Ruf. Keine Sorge.« Sie steht auf und besprüht sich mit Parfum.

»Bist du sicher?«

»Ja! Und jetzt hör auf, dir Sorgen zu machen und wünsch mir Glück. Shep sollte gleich ...«, es klopft an der Tür, »... na also.« Rasch schlüpft sie in die niedlichsten Stiefeletten aller Zeiten und wirft mir eine Kusshand zu. »Ich muss los, Süße! Viel Spaß heute Abend.«

Ich sitze da und höre zu, als sie Shep an der Tür begrüßt. Selbst von diesem Zimmer aus höre ich ihrer Stimme an, dass sie nervös ist. Was mich überrascht, ist, dass ich das Gleiche in Sheps Stimme höre.

Vielleicht wird ja alles gut.

Mein Handy brummt und ich lese die Botschaft auf dem Display.

ZACH: Ich bestelle jetzt meine Hähnchenflügel. Du hast noch zwanzig Minuten, Frau.

ICH: Du hast soeben ganz viele Punkte verloren, indem du mich »Frau« genannt hast.

ZACH: Das geht in Ordnung. Ich bin sicher, ich hatte sowieso einen viel zu hohen Punktestand.

• • •

ICH: Was zum Teufel geht hier ab?! Der reiche Typ ist ein totaler Freak. Ich traue ihm nicht.

ICH: Der andere Knabe, der Wolfstyp, der ist in Ordnung, dem können wir trauen.

ICH: ZACH

ZACH: Pssst! Ich muss mich auf die Handlung konzentrieren!

ICH: Aber ich brauche dich.

ZACH: Oha, du BRAUCHST mich? *macht mit den Augenbrauen das, was du so sexy findest*

ICH: Da ist wirklich absolut nichts sexy an dem, was du »mit den Augenbrauen machst«.

ZACH: Aber du weißt genau, wovon ich rede, oder? Ich wette, du hast es sogar selbst auch gemacht.

ICH: Halt den Mund.

ICH: Guck dir den Film an.

ZACH: Pause in eins ... zwei ...

ICH: Wieso machen wir Pause?

ZACH: Das Essen ist da.

ICH: Was! Meins ist noch nicht da.

ZACH: Hättest früher bestellen sollen.

ZACH: Und NEIN, ich werde NICHT auf dich warten. Ich esse mein Hähnchen gerne, solange es heiß ist, danke.

ICH: Du bist gemein. Du hast mir gar nicht gesagt, dass du gemein bist.

ZACH: Um dir damit die Überraschung zu verderben? Auf keinen Fall!

ZACH: Eins ... zwei ...

ICH: PAUSE!

Jemand wummert gegen die Tür und ich fahre fast aus der Haut vor Schreck. Jetzt, da der Film gestoppt ist, ist es ganz still in der Wohnung und das Klopfen wirkt noch lauter.

»Ich komme!«, rufe ich dem Lieferanten auf der anderen Seite der Tür zu.

Ich greife nach meiner Geldbörse – immer noch ein bisschen sauer, weil mir Geld gestohlen wurde, aber gleichzeitig froh, dass es nicht meine richtige Geldbörse war – und nehme genug Scheine heraus, um die Rechnung einschließlich Trinkgeld zu bezahlen.

Als ich die Tür aufreiße, steht ein aufgeregter Knabe im Highschool-Alter vor mir.

»D-Deli-ja? Dee-lija?«

Ich gebe mir Mühe, nicht zu lachen. »Einfach Delia, wie ›Deli plus a‹. Ja, das bin ich.«

»Ich habe hier einmal Hähnchenflügel Thai Chili, ohne Knochen, mittlere Portion, mit Pommes.«

»Ja, das stimmt wohl.«

»Sehr gut.« Er nimmt den Behälter aus seiner Thermobox und reicht ihn mir. »Das war's. 'n schönen Abend, Delija.«

»Moment! Willst du kein Geld?«

»Oh, nein. Das ist schon geregelt, Miss.«

»Wie das? Von wem?«

»Äh, also ... das war ...« Er sucht in seinen Hosentaschen und fischt schließlich einen zusammengefalteten Zettel heraus. »Das hätte ich fast vergessen – das ist für Sie.«

Überrascht nehme ich den Zettel in Empfang. »Oh, okay. Also ... äh, dann sage ich mal danke. Warte, ich gebe dir noch Trinkgeld.«

»Das ist auch schon geregelt.«

»Im Ernst? Ach, was. Dann kriegst du es eben doppelt.« Ich greife in meine Geldbörse, ziehe den erstbesten Schein heraus und drücke ihn dem Jungen in die Hand. »Danke.«

Ich werfe die Tür zu, stelle den Behälter ab und klappe den Zettel auseinander.

Ein guter Freund lässt seine Freunde nicht mit Netflix verhungern.

ZACK MIT H

Zach

Ich nehme mein Handy und zögere keine Sekunde, bevor ich die grüne Taste neben Zachs Namen drücke.

»Ich schätze, du hast mein Geschenk bekommen, Delia.«

»Du hast mein Abendessen bezahlt? Was zum Teufel soll das, Zach?«

»Ein ›Danke‹ reicht völlig.«

Wenn ich doch durch das Handy hindurch nach ihm greifen könnte ... »Danke, aber warum zum Teufel machst du das? Woher weißt du überhaupt, von wo ich das bestellt habe?« Ich schnappe nach Luft, als mir etwas klar wird. »Moment mal ... woher weißt du, wo ich wohne? Bist du ein verdammter Stalker? War diese Story mit der falschen Handynummer ein Fake, damit du dich in mein Leben einschleichen kannst?«

»Also, erstens, beruhige dich. Zweitens, ich weiß nur, dass wir nicht allzu weit voneinander entfernt wohnen. Deine Adresse weiß ich nicht, aber die beim Imbiss wissen sie.« Ich kann praktisch hören, dass Zach grinst. »Drittens, ich habe mehrere Imbiss-Restaurants angerufen, die Hähnchenflügel auf der Speisekarte haben und sich in der Nähe des Lola's befinden. Du hattest erwähnt, dass du von dort zu Fuß nach Hause gehen kannst, also habe ich nachgefragt, ob du dort etwas bestellt hast. Die waren übrigens sehr entgegenkommend bei Wing Spot. Sie meinten, es sei eine sehr ... wie haben sie es formuliert? Ah ja ... romantische Geste.«

Ich bin sprachlos.

»Ich ... mir fehlen die Worte, Zach. Danke. Das war ... sehr nett. Ein bisschen gruselig, aber nett.«

»Alles für dich, Delia.«

Die Art, wie er das sagt, ... seine Worte lösen etwas in mir aus. Ich glaube nicht, dass er irgendetwas anderes will als einfach freundlich sein, aber ich müsste lügen, wenn ich behaupten wollte, dass sie in mir nicht alle möglichen Versionen von Kribbeln freisetzen.

»Wie gefällt dir die Serie bis jetzt?«, frage ich, um das Thema zu wechseln.

Ich nehme den Container mit meinem Abendessen, stelle ihn auf den Couchtisch und gehe in die Küche, um mir etwas zu trinken und eine Gabel zu holen.

»Ich habe nicht damit gerechnet, dass es so … bizarr ist.«

»Wir sind erst bei der zweiten Folge.«

»Ich habe keine Scheiß-Ahnung, was da läuft – also ist es bizarr.«

Meine Finger umklammern die Kühlschranktür angesichts Zachs rauer Sprache. Die Art, wie er seinem Unmut Ausdruck verleiht, seine Wortwahl und dass seine Stimme so tief klingt … es macht mich an.

»Ich muss dir recht geben.« Ich stelle das Handy auf Lautsprecher, denn ich habe keine Lust, es in der Hand zu behalten, während ich eine Weinflasche öffne. »Wie geht's Marshmallow?«

»Ihm geht's gut, er schläft auf meinem Kopfkissen. Was machst du, Delia? Hört sich an, als ob jemand die Wohnung verwüstet.«

»Zu deiner Information, Schlauberger, ich hole mir etwas zu trinken.«

»Du bist so … laut dabei.«

Ich äffe seinen Ton nach. »Du bist so … unhöflich dabei.«

»Mir macht das richtig Spaß, diese Freundschaft, die

sich zwischen uns entwickelt. Du nennst mich alles Mögliche, ich tue alles Mögliche für dich.«

»O ja, macht wirklich Spaß.«

»Das konntest du nicht mit ernstem Gesicht sagen. Ich höre, wie du lächelst.«

Er hat recht. Zum Teufel mit ihm, er hat recht.

»Was soll's. Gucken wir die Serie weiter?«

»Glaubst du, ich könnte jetzt aufhören?«

»Bestimmt nicht.«

»Willst du … ich weiß nicht, am Telefon weiterreden?«

Ich schlucke hörbar. Ganz sicher hat er es gehört. »Äh … klar?«

»Warum so fragend?«

»Macht dich das nicht nervös?«

»Ich habe dich zum Abendessen eingeladen, Delia. Wir sind über dieses Stadium hinaus. Wir sind zwei Freunde, die gerne zusammen eine Serie gucken und dabei pikant gewürzte Hähnchenflügel essen – oder, in deinem Fall, lasche Hähnchenflügel.«

»Machst du dich gerade über meinen Geschmack lustig?«

»Habe ich nicht recht?«, gibt er zurück.

»Ich … NEIN! Die Dinger sind ganz schön scharf!«

»Für wen? Für Kleinkinder?«

»Du bist gemein, Zach.«

»Und das macht dir Spaß, Delia.«

Er hat recht.

Schon wieder.

»Also legen wir auf und drücken auf Play, oder was?«

»O nein. Du gehst jetzt nirgendwohin. Du bist diejenige, die angerufen hat, anstatt zu schreiben. Es gibt kein Zurück, Baby.«

Ich weiß nicht, warum, zumal ich es nicht leiden kann, Baby genannt zu werden, aber ich könnte schwören, dass mein Herz schneller schlägt, wenn er mich so nennt.

»Willst du mir beim Kauen zuhören? Stehst du auf so etwas, Zach?«

»Nein? Was? Ich werde der Serie zuhören und vielleicht auch deinen nervigen Unterbrechungen.«

»In der Hinsicht habe ich einen Ruf zu verlieren«, stimme ich zu.

»Siehst du? So gut kenne ich dich schon.«

»Du hast keine Ahnung verdammt.«

»Ich weiß, dass wir in derselben Stadt wohnen ...«

Er verstummt und ich hasse es, wie ich plötzlich an die Kante des Sofas rutsche, wie mein Puls schneller schlägt und ich kann es wirklich nicht ertragen, wie meine Finger das Telefon umklammern, als ob alles, was Zach sagt, für mich ein Fels in der Brandung wäre, an dem ich mich krampfhaft festhalte.

»Stimmt«, sage ich.

»Siehst du, das ist schon etwas. Ich weiß auch, dass du gerne Hot Wings isst und Gruselfilme magst und auf den Werwolf stehst.«

»Du nervst wirklich.«

»Haha. Das glaubst du ja selbst nicht, Delia.«

»Ich drücke jetzt auf Play. Bist du dabei, oder was?«

Er schmunzelt und ich finde, es klingt wundervoll. »Oh, ich bin dabei.«

Wir drücken gleichzeitig auf Play. Die nächsten Minuten herrscht Schweigen, während wir essen und die verrückte Handlung auf dem Bildschirm verfolgen.

Ich höre ein Schlurfen und Scharren vom anderen Ende der Leitung, denke mir aber nichts dabei – nun ja, bis ich das Gemurmel höre.

»Wo verdammt ist meine Extraportion Dressing?« Ich kichere leise, weil Zach sich wütend anhört. »Haben diese Arschgeigen die nicht mitgeschickt?« Arschgeigen? »Also, verflixt und zugenäht …«

Ich kann nicht anders – ich muss lachen und ich bin sicher, dass er es gehört hat.

»Ich schätze, du hast gerade mitgehört?«

»Du hast nicht gerade versucht, leise zu sein.«

»Die haben meine Extraportion Dressing vergessen. Das reicht ja wohl, um vor Wut zu brüllen.«

»Dir ist es wohl schrecklich ernst mit deinem Dressing.«

»Eines Tages, Delia, werde ich dir zeigen, wie ernst es mir ist.«

»Sollen wir Pause machen, damit du dir Dressing besorgen kannst?«

»Ach was, nicht so wichtig. Lass uns weitergucken. Diese Serie wird immer bizarrer.«

Erneutes Schweigen.

Es vergehen fünfzehn Minuten, bis ich wieder etwas von Zach höre, ich habe fast vergessen, dass wir telefonieren.

»Ich geh los, Kumpel«, dröhnt eine tiefe Stimme zu mir

hindurch; die muss zu dem Mitbewohner gehören, der an allem schuld ist. »Bist du sicher, dass du bei deinem tollen Freitagabend-Plan bleiben willst?«

»Netflix und chillen«, erwidert Zach.

»Willst du's die ganze Nacht mit dir selbst treiben? Auf der Couch? Andere Leute benutzen die nämlich auch. Ich meine, vergiss nicht deine Kinderstube. Das ist nicht cool, Mann.«

»Ich treib‘s nicht mit mir selbst.«

»Aber du denkst darüber nach?« Ich höre, wie der andere Typ mit den Fingern schnippt. »Aha! Ich sehe ein Zögern! Du hast darüber nachgedacht.«

»O Mann! Peinlicher geht es eigentlich nicht mehr«, murmelt Zach.

»Ich weiß nicht, ich finde, es könnte schlimmer sein«, sage ich.

»Halt den Mund«, sagt er zu mir ... glaube ich.

»Nein, du hältst den Mund. Du bist es, der uns heute Abend hängen lässt«, meldet sich sein Kumpel zu Wort.

Ich kichere und höre Zach stöhnen.

»Ich habe dich nicht hängen lassen, Robbie.«

»Hast du sehr wohl. Du lässt uns hängen wegen deines Schwanzes.«

»Ich treibe es nicht mit mir selbst!«

Ich habe das Gefühl, dieser letzte Ausbruch gilt sowohl Robbie als auch mir.

»Im Moment vielleicht nicht, aber du wirst es tun. Ich lebe mit dir zusammen – ich weiß Dinge über dich.«

Erneutes Stöhnen von Zach. »Das ist der peinlichste Moment meines Lebens.«

»Weiß er, dass ich hier bin?«, frage ich. Zach gibt keine Antwort. Ich nehme an, sein Kumpel hat keine Ahnung, dass wir gerade telefonieren.

»Robbie, ich bitte dich, hau schon ab ...«

»Wieso? Bringe ich dich in Verlegenheit? Wieso wirst du rot?«

Ich kann die Bombe von hier aus ticken hören ...

»Weil ich gerade mit einer Frau telefoniere, du Idiot!«, explodiert Zach. »Ich habe meine Bluetooth-Hörer drin, weil wir gerade versuchen, einen Film anzusehen.«

Ich kann mir vorstellen, wie er dasitzt, rot im Gesicht und total genervt mit den Armen fuchtelnd. Die Vorstellung reicht aus, um mich hysterisch auflachen zu lassen.

»Lass es gut sein!«

»Was denn?«, fragt Robbie.

»Nicht du. Sie!«

Ich muss erst recht lachen und Zach knurrt mir laut ins Ohr.

»Guckt ihr euch den Film sozusagen gemeinsam an?«

»Ja!«

»Ah, wie niedlich, von so einer Frauen-Versteher-Aktion habe ich ja noch nie gehört – autsch! Hör auf, Sachen nach mir zu schmeißen!«, höre ich Robbie schreien. »Was soll's. Ich bin dann weg. Warte nicht auf mich, Blödmann.«

Im Hintergrund fällt eine Tür ins Schloss und Zach entfährt ein genervter Seufzer. »Können wir jetzt auf Play drücken?«

»Ja, Zach, wir können auf Play drücken, aber kann ich dich vorher etwas fragen?«

»Schieß los.«

»Treibst du's wirklich mit dir selbst?«

Zach brummt ein »Verdammt, Delia«, bevor er sagt: »Ich drücke jetzt auf Play.«

• • •

Als ich wach werde, verurteilt Netflix mich mit der Frage, ob ich immer noch *Hemlock Grove* schaue.

Verflixt! Zach!

Ich taste nach meinem Handy und frage mich, wie lange ich wohl auf der Couch gepennt habe. Es ist schon nach eins, ich habe also mindestens zwei Stunden lang geschlafen.

Da wartet ein Text auf mich.

> ZACH: Ist die Verbindung unterbrochen worden?

Zwanzig Minuten später ein weiterer Text.

> ZACH: Ich glaube, du bist mir eingeschlafen. Ich hau mich jetzt selbst hin. Danke für den amüsanten Abend. Gute Nacht, Delia.

»Warum sitzt du im Dunkeln und lächelst, und das um ein Uhr morgens?«

Zoe steht in der Tür, leicht erhitzt, und strahlt selbst.

»Warum kommst du so spät nach Hause, um ein Uhr morgens?«

Ihre Wangen färben sich dunkler. »Ich will nicht darüber reden.«

»Aha. Shep ist also wirklich so talentiert, wie alle sagen?«

Ihre Mundwinkel bewegen sich nach oben, aber es ist irgendwie anders. Es ist nicht einfach ein Ich-hatte-tollen-Sex-Lächeln. Es ist … mehr als das, ich kann es nicht erklären.

»Nun ja, also ich gehe jetzt schlafen. Ich muss morgen früh raus. Nacht, D.«

»Nacht.«

Endlich raffe ich mich auf, um in mein Zimmer zu gehen. Ich putze mir noch die Zähne und wasche mein Gesicht.

Bevor ich das Licht ausmache, texte ich noch rasch etwas an Zach.

ICH: Tut mir leid, dass ich eingeschlafen bin.
Kann ja nichts dafür, dass du so langweilig bist.
😜 Nein, wirklich, danke für alles.

ZACH: Für dich jederzeit.

• • •

ZACH: Hast du einen Bart?

ICH: Ich habe mich heute Morgen rasiert, also jetzt nicht mehr.

ZACH: Verstehe. Trägst du Flanell?

ICH: Äh ... manchmal?

ZACH: Interessant. Und schwingst du gerne die Axt? Hackst du gerne Holz?

ICH: Definitiv nicht.

ZACH: Du bist also kein Holzfäller?

ICH: Nicht, dass ich wüsste.

ZACH: Erstaunlich. Du klingst wirklich wie jemand, der Holzbalken durchsägt, wenn du schläfst.

ZACH: PS: Ich will damit sagen, du schnarchst LAUT.

ICH: GEMEIN!

ICH: Und das von dem Typ, der es mit sich selbst treibt?

ZACH: ICH HABE ES NICHT MIT MIR SELBST GETRIEBEN!

ICH: Du meinst, noch nicht. Nicht wahr, Zach? NICHT WAHR?

ZACH: Ich werde dich ab jetzt ignorieren.

ICH: Viel Spaß ... mit dir selbst.

ZACH: Ich hasse mich dafür, dass ich gerade lachen musste.

ICH: Ich bin hier, falls du mich brauchst.

ZACH: Du bist die beste falsche Handynummer, mit der ich je zu tun hatte.

ICH: Ich weiß. *zwinkert*

Kapitel 8

Jetzt ist es amtlich.

Ich, Delia Devlin, bin ihm verfallen.

Marshmallow.

Okay, ich gebe es zu.

Zach.

Wir texten uns jetzt seit drei Wochen ununterbrochen. Er hat wegen mir sogar eine Ziege gekauft! Wie könnte ich nicht verliebt in ihn sein? Es macht Spaß mit Zach und das ist genau das, was ich brauche.

Es wäre ja auch kein Problem, wenn ich nicht sofort alles stehen und liegen lassen würde, sobald mein Handy summt oder klingelt, oder wenn ich nicht jeden Morgen als Erstes an ihn denken würde … und jeden Abend als Letztes.

Das vertraute Summen meines Handys sagt mir, dass ein neuer Text eingegangen ist.

Ein Lächeln umspielt meine Lippen. Ich weiß ja, von wem er kommt.

Seht ihr? Schon wieder.

ZACH: Muss dir was erzählen. Ich verdanke dir noch eine Kundin.

ICH: Wie das? Noch eine? Wie habe ich für dich die erste ergattert?

ZACH: Erinnerst du dich an den Typen, dessen Nummer ich falsch notiert hatte? Den habe ich als Kunde gewonnen, indem ich ihm von deinem frechen Mundwerk erzählt habe.

ICH: Du verbreitest also Lügen?

ZACH: Tu ich das, Delia? Wirklich?

ICH: Nun ja ... ich schätze, nein.

ZACH: Genau das dachte ich mir auch.

ZACH: Ich meine, ich habe auch MEINEN Charme eingesetzt, um ihn zu überzeugen.

ICH: Da hast du wohl ganz tief graben müssen, was?

ZACH: Na, na, meine Liebe, willst du behaupten, ich hätte keinen Charme? Ich bin geschockt!

ICH: Geschockt, Zach? Wirklich?

ZACH: Da ist er schon wieder, dieser wunderbare Humor.

ICH: Warum habe ich das Gefühl, das meinst du sarkastisch?

ZACH: Weil es so ist.

ZACH: Jedenfalls habe ich, wie gesagt, NOCH EINE Kundin wegen dir und unserer originellen ersten Begegnung.

ICH: Unsere originelle erste Begegnung?

ZACH: Die Sache mit der falschen Handynummer. Versuch mitzudenken.

ICH: Tut mir leid, tut mir leid. Erzähl weiter.

ZACH: Als ich ihr davon erzählt habe, war sie ganz aus dem Häuschen. Dann, BUMM, habe ich noch dicker aufgetragen. Ich habe ihr von Marshmallow erzählt und von seinen zukünftigen Brüdern. Ich bin fast sicher, dass sie feucht im Schritt war, als wir das Telefonat beendeten.

ICH: AH-HA! Du gibst es also zu! Marshy wird Brüder bekommen.

ICH: Übrigens gerne geschehen, dass ich dir deine Klientin gefügig gemacht habe. *verbeugt sich*

ZACH: Entschuldige mal, ich (Betonung auf »ich«) war hier derjenige, welche.

ZACH: Man hat mich am College nicht ohne Grund Ladykiller genannt. 😉

»Was ist denn so lustig?«

Mist. Ich habe aus Versehen laut gelacht, und das ist total blöd von mir, denn wir haben hier gerade einen Mädels-Moment und ich texte mit Zach.

Schon wieder.

Ihr seht also, warum diese Verknalltheit ein Problem ist?

»Oh, äh, nichts.«

Zoe grapscht nach meinem Handy und ich versuche mit aller Kraft, es ihr wieder zu entreißen, aber ... zum Teufel mit ihr ... und ihren unheimlich langen Armen. Ich sehe zu, wie sie durch meine Text-Unterhaltungen scrollt. Ihre Brauen ziehen sich zusammen und plötzlich schießen sie vor Überraschung in die Höhe.

»Wer zum Teufel ist das, D?«

»Er heißt Zach.«

»Ja, ich kann lesen, aber wer ist er?«

Ich verschränke nervös die Hände. »Ich, äh ... nun ja, ich weiß eigentlich nicht, wer er ist. Wie du siehst, hat es da ein bisschen Durcheinander gegeben. Nachdem wir miteinander gesprochen hatten -«

»Moment«, fällt mir Zoe ins Wort und hebt die Hand. »Du hast mit ihm geredet? Persönlich?«

»Am Telefon. Zwei Mal.«

»Und?«

»Und was?«

»Wie sexy ist seine Stimme?«

Ich spüre, wie ich rot werde, und versuche, das vor meiner besten Freundin zu verbergen, doch sie ist schnell, packt meine Hände und reißt sie von meinem Gesicht weg. Sie hält sie fest, blickt mir in die Augen und grinst schelmisch.

»Du kleines Biest, du! Du hast mir etwas verheimlicht.«

»Es ist ... o Mann, Zoe, sie ist wahnsinnig sexy. Ganz rau und tief.« Ist mir egal, dass ich mich anhöre wie ein alberner Teenager. Zachs Stimme ist einfach heiß.

»Worüber redet ihr?«

»Beim ersten Mal ging es nur darum, zu klären, wer wir sind. Beim zweiten Mal ...« Mein Mund fühlt sich trocken an, denn ich weiß, was ich Zoe jetzt sagen werde, wird sie wütend machen. Es ist nicht so, dass ich absichtlich meinen Netflix-Abend mit Zach verheimlichen wollte. Ich ... nun ja, ich verstehe selbst nicht, was das ist mit Zach und mir. Wie soll ich es dann Zoe erklären?

»D? Das zweite Mal?«

»Am Freitag.«

»Du meinst letzten Freitag? Vor zwei Tagen?«

»Ja?«

Ihre Augen werden schmal. »Frage oder Aussage?«

»Aussage?«

»Delia!«

»Also gut! Aussage! Es war letzten Freitag. Wir haben sozusagen, äh, zusammen einen Film angeguckt.«

»Er ist hierhergekommen?«

»Übers Handy. Es fing damit an, dass wir uns getextet haben, aber dann hat er mich zum Abendessen eingeladen ...«

»WAS!« Zoe explodiert. »WIE?«

»Er hat herumtelefoniert und herausgefunden, wo ich meine Hot Wings bestellt habe. Wir hatten verabredet, das Gleiche zu essen.« Zoes Augen sind weit aufgerissen, sie hängt förmlich an meinen Lippen und nimmt jedes einzelne Wort in sich auf. »Es war süß, auf eine bizarre, etwas unheimliche Art. Wie auch immer, ich habe ihn angerufen, als das Essen kam und bereits bezahlt war. Danach haben wir einfach nicht mehr aufgelegt.«

»Deshalb hast du mitten in der Nacht im Wohnzimmer gesessen.«

»Ja, deshalb.«

»Sonst noch etwas, was ich wissen sollte?«

Ich kaue auf meiner Unterlippe und versuche den Mut aufzubringen, ihr von dieser Nacht vor zwei Wochen zu erzählen. Ach, was soll's. Ich muss es ihr sagen. Sie ist meine beste Freundin, es ist das einzig Richtige.

»Erinnerst du dich an unseren Abend in der Bar?«

Sie tippt sich ans Kinn. »Hmm ... du meinst im Lola's?« Ich nicke. »Was ist damit?«

»Nun ja ...«

»Heraus damit!«

Ich strecke die Hände aus. »Schon gut, schon gut. Mir ist das Bargeld aus der Tasche geklaut worden, du warst betrunken und ich hatte Caleb versprochen, nicht zu Fuß nach Hause zu gehen, weil es sehr spät war. Ich wollte keinen Ärger, also … Zach hat uns gerettet.«

Zoe springt von der Couch und sieht mich an, als wollte sie mich auffressen. »Du nüchtern und ich betrunken, wir sind mit diesem Typ in einem Auto gefahren? ODER WAS?«

»Nein! Er hat unser Taxi bezahlt und dem Fahrer sogar ein Trinkgeld gegeben.«

Sie setzt sich wieder auf die Couch, faltet die Beine unter sich und legt die Hände in den Schoß. Sie wirkt ganz sanft und die Geste ist beinahe glaubwürdig. »Oh. Das war nett von ihm. Und jetzt … hast du vor, dich mit ihm zu treffen?

»WAS? Nein! Das kann ich nicht machen!«

»Aber er ist aus der Gegend, oder?«

Ich neige den Kopf, skeptisch, worauf sie wohl hinausmöchte. »Ja …«

»Perfekt!« Sie klatscht in die Hände. »Dann triffst du dich mit ihm.«

»Nein! Auf keinen Fall!«

Sie tippt auf den Bildschirm meines Handys und führt es fast gleichzeitig an mein Ohr. Ich will mich wehren, aber es ist zu spät.

Ich höre es schon.

»Delia.« Seine Stimme gleitet über mein Trommelfell, weich und kontrolliert.

»Womit habe ich diese angenehme Überraschung verdient?«

Als Zoe den Mund öffnet, um zu antworten, reiße ich ihr das Handy aus der Hand; sie ist total abgelenkt von seiner Stimme.

»I-ich …« Ich klinge nervös – weil ich nervös bin. Ich verstehe bloß nicht, weshalb.

»Sprich dich aus, Schätzchen. Ich muss arbeiten, verstehst du?«

»Hast du mich gerade Schätzchen genannt. Zachary?«

»Erstens, ich heiße nicht Zachary. Einfach nur Zach. Es …«

»Tatsächlich?

»Ja«, sagt er und seine Stimme hebt sich, als er zu einer Frage übergeht. »Was ist daran so erstaunlich?«

»Ich dachte, Zach ist die Kurzform für Zachary oder Zachariah.«

»Nö. Meine Mom wollte etwas ganz Einfaches, schätze ich. Ich heiße einfach nur Zach.«

»Darf ich dich trotzdem Zachary nennen?«

»Nein.« Seine Stimme klingt ernst. Ich ignoriere das.

»Wir werden sehen.«

»Wie ich schon sagen wollte, bevor ich rüde unterbrochen wurde, ja, ich habe dich Schätzchen genannt, liebe Delia. Also, was wolltest du?«

»Oh … nichts.«

»Du hast einfach nur angerufen, um zu plaudern?«

»Rein technisch gesehen, habe ich dich gar nicht angerufen.« Ich blicke Zoe böse an, sie hebt unschuldig die

Hände. »Meine Freundin hat mir das Handy weggenommen und durch unsere Texte gescrollt. Übrigens stimmt sie mir zu und findet, du bist ein totaler Freak.«

»Das habe ich nie gesagt!«, ruft Zoe laut genug, dass Zach es hören kann.

»Ignoriere sie einfach.«

»Jetzt frag ihn schon, ob er mit dir ausgeht!«

Zach schmunzelt. »Ah, darum geht es. Sie will uns verkuppeln, meint, wir kriegen das nicht alleine hin.«

»Ja, scheint so.«

Ich blicke zu Zoe, die neben mir sitzt und ziemlich zufrieden mit sich selbst wirkt. Sie grinst und formt mit den Lippen die Worte »gern geschehen«. Ich werfe ein Kissen nach ihr.

»… zum Abendessen?«

»Was?« Ich habe überhaupt nicht auf Zach geachtet, aber ich glaube, er hat mich gerade gefragt, ob ich mit ihm essen gehe.

»Hey, das fängt ja gut an, Delia.«

»Tut mir leid, Zoe hat mich abgelenkt.«

»Zoe? Die Freundin?«

»Die Freundin.«

»Ich habe dich gefragt, ob du, ich weiß nicht, vielleicht Lust hast, mit mir essen zu gehen? Robbie findet auch, es wäre eine gute Idee, wenn wir uns mal treffen würden, besonders nach unserem Netflix-Abend. Ich glaube, unsere Freunde versuchen, uns zu verkuppeln.«

»Sieht ganz danach aus.«

»Haben sie recht? Ich meine, sollten wir … uns treffen?«

Ich verknote meine Finger, eine nervöse Angewohnheit. Abendessen mit Zach? Ich ... nun ja, verflixt, ich weiß nicht, ob ich das will. Ich mag ihn – sehr. Wir schreiben uns die ganze Zeit, haben auch schon scherzhaft von einem Treffen geredet, aber es wirklich durchziehen? Ich weiß nicht, ob ich das kann. Was, wenn er ganz anders ist, als ich erwarte? Was, wenn ich dasselbe mache wie bei Caleb – versuche, aus einer einfachen Freundschaft mehr zu machen, obwohl das gewisse Etwas gar nicht da ist? Ich bin nicht sicher, ob ich es schaffe, Zach gegenüberzutreten, das Bild zu zerstören, das ich von ihm im Kopf habe, womöglich unsere Freundschaft kaputtzumachen.

Aber die Neugierde bringt mich fast um und mein Bauchgefühl lässt mir keine Wahl.

Ich glaube, ich muss ihn sehen.

»Oder auf einen Kaffee oder einen Drink ... oder wir vergessen das einfach und sagen unseren Freunden, sie sollen sich heraushalten aus – was immer das ist, was hier gerade passiert. Habe ich jetzt alles vermasselt?«

»W... was?«

»Wirst du schon wieder von Zoe abgelenkt? Bitte sag, dass es etwas mit Nacktsein und Kissenwerfen zu tun hat.«

»Blödmann.«

»Schuldig ... diesmal. Aber Delia?«

»Ja, Zach?« Ich bin außer Atem, dabei sitze ich seit Beginn des Telefonats auf der Couch. Es gibt keinen Grund, weshalb ich mich anhören sollte, als ob ich gerade einen Fünftausend-Meter-Lauf hinter mir hätte.

Zoe merkt es und kniet sich auf die Sofakante, um abzuwarten, wie es weitergeht. Sie drückt sich an mich, das Ohr an meinem Handy, damit sie alles genau mitbekommt.

»Gehst du bitte mit mir aus? Ich würde dich wirklich gerne einmal ausführen. Ich spiele schon seit Wochen immer wieder darauf an. Bitte.«

Zoe quietscht und fällt auf das Sofa zurück, ein superbreites Grinsen im Gesicht, als ob sie es wäre, die um ein Date gebeten wurde.

»Warum?« Aus dem Augenwinkel sehe ich, wie Zoe überrascht mit dem Kopf herumfährt.

»Was willst du damit sagen?«

»Das, was ich sage.«

»Delia ...«, beginnt Zach und legt all seinen Charme in dieses eine Wort.

»Gib mir einen Grund, weshalb ich ja sagen sollte.«

»Weil ich dir erlauben werde, meinen Hintern anzufassen?«

Mein ganzer Körper bebt vor Lachen, kaum dass er den Satz ausgesprochen hat.

»Was ist? Ich werde dir zeigen, dass ich einen fantastischen Hintern habe, Delia. Du wirst ihn anfassen wollen und du wirst es immer wieder tun wollen.«

Zoe starrt mich ungläubig an, denn ich kann vor Lachen kein Wort herausbringen, während Zach nicht aufhört, seinen Hintern anzupreisen.

»Ich trainiere und mache regelmäßig meine Kniebeugen, mein Hintern ist also extrem knackig. Wenn du ja sagst, wirst du es nicht bereuen, und wenn du ja sagst und hübsch bittest, darfst du ihn sogar sehen.«

»Bei dem Wort Hintern hattest du mich schon, Zachary.«
»Hey, Delia?«
»Ja?«
»Bring meine Penis-Topflappen mit.«

...

ZACH: Was hältst du von Sushi?

ICH: Ich spüre, wie es durch meine Kehle gleitet und gleich wieder zurückkommt. Spielt das eine Rolle?

ZACH: Sushi ist ein No-Go. Alles klar.

ZACH: Wie wär's mit mexikanisch?

ICH: Darf ich mich auf die kostenlosen Chips und die Salsa beschränken?

ZACH: Nein. Italienisch?

ICH: Geht es noch ein bisschen klischeehafter?

ZACH: Ich bin sicher, wir finden einen Weg.

ZACH: Bist du auf irgendetwas allergisch?

ICH: Menschliche Seelen.

ZACH: Ah, gut. Dann bist du in bester
Gesellschaft.

ZACH: Ich hole dich also morgen um sieben ab?

ICH: Ich schicke dir noch die Adresse.

ZACH: Also, ich sollte dich vorher fragen ... du
bist doch achtzehn, oder?

ICH: Erst seit drei Jahren.

ZACH: Wenigstens das hätten wir geklärt.
Schlaf süß, Delia.

ICH: Gute Nacht, Zachary.

Der erste Gedanke, der mir durch den Kopf geht, als ich das Display wegklicke, ist: Irgendwie versteht er mich.

Ich hatte immer Freundschaften, in denen ich mich einigermaßen verstanden fühlte. Außer Zoe bin ich aber noch niemandem begegnet, bei dem ich mich in jeder Hinsicht verstanden und mit all meinen eigenartigen Splens akzeptiert gefühlt hätte, nicht einmal bei Caleb, obwohl unsere Beziehung ziemlich nahe dran war ... bis wir sie ruiniert haben.

Aber Zach? Er versteht mich auf einer Ebene, auf der ich es nicht erwartet hätte, er versteht meinen Sarkasmus und ist nicht beleidigt, wenn ich gerade in diesen Modus geschaltet habe. Er akzeptiert auch die gewisse Bosheit dahinter, und besser noch, er schießt genauso zurück. Unsere Unterhaltungen sind total locker und flirtend und sie machen mir viel zu viel Spaß – ganz zu schweigen davon, dass schon die Vorfreude ein Kribbeln in mir auslöst, sobald ich einen Text von Zach bekomme. Denn ich weiß, dass das wieder jede Menge Spaß bedeutet.

Zach bringt mich zum Lachen, er macht, dass ich mich leicht und beschwingt fühle. Wenn ich mich mit ihm unterhalte, spüre ich nicht die Last der Wirklichkeit, vergesse ich die Angst davor, wie es nach meinem Abschluss weitergehen wird.

Ich weiß, ich kenne ihn noch nicht sehr lange – verflixt, ich bin ihm noch nie begegnet – aber ich finde es wunderbar, wie er es schafft, dass ich mich gut fühle, und das möchte ich nicht aufgeben.

Ich kann nur hoffen, dass ich nicht einen Riesenfehler mache, indem ich mich mit ihm treffe.

Kapitel 9

»In zehn Minuten ist er da, Zoe, und ich bin immer noch nicht mit meinen Haaren fertig! Sie sind noch nicht einmal trocken!«

»Erstens, tief durchatmen. Du musst erst mal runterkommen, bevor du irgendetwas tust, wie zum Beispiel einen heißen Fön benutzen, den du mir jeden Augenblick an den Kopf hauen könntest.« Sie greift nach besagtem Gerät, löst es aus meinen Fingern und legt es auf den Tresen. Dann blickt sie mich wieder an. »Zweitens ...« Zoe schüttelt mich ordentlich durch. »BERUHIGE DICH, VERDAMMT NOCH MAL, DELIA!«

Sie ist keine, die oft ihre Stimme erhebt, deshalb schockt mich Zoes Schreien so sehr, dass ich mich ruckartig von ihr losreiße.

»Besser?«, fragt sie mit hoch erhobenen Brauen.

Ich hole tief Luft ... dann noch einmal, und wenn wir schon dabei sind, noch zwei weitere Male. »Alles in Ordnung.«

»Okay, jetzt kümmern wir uns um deine Haare.«

Zoe übernimmt die Kontrolle und föhnt mir das Haar,

während ich mein Make-up perfektioniere. Bevor ich es richtig mitbekomme, hat sie mein dunkles Haar zu einem lockeren Knoten gesteckt und oben ein wenig toupiert, damit es voller wirkt. In Verbindung mit meinem natürlich wirkenden Make-up sieht es gar nicht so übel aus.

»Na also. Siehst toll aus!«

Ich zupfe an meinem simplen dunkelblauen T-Shirt. »Findest du nicht, dass ich bisschen underdressed bin?«

»Ach was, dein Outfit ist genau richtig, glaub mir. Außerdem, die Absätze an deinen Stiefeletten sorgen für Glamour.«

»Okay, du bist …«

Es klingelt an der Tür und plötzlich herrscht Totenstille. Sogar die Hintergrundmusik, die wir eingeschaltet hatten, bricht genau in diesem Augenblick ab.

Sofort rennen wir herum wie zwei Irre und die Musik geht weiter.

Ich will zur Tür rennen, aber Zoe drängt mich unsanft zur Seite. Bevor wir an der Tür sind, dreht sie sich zu mir um und hält mich fest.

»Stopp«, flüstert sie. »Lass mich öffnen. Nimm dir einen Augenblick Zeit, um dich zu sammeln, okay?«

Ich nicke und bleibe wie betäubt stehen, während sie ruhig zur Tür geht.

Ich halte den Atem an, als sie sie öffnet und dann hell auflacht bei Zachs Begrüßung: »Möchtest du meinen Hintern jetzt gleich anfassen oder später?«

Meine beste Freundin verschränkt die Arme vor der Brust. »Wow, Schätzchen. Jetzt gleich passt mir gut.«

»Moment – du bist Zoe, nicht Delia.« Er seufzt. »Was soll's, du kannst ihn ruhig auch anfassen.«

Wie Zoe nun einmal ist, fordert sie ihn prompt mit einer Geste auf, sich umzudrehen. Zach gehorcht und schon hat sie die Hand ausgestreckt und nach seinem Po gegrapscht.

Sie blickt über die Schulter zu mir. »Fühlt sich fest an. Könnte jeden Aufpralltest bestehen.«

»Gibst du ihn mir jetzt bitte zurück?«

Es gelingt mir, mich von der Stelle zu lösen, an der ich bis jetzt festgenagelt war. Ich stoße Zoes Hand weg.

»Das Mädel hier kann ganz schön zupacken, Delia. Das habe ich gespürt.«

Ich zucke mit einer Schulter. »Du hast ja gesagt, sie darf.«

»Ich habe gesagt, anfassen, nicht grapschen.«

»Das macht für sie keinen Unterschied.«

»Hi«, sagt Zoe und winkt. »Ich bin hier.«

»Und tschüss. Jetzt nicht mehr.« Ich scheuche sie fort, um mich in aller Ruhe meinem Date zuwenden und den Mann zum ersten Mal anschauen zu können.

Zach ist fast genauso, wie ich ihn mir vorgestellt habe – groß, schlank, aber muskulös, schmaler Nacken, dunkles, zerzaustes Haar. Womit ich nicht gerechnet habe, ist die schwarze Brille, die auf seiner Nase sitzt und hinter deren Gläsern mich ein Paar intensive grüne Augen ansehen. Was für eine tolle Überraschung. Der Zach, den ich mir vorgestellt habe? Heiß. Der Zach, der jetzt mit seiner Brille vor mir steht? So heiß, dass ich mich wohl daran verbrennen werde.

Ich registriere sein simples Outfit aus T-Shirt, Jeans und Lederjacke und bin froh, für diesen Abend wirklich nicht underdressed zu sein.

Als ich den Blick wieder auf sein Gesicht richte, schmunzelt er.

»Ich weiß, ich bin ein Prachtexemplar.« Er grinst. »Freut mich, deine Bekanntschaft zu machen, Delia.«

Mein Gesicht wird heiß, als er das sagt. Es ist einfach nur eine ganz normale Begrüßung, aber so wie er sie ausspricht, weckt sie den Wunsch in mir, mich nackt auszuziehen.

Er wird mir ganz schön einheizen und ich werde jede Sekunde davon genießen.

»Ganz meinerseits, Zachary.«

Sein Lächeln lässt mich erwartungsvoll beben und ich frage mich, warum ich mich anfangs nicht mit ihm treffen wollte. Das wäre ein schwerer Fehler gewesen.

»Bist du bereit?«

»Absolut.«

»Nervös?«

Ich könnte lügen, behaupten, mein Magen würde nicht versuchen, das Mittagessen nach oben zu befördern, aber ich will nicht. Es fühlt sich nicht richtig an. Auf taff zu machen, wird bei Zach nicht funktionieren.

»Und wie.«

Seine ohnehin strahlenden Augen strahlen noch mehr, meine ehrliche Antwort gefällt ihm. »Ich schätze, da sitzen wir im selben Boot.«

»Und wer rudert?«

»Was?«

»Dieses Boot, wer rudert?«

Zach streckt die Hand nach mir aus. »Keine Sorge, Delia.«

Ich weiß nicht, ob es an der Ernsthaftigkeit seines Tons oder an seinem schrägen Grinsen liegt, jedenfalls lege ich meine Hand in seine und bin ziemlich sicher, dass das die beste Entscheidung war, die ich je getroffen habe.

• • •

Irrtum.

Es war eine schreckliche Entscheidung.

Es ist ungewöhnlich kalt für diese Jahreszeit und ich kann nicht aufhören zu zittern. Ich wusste, ich hätte eine Jacke mitnehmen sollen.

»Äh, hey, Zach?«

Er ist ein paar Schritte vor mir und dreht sich um, als er meine Stimme hört. »Ja?«

»Könnten wir, äh, könnten wir irgendwo reingehen?«

»Verdammt.« Sein Blick gleitet über mich und er sieht die Gänsehaut an meinen Armen. »O Mann, ich bin gleich wieder da.«

Zach rennt zum Auto und ich bleibe stehen. Ich umarme mich selbst und versuche, mich irgendwie zu wärmen. Während ich zuschaue, wie die Sonne den Horizont berührt, höre ich aus der Ferne das Stimmengewirr einer Menschenmenge in dem ansonsten leeren Park.

Was zum Teufel machen wir hier eigentlich?

»Die Sachen hätte ich fast vergessen.« Ich drehe mich um. Zach hält in einer Hand eine Decke und einen Kühlbehälter, in der anderen ein zusammengeballtes Sweatshirt. »Hier nimm das.«

Er ist zwar immer noch in gewisser Weise ein Fremder, aber ich zögere keine Sekunde und greife nach der Extraschicht Isolierung, die er mir anbietet.

Als ich mir das Teil vorsichtig über den Kopf ziehe, die Arme durch die Ärmel schiebe und mich dabei wohlig umhüllt fühle, seufze ich.

»Besser?«

»Viel. Danke. Ich hätte eine Jacke mitnehmen sollen – ich habe mir deswegen schon in den Hintern getreten, als wir aus der Tür waren.«

»Auf geht's, jetzt, wo du warm eingepackt bist. Ich will nicht, dass es ohne uns losgeht.«

»Dass was ohne uns losgeht?«

Er stupst mich an der Schulter an. »Versuch nicht, die Überraschung kaputtzumachen. Warte einfach ab.«

»Spaßverderber.«

»Ich? Du bist das, wenn du weiterhin versuchst, herauszukriegen, wohin wir gehen, bevor wir dort sind.«

»Aber …«

»Kein Aber.«

»Es sei denn, es kommt von dir, richtig?«

In seinen Augenwinkeln bilden sich kleine Fältchen, wenn er lächelt. Es ist so echt, dieses Lächeln. Ich mag das. Habe schon lang kein solches Lächeln mehr gesehen.

Zach ist alles, worauf ich gehofft habe … bis jetzt.

»Richtig.«

Das Stimmengewirr wird lauter, als wir das Parkgelände überqueren. Plötzlich befinden wir uns am Rand der Menschenmenge. Es sind vielleicht hundert Leute, die auf Decken sitzen oder liegen und sich lebhaft unterhalten. Am anderen Ende des Areals befindet sich ein gigantischer Bildschirm.

»Kino im Park?« Das letzte Wort hört sich eher an wie ein Quietschen. Seit Jahren möchte ich einmal einen Film im Freien sehen, hatte aber nie die Gelegenheit dazu. Ich habe sogar Caleb ein- oder zweimal darum gebeten, aber es ist nie dazu gekommen. Entweder hatte er keine Lust auf den Film, der gespielt wurde, oder er war zu sehr mit Baseball beschäftigt.

Woher Zach weiß, dass mich das begeistern würde – ich habe keine Ahnung.

»Kino im Park.« Ich höre an seiner Stimme, dass er lächelt. »Das ist gut, oder?«

»Und wie.«

»Warst du noch im Open-Air-Kino?«

»Nein, noch nie. Meine Mom hat uns immer vom Autokino erzählt und ich dachte mir, heutzutage würde das hier der Sache wohl am nächsten kommen. Ich wollte immer mal ins Open-Air-Kino, aber es hat nie geklappt.«

Zachs Mundwinkel bewegen sich aufwärts. »Du meinst also, ich bin das perfekte Date?«

»Ich meine, *das* ist das perfekte Date. Was dich betrifft, ist die Jury noch nicht zu einem Urteil gekommen.«

»Es wird zu meinen Gunsten ausfallen, ich weiß es einfach. Jetzt komm, wir müssen uns einen Platz suchen, bevor der Film anfängt.«

Er führt mich zu einer Stelle seitlich vom Bildschirm, wo sich nur vereinzelt ein paar Paare niedergelassen haben. Wir breiten die Decke, die Zach mitgebracht hat, auf dem Boden aus und ich stelle überrascht fest, dass zwei aufblasbare Kissen darin eingewickelt waren.

»Kissen?«

»Falls es dir auf dem Boden zu unbequem ist.«

»Du hast wirklich an alles gedacht, was?«

Er streckt einen Finger hoch. »Warte, da ist noch etwas.«

Zach zieht mich mit sich hinab, als er sich auf die Decke setzt. Der Kühlbehälter steht zwischen uns. Zach hält eine Hand waagerecht über den Deckel des Behälters, schließt die Augen und wackelt mit den Fingern. »Abrakadabra! Hier kommt der große Magier, Baby!« Sobald alle, die in unserer Nähe sitzen, sich zu uns umgedreht haben, ruft er: »Und Zach sprach: Es werde Speis und Trank.«

Man hört die Mädels albern kichern und von den Männern verdrehen manche die Augen, aber Zach nimmt das alles nicht wahr. Er ist zu sehr damit beschäftigt, unser »magisches Picknick« aus dem Container zu holen, und ich bin zu sehr damit beschäftigt, ihn zu bewundern. Es ist ihm völlig egal, dass er sich gerade zum Narren macht, es ist ihm egal, dass sich gerade zwei Mädels in ihn verlieben. Ihm fällt das gar nicht auf und irgendwie liebe ich ihn dafür.

»Ich habe PB&Js mitgebracht – eines mit Erdbeer-, das andere mit Traubenkonfitüre – außerdem Käse-Tortilla-

Chips und ...« Er greift tief in den Behälter, hält dann aber inne. »Moment, wie alt bist du wirklich?«

»Im Ernst, Zach?«

»Im Ernst, Delia. Das ist eine alterssensible Angelegenheit. Ich kann kaum glauben, dass wir nicht früher darüber gesprochen haben. Es hätte ja sein können, dass ich mit einer Vierzehnjährigen chatte, und, verdammt, ich selbst hätte ja ein siebzigjähriger Lustmolch sein können!«

»Ich bin jedenfalls einundzwanzig, in ein paar Monaten zweiundzwanzig.«

»Sehr gut. Wir können fortfahren.« Er nimmt das letzte Stück heraus und präsentiert es mit einem Grinsen. »Orangenlimo.«

»Orangenlimo ist alterssensibel?«

»Auf jeden Fall. Allerdings kannst du wahrscheinlich nicht verstehen, warum ein Oldtimer wie ich die so lieben kann. Es ist das Getränk einer Generation.«

Ich weiß genau, was Zach meint. Ich nehme ihm die Flasche aus der Hand und öffne den Verschluss. Bevor ich trinke, grinse ich Zach an und sage: »Wer liebt Orangenlimo?«

Seine grünen Augen leuchten verzückt auf und ich spucke fast meine Limonade aus. »Du kennst Kenan & Kel? Du bist meine Traumfrau.«

Ich wische mir den Mund ab. »Bist du sicher, dass du nicht doch zu alt für mich bist?«

»Ich bin erst sechsundachtzigeinhalb, vielen Dank«, gibt er zurück.

»In Hundejahren?«

»Nein. In Hundejahren bin ich einhunderteinundachtzigeinviertel.«

»Du weißt, wie alt du in Hundejahren bist?«

Seine Lippen verziehen sich, als er versucht, ein verschämtes Lächeln zu unterdrücken. »Äh, ja. Ich hatte Langeweile, da habe ich gegoogelt. Google ist übrigens eine gefährliche Waffe. Egal, jedenfalls wäre ich als Golden Retriever einhunderteinundachtzig Jahre alt.«

»Und in Menschenjahren?«

»Fünfundzwanzig.«

Ich kann den Blick nicht von ihm losreißen. Das Lächeln, das sich auf seinem Gesicht ausbreitet, strahlt so viel ... Wärme aus. Es zieht einen magisch an und gibt einem das Gefühl, die einzige Person im Raum ... oder im Park zu sein. Ich liebe es und ganz besonders liebe ich diese Grübchen, die dabei entstehen. Sie sind süß, irgendwie jungenhaft.

»Du bist ja nicht viel älter als ich.«

»Nö, nicht wirklich. Mein kleiner Bruder ist so alt wie du, so gruselig ist es also gar nicht. Er kennt übrigens auch die Bedeutung von Orangenlimo. Habe ich ihm beigebracht.«

»Du hast einen Bruder?«

»Ja. Er geht an die Uni hier in der Stadt.«

»Tatsächlich? Ich auch.«

Zach neigt den Kopf und betrachtet mich. »Du bist noch am College? Das hast du nie erwähnt.«

Meine Schultern verspannen sich vor Schreck. Habe ich gerade unser Date ruiniert, indem ich zugegeben habe, dass ich noch Studieren gehe? »Ich bin schon ziemlich weit«, brumme ich. Ich möchte ehrlich sein, aber gleichzeitig möchte ich das gar nicht.

»Weißt du, was mir gerade klar wird? Wir haben kein einziges normales Kennenlerngespräch geführt, wie man es normalerweise so macht. Wir sind sofort in unseren Zach-und-Delia-Stil verfallen.« Er hebt seine Limoflasche. »Prost. Ich mag uns.«

Ich stoße mit ihm an und nehme noch einen Schluck.

»Also, bist du bereit?« Er macht eine weitausholende Geste. »Für die reale Welt, meine ich. Ein furchterregender Ort.«

Ich runzle die Stirn. »Es macht dir nichts aus, dass ich noch Studentin bin?«

»Sollte es das?«

»Na ja … nein, sollte es wohl nicht. Ich glaube, ich bin davon ausgegangen, dass es für dich eine Rolle spielt, weil du gefragt hast.«

»Ach was, für mich sind das Alter und dieser ganze Quatsch nicht besonders wichtig. Ich meine, ich hätte schon ein Problem damit, wenn du minderjährig wärst …« Er bricht ab und hebt die Brauen, als ob er damit rechnen würde, dass ich gleich gestehe, über mein Alter gelogen zu haben.

»Ich schwöre, ich bin einundzwanzig und alt genug, um alles über Orangenlimo zu wissen.«

Zach grinst und seine Grübchen erscheinen wieder. »Aber das bist du nicht, es ist also alles gut«, fährt er fort, als ob ich nichts gesagt hätte. »Ich kann nicht glauben, dass wir nie darüber geredet haben. Ich habe das Gefühl, dich zu kennen, aber ich kenne dich nicht – ich meine, ich weiß nichts Grundlegendes über dich.«

»Alles zu seiner Zeit, würde ich sagen.«

»In Ordnung.« Er nimmt noch einen Schluck. »Was ist dein Hauptfach?«

»Journalismus.«

Er neigt den Kopf und mustert mich. »Kann ich mir vorstellen. Weißt du, wo du arbeiten willst, wenn du deinen Abschluss hast?«

»Hast du das gewusst?«

»Hatte keine Ahnung.«

»Wo arbeitest du inzwischen?«

Wieder bewegen sich seine Mundwinkel nach oben. Er holt eine abgetragene Börse aus seiner Gesäßtasche, zieht eine Visitenkarte heraus und gibt sie mir.

Ich muss lachen, als ich lese, was draufsteht.

»Zach Hastings, Nerd Wrangler.«

»Siehst du, wir lernen uns gerade kennen.« Er schweigt einen Moment und verzieht nachdenklich das Gesicht. Schließlich schüttelt er den Kopf und murmelt etwas.

»Was?«

»Ich wollte sagen *zwinkert*, aber dann dachte ich, ich sollte vielleicht einfach zwinkern. Dann habe ich mir überlegt, dass das so oder so blöd ist. Ich brauche ein bisschen Zeit, um mich daran zu gewöhnen, dass ich jetzt nicht mehr alles schreiben muss. Eben wollte ich zum Beispiel mein Handy herausholen, um dir meine nächsten Gedanken mitzuteilen.«

»Tu das nicht. Das ist skurril.«

»Ich weiß. Wehe mir.«

Ich muss lachen und lese, was noch auf der Karte steht. »Du entwickelst Apps?«

»Ganz recht, und ich sorge dafür, dass die anderen Nerds sich vertragen und ihren Job machen, daher die tolle Berufsbezeichnung.«

»Was für Apps machst du?«

»Alle möglichen. Mode, Coupons, Spiele – wünsch dir was, wir machen es.«

»Wie bist du App-Entwickler geworden?«

»Ich war an der Highschool sozusagen ein Nerd.«

Ich kneife die Augen zusammen und versuche, ihn mir als Nerd vorzustellen. »Glaub ich nicht.«

»Was? Können Nerds etwa nicht teuflisch attraktiv sein, mit knackigem Hintern und markanten Gesichtszügen?«

»Unheimlich bescheiden bist du auch noch.«

»Ich weiß.« Diesmal zwinkert er wirklich und ich verdrehe die Augen.

»Es ist einfach schwer vorstellbar. Du wirkst nicht, du weißt schon, du wirkst einfach nicht wie ein typischer Nerd.«

»Okay, bekenne mich schuldig. Ich habe mich schon ganz früh mit Computern beschäftigt und die Sache mit den Apps ist eben das Ergebnis davon.«

»Was war die erste App, die du erstellt hast?«

Zach zieht eine Grimasse. »Jetzt werde ich dastehen wie ein Idiot.«

»Erzähl es mir trotzdem.«

»Ich habe diese ... nun ja, im Grund ist das, was ich damals kreiert habe, eine Dating-App für fiese Typen. Man konnte Leute anhand ihres Aussehens und ihrer Beliebtheit als Dating-Partner bewerten.« Er schüttelt den Kopf und es ist offensichtlich, dass er es sich immer noch verübelt nach all den Jahren. »Es war eine idiotische Aktion und ich habe es bereut, kaum dass die App freigeschaltet war. Ich bin nicht einmal sicher, warum ich das überhaupt gemacht habe. Ich war nicht gerade der heißeste Typ an der Schule und es passte überhaupt nicht zu mir, so eine App herauszubringen. Ich hatte jede Menge Probleme, was Selbstsicherheit anging. Warum ich geglaubt habe, es wäre in Ordnung, den Kids eine Plattform zu bieten, um sich gegenseitig fertigzumachen, verstehe ich selbst nicht.«

Er trinkt erneut und hebt die Schultern. »Wie auch immer, es hat ein paar Wochen gedauert, dann hat der Rektor davon erfahren. Ich bekam ernsthafte Probleme und wurde für eine Woche suspendiert, aber eigentlich hatte ich Schlimmeres verdient. Ich weiß nicht, wie oft ich Leute in der Cafeteria habe weinen sehen wegen ihrer schlechten Bewertungen, wie viele aufgehört haben, überhaupt in der Cafeteria zu essen, oder wie oft ich gehässige Blicke erntete. Die App hat mich monatelang verfolgt und ich habe mich dabei absolut mies gefühlt.« Er lässt den Kopf hängen. »Es war ein total übler Dummejungenstreich.«

»Hast du aus deinem Fehler gelernt?«

»Und ob. Ich habe einen Club gegründet, als ich wieder zur Schule durfte, und der ist immer noch beliebt. Es hat ein paar Wochen gedauert, bis die Leute gemerkt haben, dass es mir ernst damit war und dass es kein mieser Trick war. Ich habe mich wirklich furchtbar schlecht gefühlt wegen der feindseligen Stimmung, die durch meine Schuld an der Schule entstanden war.«

»Was für einen Club?«, frage ich.

»*Embody Positivity*. Er ist für alle Mitschüler gedacht, die das Gefühl haben, nicht dazuzugehören, für alle, die Probleme mit Mitschülern haben, oder zu Hause, oder was auch immer. Es ist eine Blase für positives Denken. Es gibt Regeln dafür, wie man sich innerhalb dieser Blase verhalten und reden soll, du weißt schon, keine negativen Formulierungen und keine extrem negativen Einstellungen. Der Club ist einfach dafür da, dass man sich selbst und andere aufbaut, das ist alles. Ich hasse den Grund, aus dem er entstanden ist, aber ich bin überglücklich über das Endergebnis.«

»Hört sich nach einem bemerkenswerten Ort an. Ich wünschte, wir hätten so etwas an meiner Highschool gehabt. Hätte so vielen Kids helfen können.«

Zach nickt. »Ich glaube, das trifft zu.«

»So!« Ich klatsche in die Hände und tausche das düstere Thema gegen ein ansprechenderes aus. »Wer bekommt Trauben- und wer bekommt Erdbeermarmelade?«

»Du wählst. Mir schmeckt beides.«

»Dann für mich Erdbeere.« Ich greife nach dem Sandwich mit dem großen T drauf und gebe es Zach. »Tortilla-Chips und PBJ? Kommt mir irgendwie … schräg vor.«

»Hast du das schon mal zusammen gegessen?« Ich schüttle den Kopf. Zach lächelt und mein Herz schlägt Purzelbäume bei diesem Lächeln. »Also dann, mach dich auf etwas gefasst.«

Er schält sein Sandwich aus der Verpackung und reißt die Tüte mit den Tortilla-Chips auf – eine Familienpackung, denn er ist offensichtlich ein smartes Kerlchen. Dann legt er, wie ein total abgefahrener Spinner, Tortilla-Chips auf sein Sandwich.

»Siehst du? Jetzt bist du dran.«

»Ich weiß nicht …«

»Vertrau mir. Versuch es einfach. Leg ein oder zwei kleine Chips auf die Ecke. Es wird dein Leben verändern.«

Ich verziehe unentschlossen die Lippen und denke über diese barbarische Art, ein PBJ zu essen, nach. »Nur auf die Ecke?«

»Ja. Ein oder zwei Chips. Schmeckt total gut, ich schwöre.«

Ich packe mein Sandwich aus und runzle die Stirn. »Du hast es nicht richtig gemacht.«

Seine Brauen schieben sich zusammen. »Das PBJ?«

»Ja!«

»Wie …« Er legt den Kopf schief, sein Mund wirkt angespannt. »Was kann man an einem PBJ falsch machen?«

»Du hast nicht genug Erdnussbutter verwendet. Man muss beide Brotscheiben damit bestreichen. Dann sickert die Marmelade nicht durch. Das war's!« Ich halte die Hände vors Gesicht. »Es ist vorbei. Das wird nichts mit uns, wenn du keine richtigen PBJs machen kannst. Das ist eine Farce!«

Er kichert. »Das ist sowohl das Lächerlichste als auch das Genialste, was ich je gehört habe.«

Er streckt die Hand nach mir aus und in dem Augenblick, als ich seine Finger spüre, pulsiert eine Schockwelle durch meinen Körper. Würde ich nicht schon sitzen, ich wäre umgefallen.

Ich höre Zach leise keuchen, und da weiß ich, dass er es auch spürt. Seine Fingerspitzen streifen meine Haut, die Berührung ist unglaublich erregend und nicht genug.

Er verharrt einen Moment und ich habe das Gefühl, er möchte meine Hand umdrehen und festhalten.

Ich möchte das auch.

Viel zu schnell zieht er die Hand zurück und beschäftigt sich wieder mit seinem Sandwich.

»Der Film sollte bald anfangen«, bemerkt er in dem Versuch, uns auf andere Gedanken zu bringen.

»Welcher Film eigentlich?«

»Für heute steht *Transformers* auf dem Programm. Ich hoffe, das geht in Ordnung.«

»Der erste Teil? Ist das nicht ein ... ziemlich alter Film?«

»Na ja, ich bin nicht sicher. Im Programm steht einfach nur *Transformers*.«

Ich zucke mit den Achseln. »Wir werden sehen.«

»Wirst du jetzt endlich mal abbeißen? Ich sitze hier auf glühenden Kohlen.«

Ach ja, richtig, mein Sandwich – ich habe ganz vergessen, was ich in der Hand halte. Ich führe es an die Lippen, wohl wissend, dass Zach mich beobachtet, und beiße hinein, samt Chips.

Die Konsistenz ist ... eigenartig, aber nicht unangenehm.

Ich schlucke und blicke Zach an. »Ich gebe zu, es ist essbar. Erdnussbutter und Nacho-Käse ergeben zusammen einen interessanten Geschmack.«

»Siehst du? Ich habe angefangen, indem ich Tortilla-Chips nebenbei dazu gegessen habe, aber es hat nicht lange gedauert, da habe ich sie mir aufs Sandwich gelegt. Jetzt kann ich Erdnussbutter gar nicht mehr ohne Tortilla-Chips essen.«

»Woher kommt die Idee, die beiden zu kombinieren?«

»Erinnerst du dich an die Kräcker, die deine Eltern dir in die Lunchbox gepackt haben? Diese Dinger mit Käse-Erdnussbutter? Das hat mich auf die Idee gebracht. Ich habe diese Kräcker geliebt, also habe ich mir gesagt, warum nicht? Habe es nie bereut.« Er zwinkert mir zu. »Ich schätze, nicht nur du bist genial.«

»Genial? Du? So weit würde ich nicht gehen.«

»Autsch.«

Ich strecke ihm die Zunge heraus und beiße wieder in mein Sandwich.

»Delia ...?«

»Zach?«

»Ist das zu glauben, dass wir so nahe beieinander wohnen? Das ist ... ziemlich praktisch.«

»Du wohnst also im Südteil der Stadt?«

»Am Rand. Ungefähr dreißig Minuten entfernt, wenn man all die langen Rotphasen berücksichtigt. Rein technisch gesehen wohne ich in einer anderen Stadt, aber de facto genau an der Grenze zwischen beiden.«

»Wirklich praktisch.«

»Meine Damen und Herren, ich bitte um Ihre Aufmerksamkeit!« Eine ältere Frau steht plötzlich am Rand des Zuschauerbereichs und wedelt mit den Armen, um auf sich aufmerksam zu machen. »Es hat leider eine Verwechslung gegeben. Der Film für heute Abend heißt nicht *Transformers*. Stattdessen zeigen wir *The Lego Movie*. Gute Unterhaltung!«

Sobald sie sich von dem Bildschirm wegbewegt hat, beginnt der Film.

»Ist dir der Film recht?« Zach beugt sich so weit vor, dass ich seinen Atem auf meinem Gesicht spüre. Wenn ich jetzt den Kopf drehen würde, würden sich unsere Lippen berühren und meine Selbstkontrolle würde sich auflösen.

»Meinst du das ernst?« Ich grinse. »Das ist super.«

»Hier ist alles super«, trällert er und ich muss lachen. Die Zuschauer um uns herum bedeuten mir zu schweigen und werfen mir erboste Blicke zu, aber das ist mir egal.

»Wirst du noch einmal mit mir ausgehen?«

»Wir sind noch mitten in unserem ersten Date, Zach. Du kannst mir nicht aus heiterem Himmel so eine Frage stellen.«

»Habe ich schon, und ich nehme sie nicht zurück.«

»Was, wenn ich am Ende des Abends zu dem Schluss komme, dass ich dich nicht leiden kann?«, gebe ich zurück.

»Du glaubst ernsthaft an diese Möglichkeit?« Die Grübchen machen sein Lächeln unwiderstehlich und plötzlich weiß ich, dass ich ja sagen werde. »Sag ja, Delia. Sei wild. Tu etwas Verrücktes und hab Spaß dabei.«

Ich habe bei Caleb keineswegs Vorsicht walten lassen. Wir sind schnell im Bett gelandet, waren praktisch sofort in einer Beziehung. Wir sind nicht zusammen ausgegangen;

wir waren gleich ein Paar. Unsere Beziehung war wie ein neues Spielzeug an Weihnachten – ein Mordsspaß im ersten Moment, aber kurz danach war der Glanz erloschen und wir wurden lustlos. Wir haben nicht füreinander gebrannt und ich glaube, deshalb fiel uns auch die Trennung so leicht.

Zach? Er könnte so viel mehr sein und ich möchte herausfinden, wie viel mehr.

»Ja, Zach.«

Er grinst von einem Ohr zum anderen.

»Unter einer Bedingung.«

»Raus damit.«

»Ich möchte erst Marshmallow kennenlernen.«

»Abgemacht.«

Kapitel 10

»O Mann, ich liebe diesen Film. Ich habe ihn öfter gesehen, als ich zugeben möchte.«

»Es ist wegen Chris Pratt, oder? Er ist heiß, sogar als Miniatur-Plastikfigur.«

»Ja, es ist definitiv Pratt«, stimmt Zach zu. »Hast du die Bauchmuskeln von diesem Typen gesehen? Bei dem Anblick fange sogar ich an zu schwärmen.«

»Und sein Humor?«

Zach legt die Hand aufs Herz. »Du hast keine Ahnung, was der mit mir macht.«

Ich lache und fange an, unseren Abfall einzusammeln. Zach beugt sich vor, um mir zu helfen. Unsere Hände berühren sich, unsere Köpfe stoßen fast zusammen.

Wir halten inne und für einen Moment treffen sich unsere Blicke. Wir sind gefangen in einem Anstarr-Wettbewerb, einem Wettkampf der Willenskräfte. Wenn einer von uns sich jetzt auch nur einen Zentimeter vorwärtsbewegt, werden unsere Münder verschmelzen. Ich reiße als Erste den Blick los, denn wir bewegen uns schon während des ganzen Abends an der Grenze – verflixt, während unserer ganzen … wie soll ich das bloß nennen? Unsere Texte waren immer an der Grenze und unsere kurzen Telefonate ebenfalls. Ich warte nur darauf, dass wir umfallen, dass wir über diese Grenze purzeln.

Ich möchte es, aber ich habe auch Angst vor dem Abgrund.

Ich zwinge mich, in die Realität zurückzukehren, und sage: »Die Leute haben sogar getanzt! Ist das zu glauben?«

»Warum nicht? Wir hätten ihnen unsere Moves zeigen sollen.«

Ich blicke ihn überrascht an.

»Du musst wissen, ich bin ein hervorragender Tänzer.« Er beugt sich vor und flüstert: »Ist der *Running Man* noch aktuell?«

»Ich glaube, der ist total out oder hat sich weiterentwickelt. Ich bin nicht sicher.«

Er stößt einen missbilligenden Laut aus. »Wie auch immer, ich war damals eine große Nummer.«

»Klar warst du das, Zach. Rede es dir nur ein.«

Wir nehmen den Kühlbehälter und falten die Decken zusammen. Zach ist Kavalier genug, um die Sachen den ganzen Weg zum Auto allein zu tragen.

»Möchtest du nach Hause oder …« Er spricht nicht zu Ende und wartet auf meine Antwort.

Ich zögere keine Sekunde. Ich möchte nicht, dass das Date schon zu Ende ist. »Oder.«

»Ja? Dann nichts wie los. Ich zeige dir den coolsten Coffeeshop.«

Er öffnet mir die Beifahrertür und ich steige ein. »Ein Coffeeshop, was kann daran so cool sein?«

»Du wirst sehen.«

Er umrundet den Wagen, steigt ein und schaltet den Motor ein. Er schnurrt leise. Obwohl ich mich mit Autos nicht gut auskenne, ist mir klar, dass dieses hier teuer gewesen sein muss. Das weiche Leder fühlt sich kühl an und ich greife nach unten, um die Sitzheizung einzuschalten.

»Kalter Hintern?« Zach hebt eine Braue.

»Mein Hintern ist heiß, vielen Dank auch.« Er grinst und schüttelt den Kopf.

»Das ist wirklich ein schönes Auto, Zach. Ich glaube, das habe ich noch gar nicht gesagt.«

»Danke. Es die einzige Sache, für die ich Geld ausgegeben habe, nachdem ich meine Firma verkauft habe.«

»Wie bitte, deine Firma? Du willst sagen, du hattest eine eigene Firma und die war groß genug, um einen Käufer zu finden? Du warst nicht schon immer ein ›Nerd-Wrangler‹?«

Er zuckt mit den Schultern, den Blick auf die Straße gerichtet. »Nicht schon immer, aber ich habe festgestellt, dass ich lieber Angestellter bin als Boss. Ich meine, ich bin in vieler Hinsicht immer noch ein Boss, aber ich brauche nicht mehr Leute anzustellen und zu feuern. Ich muss mich nicht mehr mit diesem ganzen Mist auseinandersetzen, den man als Big Boss um die Ohren hat.«

»Das ist … hm. Ich habe noch nie gehört, dass jemand so etwas getan hätte.«

»Mir kam es einfach sinnvoller vor. Ich arbeite von zu Hause, aber ich habe Bürozeiten, kann also Feierabend machen. Das konnte ich vorher nie, selbst wenn ich nicht im Büro war.«

»Das kann ich mir kaum vorstellen.« Ich schüttle den Kopf. »Ich arbeite ja nicht viel, weil ich noch am College bin, aber ich würde sterben, wenn ich keinen Feierabend hätte.«

»Wo arbeitest du eigentlich? Kaum zu fassen, dass wir darüber noch gar nicht geredet haben.«

»In einem Kino. Im Movie House.«

»Was du nicht sagst!« Zach schlägt sich auf den Schenkel vor Begeisterung. »Ich finde es dort super. Es ist toll, dass sie dort während der Filme Essen servieren.«

»Ich bin dort Kellnerin.«

»Weißt du was? Ich war so kurz davor ...«, er drückt Daumen und Zeigefinger zusammen, »... dich dorthin einzuladen anstatt zum Open-Air-Kino.«

»Das wäre komisch gewesen, und ein bisschen peinlich.«

»Für dich. Ich hätte meinen Spaß gehabt.«

»Gar nicht egoistisch, Zach.«

Schon wieder diese verdammten Grübchen.

Wir schweigen, während wir das Viertel durchqueren, in dem ich seit ein paar Jahren lebe. Ich muss so viel lernen und nebenbei arbeiten, dass ich bisher kaum Zeit hatte, die Gegend zu erkunden. Trotzdem liebe ich dieses Viertel.

Es dauert nicht lang, bis Zach den Wagen in eine Parklücke steuert.

»Das ist es.«

Ich blicke aus dem Fenster. Nichts weist auf die Existenz eines Coffeeshops hin.

»Bist du sicher?«

»Absolut. Bist du bereit?«

»Ich denke schon«, sage ich und öffne meine Tür. Wir treffen uns auf der anderen Seite des Wagens und ich deute mit dem Finger auf Zach. »Aber dieser Coffeeshop ist hoffentlich innen absolut irre, bis jetzt ist er nämlich fast so langweilig wie du.«

»Also überhaupt nicht langweilig.«

»Schon wieder der Egomane in dir.«

»Hey, du hörst ja nicht auf, ihn zu streicheln.«

Ich bleibe wie angewurzelt stehen und spüre, wie meine Wangen heiß werden, weil ich das Lachen unterdrücken muss. Ich blicke zu Zach, dessen Gesicht eine blassgrüne Farbe angenommen hat.

»Das ist das Blödeste, was mir je über die Lippen gekommen ist«, sagt er leise. »Wie peinlich.«

Endlich platzt das Lachen aus mir heraus und ich muss mich vorbeugen, um Luft zu holen. Zach steht hoch aufgerichtet neben mir und verengt die Augenlider, während ich die Kontrolle verliere.

»Bist du fertig?«

Ich halte einen Finger hoch. »Eine Sekunde.« Ich atme tief durch, richte mich auf, fahre, in dem Versuch es zu bändigen, mit beiden Händen durchs Haar. »Danke, das war gut.«

»Gern geschehen ... glaube ich.«

Zach geht auf eine schmale braune Tür zu. Er bleibt davor stehen, und ich frage mich, ob er als nächstes ein geheimes Klopfzeichen ausführen wird.

»Es ist wahrscheinlich verdammt viel los da drin um diese Zeit. Daran habe ich gar nicht gedacht. Kommst du damit klar?«

»Ich dachte, ein Coffeeshop ist ein ruhiger Ort?«

Zach verdreht die Augen. »Du wirst staunen.«

In dem Augenblick, als er die Klinke drückt und die Tür sich öffnet, knallt mir das Ping-ping der Flipperautomaten auf die Ohren.

Wir gehen hinein und ich mache große Augen. Der Raum ist hellblau gestrichen und alle möglichen Old-School-Figuren zieren die Wände – dieser Ort ist eine Hommage an Videospiele: Pac-Man, Donkey Kong, Mario, Zelda, Sonic, sogar Pong. Mindestens zehn Flipperautomaten stehen herum, in der Ecke ein paar Skeeball-Maschinen und, um ein Bücherregal herum, ein paar große, bequem aussehende Sessel. Der Coffeeshop wirbt damit, dass Kunden dort sowohl spielen als auch ihre »Büroarbeiten« verrichten können, denn man stellt für die, die arbeiten wollen, geräuschunterdrückende Kopfhörer zur Verfügung.

Wir sind gerade erst eingetreten, aber ich fühle mich sofort wohl.

»Willkommen im *Level Up*«, sagt Zach. »Immer, wenn ich mal einen Ortswechsel brauche, komme ich für eine Koffeindosis und ein paar Spielrunden und zum Arbeiten hierher. Es ist inzwischen mein Zuhause außerhalb meines Zuhauses.«

»Ich wäre von allein nie auf die Idee gekommen, dass sich hier so etwas befinden könnte.«

»Es ist tagsüber ziemlich unauffällig, keine Schilder zu

sehen, es sei denn, man guckt ganz genau hin, aber so gegen ...«, Zach blickt auf die Donkey-Kong-Uhr, die beim Tresen an der Wand hängt, »... also ungefähr jetzt beleuchten sie es auch von außen. Tagsüber ist es einfach ein exzentrischer Coffeeshop.« Er zwinkert mir zu. »Die Nerds kommen erst abends raus.«

Zach winkt den Barista herbei und führt mich zu einem Stehtisch, der in den originalen Blautönen aus Pac-Man gestrichen ist. Die Barhocker sehen aus wie Mr und Mrs Pac-Man und ich versuche, nicht zu viel in den Tisch hineinzuinterpretieren, während Zach mir die Hand in den Rücken legt und mir einen der Hocker anbietet.

»Weißt du schon, was du möchtest? Hier gibt es das, was es üblicherweise in Coffeeshops gibt.«

»Etwas Gefrorenes? Und süß? Überrasche mich.«

»Du überlässt mir die Wahl?«

»Ja.« Ich verenge die Augen. »Oder sollte ich lieber nicht?«

Er hebt unschuldig die Hände. »Hey, ich meine ja bloß. Vielleicht bist du sehr anspruchsvoll und ich mache es total falsch.«

»Es ist ja nicht so, dass ich unser ganzes Date von diesem Kaffee abhängig mache.« Ich grinse frech. »Obwohl ...«

»Wünsch mir Glück.«

»Die dreifache Dosis.«

Ich sehe ihm nach, als er wie ein Profi mit selbstsicherem Schritt zum Tresen geht. Der Mann an der Bar streckt die Hand aus und sie klatschen sich ab, wackeln mit den

Fingern und stoßen ihre Fäuste aneinander, bevor Zach in meine Richtung deutet.

Selbst über die Entfernung hinweg ist sein Lächeln magisch. Seine grünen Augen strahlen, sein Blick wirkt belustigt. Er versucht nicht im Geringsten zu verbergen, dass er sich zu mir hingezogen fühlt. Zach mag mich und ich mag ganz sicher ihn.

Nachdem er unsere Drinks geordert hat, geht er zum anderen Ende des Tresens, schiebt die Hände in die Hosentaschen und beobachtet einen Jungen, der einen *Roller-Coaster-Tycoon-Flipper* bearbeitet. Ich weiß nicht recht, wieso, aber ich bin ziemlich sicher, dass es Zach in den Fingern juckt, ihm zu helfen. Der Junge haut auf die Maschine; das ist ganz schön laut und ein paar Köpfe drehen sich in seine Richtung. Gerade, als Zach auf den Jungen zugehen will, schiebt der Barista unsere Drinks über den Tresen.

Zach kommt mit den Drinks zurück an unseren Tisch und wirkt mächtig stolz.

»Bitte sehr. Erst mal umrühren.«

Ich greife nach dem dunklen Kaffee und blicke skeptisch drein, während ich mit dem Strohhalm darin herumrühre. »Was ist das?«

»Netter Versuch. Probiere einfach. Dann sage ich es dir.«

Ich nehme einen vorsichtigen Schluck und bin überrascht. Der Geschmack ist irgendwie vertraut, aber ich kann ihn nicht benennen. Ich nehme noch einen Schluck, diesmal einen größeren, in der Hoffnung, jetzt den Geschmack zu erkennen.

Ich reiße die Augen auf.

»Ist das … nein. Das gibt's nicht.« Zachs Mundwinkel zucken und ich weiß, bevor ich es ausspreche, dass ich richtig geraten habe. »Das ist *Cinnamon Toast Crunch*, richtig?«

»Wahnsinn, oder?«

»Ich trinke nie wieder irgendwo anders Kaffee.«

»Das ist ein ziemlich gewagtes Versprechen …«

»Ja, aber hast du das schon mal probiert?«

Er zuckt mit der Schulter. »Ich war vielleicht der, der das Rezept hier erfunden hat.«

»Ich könnte dich auf der Stelle küssen.«

Als ich das sage, meine ich es auch. Natürlich habe ich vorher schon daran gedacht, aber ich glaube nicht, dass mir bis jetzt klar war, wie sehr ich mir wünsche, dass es passiert.

»Wirklich?« Er zögert keine Sekunde. »Ich hätte nämlich nichts dagegen.« Plötzlich ist da seine Hand, schiebt eine Strähne zurück, die mir über die Augen gefallen ist, und berührt für den Bruchteil einer Sekunde meine Wange. »Das ist das Mutigste, was ich je gesagt habe, aber ich würde dich küssen, und zwar richtig, wenn du mich lassen würdest.«

Meine Brust fühlt sich an, als würde eine Tonne auf mir lasten. Das Atmen ist unglaublich anstrengend geworden und in meinem Kopf dreht sich alles wie ein Windrad im Sturm.

Ich will, dass Zach mich küsst – hart, zärtlich oder wie auch immer. Ich will seine Lippen auf meinen spüren, will wissen, ob sie sich so gut anfühlen, wie ich glaube. Ich sterbe vor Verlangen, so sehr wünsche ich mir, dass seine Bartstoppeln über meine Haut streichen und er meine Lippen mit seinen berührt. Ich will wissen, ob er so küsst, wie er redet – zärtlich, aber auch ein bisschen versaut.

»Wir sind hier nicht allein«, bringe ich mühsam heraus.

»Stimmt.«

»Ich glaube, es ist nicht der richtige Ort.«

»Nein?«

»Nein.«

»Warum nicht, Delia?«

»Weil ich mir sicher bin, dass ich, wenn ich erst mal anfange dich zu küssen, nicht mehr aufhören kann.«

Zach lehnt sich zurück, völlig auf die Bewegung seiner Finger konzentriert, zwischen denen er seinen Strohhalm hin und her rollt. »Ein gutes Argument, aber eines Tages, Delia, werde ich dich küssen bis zum Wahnsinn.«

»Eines Tages, Zach, werde ich es erlauben.«

Er springt auf und klatscht in die Hände. »Na schön, wir brauchen eine Ablenkung. Lass uns spielen.«

»Ich gegen dich?« Ich erhebe mich von Mrs Pac-Man. »Warum habe ich das Gefühl, dass ich gleich eine Abreibung kriege?«

»Wahrscheinlich, weil du gleich eine Abreibung kriegst.«

»Da wir gerade davon reden ... sagtest du nicht, ich darf deinen Hintern anfassen? Ich erinnere mich lebhaft an das Gespräch.«

Er wirft mir einen Blick zu. »Erinnerst du dich auch daran, dass wir uns wegen Problemen mit der Selbstkontrolle nicht küssen konnten? Kein Hinternanfassen heute Abend.«

»Aber«, ich zwinkere, »bei unserem nächsten Date, einverstanden?«

Er verdreht die Augen und zeigt mit dem Kopf auf die Spielgeräte. »Jetzt komm schon, damit ich es dir endlich zeigen kann.«

• • •

»Hat dir der Abend gefallen?«

»Dieser Kaffee war besser als Sex. Alles andere verblasst im Vergleich dazu.«

»Höschen-Stürmer sind einfach meine Spezialität.«

»Wie bitte? Meinst du etwa deine Grübchen?«

Zach bleibt auf dem Gehweg stehen. »Hast du meine Grübchen gerade als Höschen-Stürmer bezeichnet?«

»Hast du gerade das Wort Höschen-Stürmer nicht nur einmal benutzt, sondern zweimal?«

»Ich darf das.« Er beugt sich zu mir vor. »Ich habe Grübchen.«

Ich muss lachen und schubse ihn weg. »Wie kannst du nur so süß und gleichzeitig so anstrengend sein?«

»Ah, du findest mich süß. Das bin ich schon mal genannt worden … aber diese Beziehung hat keinen so guten Verlauf genommen.«

»Nein? Was ist passiert?«

Er pfeift durch die Zähne. »Ist es nicht ein absolutes No-Go beim ersten Date über die Ex zu sprechen?«

»Ich habe gefragt, also denke ich, es ist in Ordnung. Außerdem fühlt es sich für mich nicht wie ein erstes Date an.

Wir unterhalten uns schon seit wie vielen Wochen? Drei? Ich habe das Gefühl, wir sind schon über das erste Date hinaus, aber noch nicht ganz beim zweiten, falls du verstehst, was ich meine.«

»Das tue ich, in gewisser Weise. Ich muss allerdings zugeben, dass ich nervös war wegen unserem ersten Treffen ... ich hatte Angst, dass das Bild, das ich mir gemacht habe, nicht der Realität entsprechen würde.«

»Und?«

»Besser. So viel besser.«

Ich versuche nicht einmal, mein Grinsen zu unterdrücken. »Deine Ex – ich erzähl dir von meinem, wenn du mir von deiner erzählst.«

Zach denkt einen Moment nach, bevor er tief Luft holt. »Also, meine letzte und einzige wirkliche Freundin ... Schrägstrich Verlobte ... hat mich verlassen, weil ich meine sogenannte Zukunft aufgegeben habe.«

Ich hebe die Hand. »Stopp. Deine was?«

»Meine Zukunft, wenn man es so nennen will.«

»Kannst du mir das erklären?«

»Ich habe am College eine Firma gegründet, habe damit Geld verdient und sie dann für ... also sagen wir, eine größere Summe verkauft. Klar, ich habe eine Menge Geld mit nach Hause genommen durch den Verkauf, aber wenn ich sie behalten hätte, hätte ich mehr Geld gemacht. Meine Freundin hat sich deswegen ziemlich aufgeregt. Und dann, als ich auch noch eine beträchtliche Summe gespendet und die Studienkredite für sie und für meinen Bruder zurückgezahlt habe – ich bin eben ein netter Kerl – und schließlich ein Auto gekauft habe, das nicht ›familienfreundlich‹ war, obwohl wir eigentlich ›in diese Richtung gehen wollten‹, da hat sie sich verabschiedet. Ich habe es nie verstanden. Ich glaube, sie mochte einfach mein Geld und die Chance, davon zu profitieren.«

Ich bleibe mit offenem Mund stehen, geschockt von Kopf bis Fuß. »Du meinst, weil du mit deinem Geld aus dem Verkauf deiner Firma alles mögliche Gute getan hast, ist sie abgehauen?«

»Und weil ich plötzlich ein ›stinknormaler Typ‹ war mit einem ganz normalen Job. Ich war nicht mehr gut genug für sie. Komisch, wenn man bedenkt, dass sie kein Problem damit hatte, dass ich ihren Kredit abbezahlt habe, oder damit, dass ich früher oft meinen Saustall von Studentenbude tagelang nicht verlassen habe, weil ich viel zu sehr mit Code-Schreiben oder mit dem neuesten Videospiel beschäftigt war.« Zach zuckt mit den Schultern. »Diese Firma hat sie verändert und sie hat mich verändert, wir haben uns einfach auf verschiedene Arten verändert.«

Ich schüttle den Kopf und gehe langsam mit Zach weiter. »Du hast gesagt, ihr wart verlobt?«

»Nur kurz, ja. Zum Glück hatten wir noch keine Pläne gemacht.«

Ungefähr einen Block weit gehen wir langsam weiter und schweigen. Ich weiß nicht, was ich sagen soll. Ich könnte sagen: »Das tut mir leid«, aber das fühlt sich in so einer Situation immer wie eine hohle Phrase an. Ich könnte Zach sagen, dass ich finde, sie muss die dümmste aller Frauen auf diesem Planeten sein, ihn einfach so zu verlassen, aber ich kenne sie oder ihre Version der Geschichte nicht. Es könnte sein, dass auf ihrer Seite andere Dinge eine Rolle gespielt haben, über die zu sprechen sie noch nicht bereit war. Ich kann nicht beurteilen, worüber ich nichts weiß.

»Nachdem ich jetzt wohl das Gespräch abgewürgt habe …« Zach beendet seinen Satz nicht. »Du hast mir versprochen, von deinem Ex zu erzählen.«

»Da gibt es nicht viel zu sagen. Unser Verhältnis war eigentlich eher freundschaftlich und irgendwann haben wir uns das endlich eingestanden. Das Ende war in beiderseitigem Einvernehmen und wir sind immer noch befreundet.«

»Freut mich, dass du die Sache mit ihm abschließen konntest.«

»Und mir tut es leid, dass du es mit ihr nicht konntest. Ich kann nicht fassen, dass sie einfach so Schluss gemacht hat ohne richtigen Grund.«

»Sie mochte den Teil von mir, der Geld hatte.«

»Das ist traurig.«

Zach seufzt. »So ist das Leben.«

»Meinst du, ihr wärt noch zusammen, wenn du noch diese Firma hättest?«

»Wahrscheinlich nicht. Zwischen uns war einfach kein …«

»Feuerwerk?«

Er blickt zu mir herab. »Ja, Feuerwerk. Eher so etwas wie diese Knallerbsen, mit denen man sich als Kind vergnügt, ein bisschen Spaß für einen ganz kurzen Augenblick.«

»Wenn man es so ausdrückt …«

»Hört es sich trist an? Ich weiß. Ich bin also ganz froh,

dass es sich so ergeben hat. Alles ist so gekommen, wie es kommen sollte.«

»Bist du immer so optimistisch?«

»Nö, ich habe auch Tage, an denen ich glaube, ich habe nur Pech.« Er zuckt mit den Schultern. »Aber ich versuche, du weißt schon, mich bei guter Stimmung zu halten und so weiter.«

»Finde ich gut. Erinnert mich an Zoe.«

»Ah, die Pograpscherin.«

Ich lache. »Genau die. Sie ist ganz schön ausgeflippt, aber man hat viel Spaß mit ihr.«

»Das habe ich gemerkt.« Zach schmunzelt, als ich plötzlich mitten in seinen Satz hinein gähne. »Zwei Kaffee waren nicht genug?«

»Gestern Abend ist es spät geworden. Wir hatten bis spät nachts geöffnet und ich war zum Abschließen eingeteilt. Ich habe heute nach meinem letzten Kurs ein Nickerchen gehalten, aber dann hatte ich dieses Date mit einem süßen Nerd und musste gleich wieder aufstehen.«

»Aha? Und wie ist es gelaufen?«

Ich zucke mit den Achseln. »Gab schon bessere.«

»Gib zu, es war das coolste Date, das du je hattest.«

»Ich weiß nicht ... Mein erstes Date war in einem Vergnügungspark. Das ist schwer zu überbieten.«

»Ein Vergnügungspark? Pah. Ich kann dir einen ganzen Vergnügungspark mieten.«

»Kannst du nicht.«

Er zwinkert mir zu. »Das wirst du nie erfahren.«

Ich verdrehe die Augen und ziehe ihn weiter. »Komm

schon, Romeo. Bring mich heim, bevor ich einschlafe und womöglich anfange zu schnarchen.«

Kapitel 11

»Delia.«

Schütteln.

»Deeeeelia.«

Schütteln.

»DELIA!«

Erschrocken fahre ich hoch. »ERDBEBEN!«

Ausgelassenes Lachen füllt den Raum aus, ich blicke mich um und merke, dass ich mich in Zachs Auto befinde.

Verflixt. Ich muss eingeschlafen sein.

»Habe ich geschnarcht?«, frage ich.

Statt zu antworten, lacht er nur.

»Verdammt. Das ist so gar nicht, wie ein erstes Date sein sollte.«

»Warum hast du mir nicht gesagt, dass du nur ein kurzes Nickerchen machen konntest? Oder dass du gestern Abend lange arbeiten musstest? Wir hätten es verschieben können.«

Ich hebe die Schultern. »Ich war einfach so gespannt auf das Treffen mit dir.«

»So gespannt, dass du eingeschlafen bist, aha.«

»Oh, sei still.« Ich blicke aus dem Fenster. »Tja, ich schätze, wir sind da.«

»Bleib sitzen. Ich mache dir die Tür auf.«

»Was für ein Gentleman.«

Als er aussteigt, checke ich schnell in dem Sonnenblendenspiegel mein Gesicht. Nicht dass ich etwa total furchtbar aussehe nach meiner Nickerchen-Entgleisung.

»Mylady«, sagt Zach und streckt die Hand aus.

Er hilft mir auszusteigen und bleibt dann direkt stehen.

Ich stecke fest zwischen ihm und dem Auto und ich kann mir keinen Ort vorstellen, an dem ich lieber wäre.

Zach lächelt zu mir herab, sein Grinsen hat etwas Wölfisches. »Hattest du ein gutes erstes Date, Delia?«

»Es hätte schlimmer sein können.«

»Akzeptiert. Außerdem hast du schon zu einem zweiten Date eingewilligt. Es gibt jetzt kein Zurück mehr.«

»Nein, ich schätze nicht.«

Wir stehen so dicht beieinander, dass ich mich nur zwei Zentimeter vorwärtsbewegen müsste, um ihn zu berühren. Ich möchte ihn berühren.

Ich mache einen Schritt vorwärts und er weicht nicht zurück. Nein, er legt beide Arme um mich, schiebt mich rückwärts und drückt mich gegen das Auto, mit einer Hand umfasst er meine Taille, mit der anderen meinen Nacken. Seine Berührung fühlt sich zärtlich an und gleichzeitig fordernd.

Seine grünen Augen versenken sich in meine und ich kann den Blick nicht von ihm lösen. Es ist so ... erregend. Ich kann nicht mehr denken und ich habe das Gefühl, direkt neben einem wild auflodernden Feuer zu stehen.

Obwohl die Nachtluft kühl ist, schwitze ich und ich weiß, dass Zach das spürt.

Seine Mundwinkel zucken und dieses verflixte Grübchen zeigt sich wieder.

»Ich werde dich jetzt küssen, Delia.«

Und dann sind seine Lippen auf meinen.

Dieser Kuss ist alles, was mir bis jetzt in meinem Leben gefehlt hat.

Das Feuerwerk, das ich bis jetzt noch nie erlebt habe?

Es explodiert am Nachthimmel in dem Augenblick, als Zach mit seinen Lippen über meine streicht.

Es fängt ganz behutsam an, aber unsere zarten Küsse werden härter und wir halten einander fest, als ob wir nie wieder die Chance dazu hätten. Zachs Hand gleitet um meinen Kopf und liebkost meine Wange. Ich drücke mich an ihn, an diesen Kuss, an ... was immer da gerade passiert.

Unsere Zungen tanzen zu einer Melodie, die nur sie kennen und ich habe keine Ahnung, wie viele Minuten wir eng umschlungen verbringen.

Irgendwann werden unsere Küsse zärtlicher. Schließlich lösen wir uns voneinander und holen beide tief Luft.

Zach lehnte seinen Kopf an meinen und ich lege sachte die Hand auf seine Brust, neugierig, ob sein Herz so wild pocht wie meins.

»Wo kommst du nur her?«

»Mittlerer Westen.«

»Wie?«

»Du fragst, wo ich herkomme. Ich komme aus dem mittleren Westen.«

Er lacht und ich kann das Lachen in seiner Brust spüren. »Rhetorische Frage, Delia.«

»Oh.«

Ich spüre, dass er den Kopf schüttelt. »Was mache ich nur mit dir?«

Er drückt mir einen Kuss auf die Stirn. »Übrigens auch eine rhetorische Frage.«

»Schade. Ich hatte eine wirklich gute Antwort parat.«

Unsere Blicke begegnen sich. Neugierig legt er den Kopf schief, ein schelmisches Funkeln in den Augen. »So? Und die wäre?«

Ich zwinkere. »Ich schätze, das wirst du nie erfahren.«

»Kokettes Ding.«

»Schuldig«, flüstere ich und drücke wieder meine Lippen auf seine.

Es wird nur ein kurzer Kuss diesmal und bevor ich weiß, wie mir geschieht, zieht Zach mich die Treppe hinauf bis zur Wohnungstür.

Ich lehne mich dagegen und drehe mich gleichzeitig zu ihm um.

»Ich war wirklich nervös vor diesem Treffen, weißt du. Wir waren völlig Fremde und sind uns mit Hilfe von komischen Textbotschaften nähergekommen. Dabei habe ich mich ganz schön in dich verknallt und mir ein bestimmtes Bild von dir gemacht. Ich hatte solche Angst, dass du dem in Wirklichkeit gar nicht entsprichst, dass der Spaß, den ich beim Chatten hatte, sich in der Realität nicht wiederholen würde.«

Zachs intensiver Blick ruht auf mir und mir wird bewusst, dass ich ihm all meine Geheimnisse offenbare, praktisch mein Innerstes über ihm ausschütte. Der Arme.

Und es ist mir verdammt egal.

»Aber du ... wir ... es war alles, worauf ich gehofft hatte.« Er blickt mich immer noch an, sein Blick drückt Freude aus, und ein schiefes Grinsen breitet sich auf seinem Gesicht aus. »Also, äh, danke ... für alles.«

Sein Grinsen wird noch breiter und er macht einen Schritt vorwärts und küsst mich sachte auf den Mund.

»Ich danke dir, Delia. Dafür, dass du nicht total langweilig bist. Dafür, dass du über meine unmöglichen Witze lachst. Dafür, dass du bei mir eingeschlafen bist. Dafür, dass du ... nun ja, dass du alles warst, was ich mir gewünscht habe.«

Meine Wangen werden heiß und ich beuge mich vor zu einem weiteren Kuss.

Unsere Lippen verschmelzen und dann stürzen wir.

Bums.

Wir landen unsanft auf dem Boden und ich japse, als Zachs Gewicht mich fast erdrückt.

»Okay, ihr beiden seid echt niedlich. Soll ich verschwinden, damit ihr es treiben könnt?«

»Autsch! Was zum Teufel – Zoe?« Ich versuche, Zach von mir wegzuschieben. »Runter von mir, ich kriege keine Luft.«

Er stützt sich auf die Arme. »Hast du gerade gesagt, ich bin fett?«

»Was? Nein! Hast du dasselbe Kool-Aid-Zeug getrunken wie diese Irre«, ich deute auf Zoe, »die es witzig findet, die Tür aufzumachen, damit ich auf den Hintern falle?«

Zach gibt sich entrüstet. »Kool-Aid ist Teufelszeug. Bei mir zu Hause gab es ausschließlich Tang.«

»Du bist so was von Neunziger«, maule ich und schubse ihn.

Er kichert und rappelt sich auf, bis er neben mir sitzt. Ich richte mich halb auf und schleudere mit den Augen Blitze auf Zoe und Zach.

»Ich muss sagen, ihr beiden kommt mir vor wie aus einer albernen Teenagerserie. *Zoe und Zach, die Stunde der Idioten*.«

Die beiden stoßen mit den Fäusten aneinander und ich stoße einen Seufzer aus.

»Nur kein Neid, D. Wir sind einfach cooler als du.«

»Kannst mich mal.«

»Da du gerade davon redest, wie geht's deinem Hintern?«

»Mit ihrem Hintern ist alles in Ordnung«, meldet Zach sich zu Wort.

Zoe lacht. »Oh, der Mann ist gut. Ich finde, den sollten wir behalten.«

»Wir behalten niemanden, schon gar nicht den.«

»Lügnerin. Du hast dich schon für ein zweites Date eingetragen.«

»Ein zweites Date? Schon? Du Flittchen.«

»Hau ab, Zoe.«

»Na schön. Knutscht nur weiter ihr beiden, oder was auch immer. Zach, es war ein Vergnügen, dich kennenzulernen. Delia, ich bin in meinem Zimmer und erwarte einen detaillierten Bericht über diesen Abend. Ich muss unbedingt wissen, ob er gut küsst.«

»Das tut er«, ist Zachs Antwort.

Ich werde rot.

Zoe tätschelt seine Schulter. »Das sehe ich.«

»Zoe!«

Sie hebt die Hände, um ihre Unschuld zu beteuern und geht rückwärts in den Flur. »Ich geh ja schon, ich geh ja schon!«

Als sich ihre Zimmertür hinter ihr schließt, drehe ich mich zu Zach um.

»Ich fürchte, es hat wenig Sinn, sich für sie zu entschuldigen.«

Zach hebt die Schultern. »Vergiss es. Sie erinnert mich an Robbie. Die beiden würden sich gut verstehen.«

Ein paar Augenblicke sitzen wir schweigend auf dem Boden, dann rappeln wir uns auf.

»Bevor Zoe uns so krass unterbrochen hat, wollte ich dich fragen, ob du noch mit hereinkommen möchtest.«

»Delia, du bist schon im Auto eingeschlafen. Du musst dich ausruhen.«

Ich stoße einen erleichterten Seufzer aus. »Ich bin froh, dass du das sagst. Ich wollte nur höflich sein. Ich bin total fertig und mein Hintern tut weh.«

Er hebt die Brauen. »Du hörst nie auf, witzig zu sein.«

»Du hast eben so komisch geredet, ich glaube, du versuchst, hier den Nerd herauszukehren. Fort mit dir.«

Innerhalb einer Sekunde überquert er die kurze Distanz zwischen uns und stellt die gleiche Position wieder her, in der wir draußen so lange verweilt haben. Er legt eine Hand auf meine Hüfte und mit der anderen hält er mein Gesicht fest. Dann drückt er einen Kuss auf meine Lippen.

»Gute Nacht, Delia«, flüstert er und streicht mit seinen Lippen über meine.

»Gute Nacht, Zach.«

Er geht hinaus und lässt mich allein mit meinem Verlangen.

Nach mehr Küssen.

Mehr Berührungen.

Mehr Zach.

• • •

ICH: Ich habe vergessen, dir deine Penis-Topflappen zu geben!

ZACH: Warum schläfst du noch nicht?

ZACH: Ich hole sie mir schon noch – bei unserem zweiten Date. 😉

ICH: Hm, ich musste Zoe sagen, ob du ein guter Küsser bist oder nicht.

ZACH: Und?

ICH: Du warst ganz gut.

ICH: OMG. Ich kann nicht einmal so tun, als ob du schlecht wärst.

ZACH: Also so gut? Ah.

ICH: Sagen wir einfach, Zoe ist nicht der einzige Grund, weshalb ich nicht schlafe.

ZACH: Hey, Delia, willst du damit sagen, ich habe dich erregt und jetzt kannst du nicht schlafen, weil du – wie soll ich sagen – GEIL bist?

ICH: ZACHARY HASTINGS! Das sagt man nicht!

ICH: Aber ... ja.

ICH: Außerdem tut mir der Hintern weh.

ZACH: VOM GEILSEIN? Was machst du mit deinem Hintern?

ZACH: Ach so – du meinst, von dem Sturz. Meine Schuld.

ICH: Ich habe kein Problem damit, mein Ja zum zweiten Date zurückzunehmen. *verschränkt die Arme*

ZACH: Hahaha! Dafür bist du viel zu scharf darauf, mich zu küssen.

ICH: GRUMMEL, GRUMMEL

ZACH: Mein Gott, Delia, geh SCHLAFEN!

ICH: Jaja. Schon gut.

ICH: Aber, Zach?

ZACH: Ja?

ICH: Ich kann es wirklich nicht erwarten, dich noch einmal zu küssen.

ZACH: Ich weiß. 😉

ICH: Augenblick. Ruiniert. Gute Nacht.

ZACH: LOLOLOLOLOL

• • •

»Ich habe Zach angelogen.«

Zoe wirbelt mit der Kaffeekanne in der Hand zu mir herum. Das köstliche Gebräu schwappt hörbar hin und her. »Was?«, kreischt sie so laut, dass ich mir die Ohren zuhalte.

»Leise!«

»Sei du leise, Lügnerin. Worüber zum Teufel hast du ihn belogen, Delia?«

»Nun jaaaa …«

»Du weißt, dass ich es hasse, wenn du mit diesem Unsinn anfängst. Heraus damit.«

»Hmm. Na gut. Also, es war gestern Abend, als du unbedingt wolltest, dass ich in dein Zimmer komme und dir sämtliche schmutzigen Details erzähle. Ich bin zu dir gekommen, aber du hast geschlafen wie eine Tote und bist auch nicht aufgewacht, als ich versucht habe dich zu wecken.«

»Ich wusste nicht, dass du versucht hast mich zu wecken, aber bitte erzähl weiter.«

»Na ja, ungefähr eine Stunde, nachdem Zach gegangen war, habe ich ihm etwas getextet und er wollte nur wissen, warum ich immer noch wach war. Ich habe behauptet, ich würde mich mit dir unterhalten.«

»Hm. Und dann?«

»Ich habe mich nicht mit dir unterhalten, Zoe.«

»Das weiß ich.«

»Ich konnte nicht schlafen. Ich war zu … überdreht, falls du verstehst, was ich meine.«

»Ich glaube, das tue ich.«

»Ich war wirklich überdreht. Ich musste … ein bisschen Dampf ablassen, wie man so sagt.«

»Hmm …« Sie stellt die Kaffeekanne ab und verschränkt die Arme vor der Brust. »Das musst du schon genauer erklären.«

»Ich musste … äh … ich musste mich entspannen.«

»Ich verstehe immer noch nicht, was du meinst.« Ich höre es. Ich höre es genau – den Sarkasmus, die Herausforderung. Sie spielt mit mir.

Ich kneife die Augen zusammen. »Du bestehst wirklich darauf, dass ich es ausspreche, oder?«

Sie zuckt mit den Schultern. »Wenn du alt genug bist, um es zu tun, bist du auch erwachsen genug, es auszusprechen.«

»Na schön.« Ich vergrabe das Gesicht in den Händen. »Ich habe mich selbst angefasst.«

»Wie war das? Bitte lauter.«

»ICH HABE MASTURBIERT!«

Energisches Klopfen von der anderen Seite der Zimmerwand. Es kommt vom benachbarten Apartment. »WIE SCHÖN FÜR DICH, SÜSSE!«

Zoe und ich tauschen Blicke aus und bekommen einen Lachkrampf.

»Wer zum Teufel war das?«

»Ich habe keine Ahnung. Ich habe gar nicht gewusst, dass da jemand eingezogen ist.«

»Na, super. Dank dir wissen die jetzt, dass ich es mir selbst mache.«

»Also bitte.« Zoe wedelt mit der Hand. »Das tun wir doch alle. Liebe Güte, ich habe es gestern Abend gemacht, kurz bevor ihr gekommen seid.«

Ich stöhne. »Bitte erklär mir nicht deinen Masturbationszeitplan, Zoe. Ich will ihn nicht wissen.«

»Ich wette mit dir fünfzig Mäuse, dass Zach es gestern Abend auch getan hat.«

»Ich werde ihn nicht danach fragen.«

Zoe hebt provozierend die Augenbrauen. »Zwanzig Mäuse und außerdem kümmere ich mich einen Monat lang das um das schmutzige Geschirr.«

Verdammt. Klingt nach einem guten Deal.

Aber ich kann Zach nicht fragen, ob er gestern seinen Schwanz angefasst hat. Das geht zu weit.

»Nein. Kommt nicht in Frage.«

»Schwaches Bild.«

»Was?«

»Ich habe gesagt ...« Sie durchquert die winzige Küche, stützt sich mit den Händen auf den Küchentresen und beugt sich zu mir vor. »Schwaches Bild.«

Ich durchbohre sie ebenfalls mit meinem Blick. »Also gut. Abgemacht.«

ICH: Wir haben um 20 Dollar gewettet und Zoe kümmert sich einen Monat das Geschirr, also entschuldige bitte, dass ich dir diese Frage stelle.

ZACH: Ich bin ehrlich. Du machst mir ein bisschen Angst.

ICH: Keine Angst. Antworte einfach ehrlich.

ZACH: Okay ...

ICH: Hast du dich selbst befriedigt nach unserem Date gestern Abend?

ZACH: Ach du Sch... Das ist das LETZTE, womit ich von dir gerechnet habe. Mädchen, du traust dich vielleicht was.

ICH: Das ist keine Antwort auf meine Frage.

ZACH: Wirst du mir meine Antwort später aufs Brot schmieren?

ICH: Nein.

ZACH: Versprochen?

ICH: Natürlich.

ZACH: Also dann ... ja, habe ich.

ICH: HAHAHAHA

ICH: Schwanztätschler.

ZACH: Warum? Warum tue ich mir das an?

ICH: Okay, ich werde es dir nicht ... sehr lange aufs Brot schmieren.

ZACH: Du bist so gnädig.

ICH: Wirst du gerade rot?

ZACH: Ach was. Ich bin ein Mann. *klopft sich auf die Brust* Männer sind stolz darauf, ihren Schwanz zu tätscheln.

ICH: Tu jetzt nicht so, Zach. Möchte-gern-Macho.

ZACH: Ich kann es jetzt nicht mehr zurücknehmen.

ICH: Kannst du wohl nicht, du ... Schwanztätschler.

ZACH: Ich werde einfach zur Arbeit gehen und so tun, als würde es dich nicht geben.

ZACH: Wann ist übrigens unser nächstes Date? Heute Abend?

ICH: Ich bin ein Mädchen, bei dem das In-letzter-Minute-schnell-ein-Date-arrangieren nicht funktioniert. Außerdem muss ich arbeiten. Morgen?

ZACH: Ich bin ein Kerl. Du kannst von mir

während der Football-Saison kein Date an einem Sonntag verlangen.

ICH: Du magst Football?

ZACH: Ich meine, ich gucke Football, wenn ein Spiel läuft, aber eigentlich mag ich Hockey viel lieber. Wäre vielleicht mein Ding gewesen, als ich noch jünger war.

ICH: Versuchst du gerade, mich wieder in Ekstase zu versetzen?

ZACH: Kommt darauf an ... funktioniert es? 😉

»Bei dieser Zurschaustellung von was auch immer wird mir übel. Ich breche das lieber ab, bevor ich noch mehr mitkriege.«

Ich blicke auf und sehe, wie Zoe sich aus der Küche schleicht.

»Warte! Komm zurück! Er hat es getan!«

»Mir egal! Die Wette gilt nicht mehr!«, brüllt sie und geht schneller.

»Du verflixte ...« Ich springe vom Stuhl auf und renne ihr nach, aber sie schlägt mir nur ihre Zimmertür vor der Nase zu und ich höre sie drinnen laut lachen.

Kapitel 12

Reines Pech und die Unmöglichkeit unsere Terminkalender zu synchronisieren sind schuld daran, dass seit meinem ersten Date mit Zach eineinhalb Wochen vergangen sind. Unsere Chats sind nicht weniger geworden, aber es deprimiert mich, dass wir uns bis jetzt nicht wiedergesehen haben.

ICH: Geständnis … ich möchte dich tatsächlich wiedersehen.

ZACH: ANHANG HERUNTERLADEN

ICH: Oh, wow! Ich habe dich noch nie ohne Brille gesehen. *fächelt sich Luft zu*

ZACH: Das kommt wohl jetzt in deine Pornosammlung?

ICH: Hm, da ist ein Ziegenbaby auf dem Foto, deshalb nein, das wäre komisch.

ZACH: Oh. Ja. Richtig.

ZACH: Was steht heute auf dem Stundenplan?

ICH: Büffeln. Meine Bücher sind überall im Zimmer verstreut. Ich bin müde und genervt und hungrig und ich habe so gar keine Lust, hier in diesem blöden Apartment zu hocken und zu büffeln.

ICH: Tut mir leid, ich will eigentlich nicht herumjammern. Ich werde einfach langsam unausstehlich, weil ich so lange mit niemandem geredet habe.

Ich lege das Handy aus der Hand und konzentriere mich wieder auf das vor mir aufgeschlagene Ökonomie-Buch.

Ich bin so vertieft in dieses Fach-Chinesisch, dass ich total aus der Haut fahre, als jemand mit ohrenbetäubender Lautstärke an die Haustür klopft.

Ich checke die Uhrzeit auf meinem Handy und stelle überrascht fest, dass fast eineinhalb Stunden vergangen sind. Ich stelle außerdem fest, dass es schon fünf ist und ich seit dem Morgen nichts mehr gegessen habe.

Wie auf Verabredung knurrt mein Magen deutlich hörbar.

»Mist.«

Erneutes Klopfen bringt mich dazu, schleunigst zur Tür zu gehen.

Ich spähe durchs Guckloch und quietsche vergnügt.

»Dich schickt der liebe Gott!«, sage ich, reiße die Tür auf und grapsche nach der Tüte in Zachs Hand. »Ich könnte dich küssen, aber ich bin wirklich verdammt hungrig und ich muss unbedingt essen, bevor ich vor Hunger noch fies werde, das wollen wir beide nicht erleben.«

Ich gehe zur Couch und reiße die Tüte auf. Sie enthält frische Pommes frites und Chicken Nuggets.

»O mein Gott. Das ist wundervoll«, stöhne ich mit vollem Mund.

Ich verschlinge noch ein Nugget, bevor ich zur Tür schaue, die immer noch weit offen steht. Zach steht dort und grinst übers ganze Gesicht.

»Oje. Ich bin die schlechteste Gastgeberin der Welt – allerdings auch eine sehr überraschte.« Ich werfe ihm einen Blick zu, lege die Tüte mit dem Essen auf dem Tisch ab und durchquere das Wohnzimmer, um Zach anständig zu begrüßen.

»Hi«, sage ich.

»Hi.« Er schaukelt auf den Absätzen. »Erstaunlich, dass du dich so weit vom Essen wegbewegst.«

»Danke. Für das Essen, meine ich. Das weiß ich wirklich zu schätzen.«

»Gern geschehen, Delia. Tust du mir einen Gefallen?«

»Klar.«

»Halte das für mich, ich muss nur rasch ein paar Sachen aus dem Auto holen.«

Er drückt mir eine Hundeleine in die Hand und im ersten Moment kapiere ich gar nichts.

Dann dämmert mir, wozu diese Leine nötig sein könnte.

»Du hast Marshmallow mitgebracht!« Ich gebe meiner Neugier nach und spähe am Türrahmen vorbei.

Als ich das niedliche Baby sehe, muss ich meine ganze Selbstbeherrschung aufwenden, damit ich nicht laut quietsche und es damit verschrecke. Vorsichtig strecke ich die Hand aus und versuche es zu mir zu locken.

Der kleine Ziegenbock macht ein paar zögernde Schritte, schließlich kommt er näher und berührt meine ausgestreckte Hand mit dem Kinn. Dann schiebt er das Köpfchen noch weiter in meine Hand und mir kommen die Tränen. Ich komme mir vor wie eine sabbernde Närrin, aber der Kleine ist so verdammt süß.

Ich hebe ihn hoch und drücke ihn an meine Brust.

»Hast du ihn?«

Ich nicke. »Und lasse ihn nie wieder los.«

»Ich hole seinen Käfig und sein Spielzeug. Bin gleich wieder da.«

• • •

»Was, um Himmels willen, ist passiert?«

»Dieses Tier ist vom Satan besessen!« Ich deute auf die unartige Kreatur und erwidere Zachs überraschten Blick mit einem erbosten. »Ich habe ihn zwei Sekunden allein gelassen – zwei Sekunden. Ich wollte Barbecue-Soße für meine Nuggets, also habe ich ihn auf den Boden gestellt, bin in die Küche gegangen, habe mir die Soße geholt, bin zurückgekommen – und dann das!«

»Wie kann er in der Zeit ein Polster auffressen?«

»Ich weiß es nicht!« Frustriert fuchtele ich mit den Armen herum. »Ich meine, ich habe ihm vielleicht etwas länger als zwei Sekunden den Rücken zugedreht, weil ich noch eine Kanne Kaffee aufgesetzt habe, aber es waren nicht mehr als zwei Minuten, ich schwöre!«

Zach lacht und ich möchte ihn am liebsten boxen.

»Du lachst? Im Ernst? Du bist wirklich unmöglich.«

»Gar nicht, und ich lache nur, weil du so süß bist, wenn du total genervt bist. Raufst du dir etwa tatsächlich die Haare? Die sind total zerzaust.«

Er kommt in die Wohnung, stellt Marshmallows Käfig ab und setzt vorsichtig ein Tablett mit gefüllten Kaffeebechern auf dem Couchtisch ab.

Dann lächelt er, streckt die Hand aus und streicht mir eine Strähne aus dem Gesicht. »Ich kaufe dir eine neue Couch.«

»Tust du nicht.«

»Tu ich doch. Widersprich nicht. Ich hätte dich warnen müssen, dass du ihn nicht allein lassen darfst.«

»Zach.«

»Delia.«

Dann küsst er mich und ich lasse ihn.

Ich möchte in seine Berührungen hineinfallen, mich von dem Zauber hinwegtragen lassen.

Aber da rennt ein niedliches Ziegenbaby durch die Wohnung und ich muss mich darauf konzentrieren, bevor es alles frisst, was ihm in die Quere kommt.

Ich löse mich von Zach und seufze. »Ich will nicht aufhören, dich zu küssen, aber ich will auch nicht, dass du mein ganzes Apartment neu möblieren musst.«

»Au verflixt.« Zach packt Marshmallow und steckt ihn in den Käfig, bevor er noch mehr Unheil anrichten kann. »Mach ein Nickerchen, Kumpel. Ich weiß, du bist müde von der Autofahrt.«

Ich deute auf den Kaffee. »Für mich?«

»Ja. Deine Lieblingssorte.«

»Du bist zu gut zu mir.«

Ich nehme den Becher und nehme einen Schluck, bevor ich wieder nach der Tüte greife. Diesmal nehme ich mir Zeit, die Portion Nuggets von den Portion Pommes frites zu trennen.

»Noch einmal danke. Du hast ja keine Ahnung, wie sehr ich das gebraucht habe.«

»Kein Problem. Außerdem habe ich dich irgendwie vermisst.«

»Tatsächlich?«

Er klaut mir etwas von den Pommes. »Ja.«

Meine Zehen kribbeln angesichts seines Geständnisses. Ich liebe Zachs Art, mir mit so wenigen Worten das Gefühl zu geben, etwas Besonderes für ihn zu sein.

Ein paar Minuten essen wir schweigend und schauen Marshmallow zu, wie er gegen den Schlaf ankämpft.

»Ich kann nicht glauben, dass du ihn tatsächlich hergebracht hast.«

»Er wollte dich kennenlernen.«

»Er ist so niedlich – viel niedlicher als auf den Fotos.« Ich stoße mit meiner Schulter an seine. »Du auch.«

»Du bist auch nicht so übel.« Er kaut und schluckt seinen letzten Bissen. »Was büffelst du eigentlich?«

»Ökonomie. Das Zeug macht mich fertig. Ich verstehe nicht einmal die Hälfte.«

»Ich schon.«

»Tust du nicht.«

Er blickt mich von unten herauf an. »Hallo, ich hatte meine eigene Firma und habe sie weit über Preis verkauft. Ich kann dir helfen, wenn es um Ökonomie geht.« Er steht auf und streckt die Hand aus. »Komm, machen wir uns an die Arbeit.«

Mit einem schweren Seufzer lasse ich mich von ihm hochziehen.

»Und Marshy?«

»Kein Problem. Er wird komische Geräusche machen, wenn er aufwacht, aber jetzt schläft er wohl erst mal ein paar Stunden.« Zach zupft an meiner Hand. »Du gehst voraus.«

Ich führe ihn den Flur hinab zu meinem Zimmer. »Das habe ich mir ganz anders vorgestellt. Es ist so ...«

»Weiß? Ich weiß, aber wir können nicht streichen. Ich meine, wir können schon, aber wir dürfen nur zwischen ungefähr vier Schattierungen von Weiß wählen. Ich schätze, weil immer wieder neue College-Studenten hier einziehen, ist es für die Vermieter einfacher, das Streichen praktisch zu verbieten, als sich mit den Scherereien herumzuschlagen.«

»Ziemlich schlau aus deren Sicht. Immerhin, mir gefällt, dass du es mit türkisfarbenen Vorhängen aufgewertet hast.«

»Tja, Frau tut eben, was sie kann.«

Zach setzt sich auf mein ungemachtes Bett und nimmt

das aufgeschlagene Ökonomie-Buch auf den Schoß. »Ist es das, woran du arbeitest?«

Ich nicke und setze mich zu ihm. »Leider. Kommt dir daran irgendetwas vertraut vor?«

»Und ob. Ich kann dich da durchbringen. Ich habe einen Trick, wie man sich all diese Ausdrücke merken kann.«

Wir machen es uns auf dem Bett bequem, legen uns auf den Bauch, das Buch zwischen uns.

Es fühlt sich an, als wären Stunden vergangen, aber dank Zachs Tipps und Erklärungen fange ich wenigstens langsam an, das Zeug zu kapieren. Ich habe bereits zwei der Beispielaufgaben in dem Buch durchgearbeitet, und dann noch eine, die Zach sich ausgedacht hat.

Mit seiner Hilfe werde ich, glaube ich, die bevorstehenden Tests gut bestehen.

»Wieso büffelst du überhaupt so viel?«, erkundigt er sich, als wir eine Kaffeepause machen.

»Unser Professor macht gerne mal ein spontanes Quiz und ich habe das Gefühl, nächste Woche kommt so etwas auf uns zu, er hat uns nämlich eine Leseliste gegeben, über die alle gestöhnt haben. Ich habe auch gehört, dass er um Thanksgiving herum eine Runde Tests durchzieht, und das ist ja ziemlich bald. Also habe ich mir überlegt, dass ich schon vorher bei den Quiz-Fragen gut abschneiden muss.«

»Ich wusste, wieso ich mir dich warmhalte. Du bist wirklich ein Smartie.«

»O Mann, Smarties, da hätte ich jetzt Lust drauf.«

»Du denkst auch nur ans Essen«, scherzt er.

»Schuldig.« Ich gähne. »Ich habe keine Lust mehr zu büffeln. Lass uns etwas anderes tun.«

»Wir könnten nackt eine Kissenschlacht veranstalten.«

»Etwas weniger Perverses.«

»Wir könnten *Hemlock Grove* gucken, du hast es ja aufgeschoben, weil es dir zu gruselig war.«

»Guckst du dir wirklich solchen Mist an? Echt sonderbar.«

»So sonderbar und so gut.«

Ich nicke. »So gut.«

Ich klatsche in die Hände, rolle vom Bett herunter und stehe in einer geschmeidigen Bewegung auf. »Okay, einverstanden. Ich besorge das Popcorn …«

»Schon wieder essen.«

»… und du lädst Netflix und guckst nach Marshy. Los geht's.«

»Moment, Moment, Moment. Ist bei diesem Netflix-Marathon Kuscheln erlaubt?«

»Hmm … na gut.«

»Nackt kuscheln?« Zach wackelt mit den Augenbrauen und kommt langsam auf mich zu.

Ich gebe ihm einen Klaps auf die Brust. »Übertreib es nicht, Großer.«

• • •

»Na, na, was haben wir denn da?«

Das plötzliche Aufflackern der Deckenbeleuchtung

macht mich wach. Und der plötzliche Verlust meines Kopfkissens macht mich noch wacher.

Zach springt von der Couch, bereit zum Gefecht.

»Verdammt, Zoe. Ich hätte dir fast mit einem Karateschlag den Arsch versohlt«, höre ich ihn sagen.

Ich zwinge meine Augenlider auseinander und sehe Zoe in der Tür stehen, die Hände in die Hüften gestemmt, ein sündiges Lächeln auf den Lippen. Zach steht wie erstarrt, seine Schultern sind angespannt und er wirkt, als wolle er zuschlagen.

»Toller Ständer, Zach.«

Er lässt sich auf die Couch plumpsen und zieht ein Kissen auf seinen Schoß. »Deine Freundin ist absolut unmöglich«, sagt er und blickt zu mir herab.

»Sag ich doch.«

»Und was genau habt ihr beiden hier gemacht? Hä?« Zoe gibt keine Ruhe.

»Geschlafen, daher die peinliche Ständeroffenbarung«, antwortet Zach.

»Stimmt«, sage ich. »Wir müssen eingepennt sein.« Ich schaue auf die Uhr, die über der Eingangstür hängt. »Oh, verflixt, wir haben drei Stunden geschlafen. Es ist schon nach elf. Musst du nicht -«

»Entschuldigt die Unterbrechung, aber ist das ein Ziegenbaby?« Zoe wirft ihre Tasche mitten im Zimmer auf den Boden und hockt sich vor Marshmallows Käfig.

»Das ist Marshmallow. Du hast dich durch unsere Texte über ihn gescrollt.«

»Sie hat unsere Chats gelesen?«, fragt Zach.

Ich winke ab und setze mich auf. »Lange Geschichte.«

»Der ist ja süß! Kann ich ihn haben?«

»Nein!«, schreien Zach und ich gleichzeitig.

»Ich glaube ja, wir dürfen hier nicht einmal Haustiere halten, aber ich möchte ihn unbedingt haben.« Sie schiebt die Finger durchs Käfiggitter und kichert, als Marshmallow daran leckt. »Er ist das Goldigste, was ich je gesehen habe.«

»Er ist wahrscheinlich hungrig. Ich muss ihn füttern.«

Zach macht Anstalten aufzustehen, aber ich lege die Hand auf seinen Arm.

»Es ist schon spät ...«, beginne ich.

»Ich weiß. Ich hatte nicht vor, hier zu schlafen. Ich nehme Marshmallow und fahre mit ihm nach Hause, damit du Zeit hast, dich für den Unterricht morgen zu erholen.«

Ich sollte ihn gehen lassen ... sollte ihn seine Sachen einsammeln lassen, ihm einen ausdauernden Kuss geben und ihn dann genau durch diese Tür gehen lassen.

Aber ich kann nicht.

»Willst du über Nacht bleiben?«

Seine Augen weiten sich und ich bin nicht sicher, ob ich etwas gesagt habe, was ich nicht hätte sagen sollen.

Eigentlich kenne ich den Mann ja kaum. Okay, wir unterhalten uns jetzt seit einem Monat und wir hatten ein Date und haben uns ein paarmal geküsst, aber *kennen* tun wir uns nicht besonders lange.

Es ist zu früh, über Nacht zusammenzubleiben ... oder?

»Fändest du es sehr schräg, wenn ich ja sage? Ich schlafe auf der Couch, ich bin nicht sicher, ob ich noch in der Verfassung bin, Auto zu fahren.«

»Es wird nur so schräg, wie wir es machen.«

»Aber wir sind nun mal wir ... es könnte also ganz schön schräg werden. Ich meine, du hast mich letzte Woche gefragt, ob ich masturbiert habe.«

»Hmm ... stimmt. Lass uns einen Deal machen. Keine schrägen Aktionen.« Ich strecke die Hand aus und warte, dass er einschlägt.

»Abgemacht.« Er ergreift meine Hand und zieht mich zu sich heran, bis unsere Nasen sich fast berühren.

»Ich wette, du riechst anders, wenn du schläfst. Das ist nicht schräg, oder?«

Zachs Lippen verziehen sich. »Überhaupt nicht. Ich hoffe, du hast nichts dagegen, dass ich nackt schlafe.«

»Ich hoffe, du hast nichts dagegen, dass ich in einem Nachtgewand schlafe.«

»Ich wette, du bist extrem sexy in diesem Nachtgewand.«

»Ich wette, dein Penis sieht ohne Jeans drumherum kleiner aus als mit.« Diesmal verziehen sich seine Lippen zu einem richtigen Lächeln und ich weiß, ich habe gewonnen.

»Hört auf, euch wie Freaks zu benehmen, und lasst das kleine Engelchen heraus, damit ich es füttern und schlafen gehen kann«, fordert Zoe und unterbricht damit, was immer wir gerade tun.

Zach zieht mich noch enger an sich, bis seine Lippen meine Ohrmuschel berühren.

»Ich kann dir das Gegenteil beweisen«, flüstert er und weicht dann wieder zurück. Da ist so ein Ausdruck in seinem Blick, als ob er sich beherrschen würde, mehr zu sagen, mehr zu fordern.

»Ich …«

»Macht schon!«, fällt Zoe mir ins Wort.

Zach steht auf und wirft mir einen letzten begehrlichen Blick zu.

Meine Haut prickelt vor Verlangen. Es ist schon schlimm genug, dass Zachs Küsse heiße Erregung in mir auslösen, dass eine einfache Berührung von ihm mich verrückt macht – aber jetzt auch noch seine Worte?

Wäre Zoe nicht hier, würde ich keine Zeit verlieren, würde Zach zurück auf die Couch schubsen, mich rittlings auf ihn setzen und ihn küssen, bis wir beide in Flammen stehen würden, kurz davor, die Kontrolle zu verlieren. Ich würde seinen sexy Hintern direkt in mein Zimmer steuern und dort mit ihm tun, was mir gefällt.

»D, sieh nur! Wie süß!«

Aber da ist Zoe und ihr lautes, aufdringliches Mundwerk. Dazu kommt noch meine eigene Unsicherheit, ob es wirklich gut wäre, sich so überstürzt auf – was immer das zwischen Zach und mir ist – einzulassen, und so passiert eben nichts. Ich werde mich nicht ausziehen und mit Zach tun, was mir gefällt, nicht in absehbarer Zeit.

Ich stoße einen Seufzer aus, rapple mich von der Couch hoch und mache mich daran, aus unserem winzigen Wäscheschrank ein paar Decken und Kissen herauszusuchen.

Ich komme mir so blöd vor, für Zach ein Bett auf der Couch zu richten. Warum kann ich nicht so mutig sein, ihn in mein Bett einzuladen? Warum kann ich mir nicht nehmen, was ich will?

Weil du schon einmal eine überstürzte Entscheidung getroffen hast, und wohin hat dich das gebracht?

Oh, ja, deshalb.

»Ist das für mich?«, fragt Zach, nachdem er Marshmallow wieder sicher im Käfig verstaut hat.

»Ganz genau. Du bekommst sogar mein Lieblingskissen.«

»Lügnerin.«

»Es stimmt.« Ich schiebe mir die langen Haare hinters Ohr und schaue zu ihm hoch, wende dann aber rasch wieder den Blick ab. »Tja …«

»Tja …«

»Also dann, ich lasse euch jetzt allein, ihr könnt bumsen oder was auch immer ihr vorhabt. Nacht, ihr beiden.«

Keiner von uns rührt sich, bis wir das Klicken von Zoes Zimmertür hören.

Dann erfolgt ein unbeholfenes Scharren mit den Füßen, eine steife Umarmung und ein leises »Gute Nacht«.

Was. Zum. Teufel.

Ich gehe zu meinem Zimmer und fühle mich total durcheinander.

Als ich den Türgriff drehen will, werde ich herumgewirbelt, Hände umfassen mein Gesicht, Lippen pressen sich auf meine.

Zungen wirbeln umeinander. Atmen ist in diesem Augenblick nebensächlich. Alles, was zählt, ist, dass ich Zachs Lippen auf meinen spüre, seine Hände in meinem Haar, seinen Körper an meinem.

»Lass mich mit reinkommen, Delia.«

Ich nicke und stoße die Tür auf.

Er geht hinein, nimmt dabei meine Hand und zieht mich mit, so schnell, dass es mir kaum gelingt, die Tür zu schließen. Bevor ich weiß, was passiert, liege ich auf dem Bett, Zachs Gesicht über mir, und sein Grinsen könnte von Casanova persönlich sein.

»Ich bin nicht hier, um Sex mit dir zu haben, Delia, damit das klar ist, aber ich würde gerne heute Nacht neben dir schlafen, wenn du einverstanden bist. Wir können schmusen.« Sein Grübchen meldet sich zurück. »Nackt.«

Ich kichere und drücke gegen seine Brust, bis er von mir herunterrollt und neben mir liegt. »Glaub, was du willst, ich schlafe im Pyjama.«

Ich stehe auf und gehe zur Kommode. Dort nehme ich mir den Pyjama mit dem größten Sexappeal – ultrakurze Shorts und ein Oberteil, das provozierend von den Schultern rutscht. Ich will ins Bad gehen, um mich dort umzuziehen.

Da kommt mir eine Idee.

Ich habe vielleicht nicht genug Mut, um mit Zach zu schlafen, aber ihn zu provozieren, dazu fehlt mir bestimmt nicht der Mut.

Ha, ich werde mich wohl doch für ihn ausziehen.

Ich bleibe direkt vor der Kommode stehen, den Blick auf die weiße Wand gerichtet, und ziehe mir langsam mein Shirt über den Kopf.

Zunächst gibt Zach keinen Ton von sich, nicht eine Silbe.

Ich öffne den Verschluss meines BHs.

»O Mann.« Zachs Stimme klingt heiser – und verdammt sexy.

Langsam schiebe ich die Träger von meinen Schultern herab und lasse das Teil zu Boden fallen. Ich höre ein Scharren und weiß, dass Zach aufgestanden ist.

Ich streife mir das übergroße Pyjamaoberteil über den Kopf, lasse die Hände über meinen Körper gleiten und auf meinen Hüften verharren – nur für einen Augenblick, bevor ich meine Jerseyhose abstreife. Jetzt stehe ich nackt da bis auf dieses Oberteil, das mir von den Schultern rutscht, und meinen Slip, der ein ordentliches Stück Hintern entblößt.

»Verdammt.«

Ein weiteres Scharren.

Ich kann die Wärme spüren, die er abstrahlt; Ich weiß, er ist ganz nah und allein sein Blick lässt mir heiß werden.

Ich lasse mir Zeit, als ich die Shorts von der Kommode nehme. Ich warte ab, was Zach tun wird … wenn er überhaupt etwas tun wird.

»Delia, bitte.«

Schließlich stecke ich die Füße durch die Beinausschnitte der winzigen Shorts und ziehe diese hoch, über meine Waden, meine Schenkel … endlich ist mein winziger weißer Slip bedeckt.

Innerhalb einer Sekunde hat Zach mich an sich gedrückt. Ich spüre seine Brust an meinem Rücken, spüre jeden Quadratzentimeter von ihm. Seine pulsierende Erektion schmiegt sich zwischen meine Pobacken. Seine Hände gleiten fast ohne Berührung über meinen Körper, aber ich weiß, es ist unmöglich, dass er meine Gänsehaut nicht wahrnimmt.

Er schiebt mein dichtes Haar zur Seite, sodass er meine

Haut mit den Lippen berühren kann. Mit zärtlichen Küssen zeichnet er einen Pfad von meiner Schulter zu meinem Nacken und bald streichen seine Lippen über meine Ohrmuschel.

»Hast du eine Ahnung, was du mir da antust, Delia? Hast du eine Ahnung, wie sehr ich mir wünsche, dir das Zeug auszuziehen, was du gerade angezogen hast? O Mann, und wie ich das will.«

Er dreht mich zu sich herum. Sein Gesicht ist höchstens zwei Zentimeter von meinem entfernt.

Meine Brust hebt und senkt sich und Zach ist so nah, dass meine Brüste bei jedem Atemzug an ihn stoßen. Meine Nippel drücken sich gegen den Stoff und schreien nach Aufmerksamkeit.

»Ich kann es nicht tun. Wir haben überhaupt noch nicht definiert, was für eine Art von Beziehung wir haben. Im Moment wäre ich am liebsten ein böser Junge. Der dich fickt, bis du keinen Finger mehr rührst. Ich will, dass du meinen Namen rufst, wieder und wieder. Aber ich bin kein böser Junge. Ich war noch nie ein böser Junge. Und wir sind noch nicht so weit.«

Er drückt mich noch fester an sich, schlingt die Arme um meine Taille und hebt mich hoch, bis ich auf den Zehenballen stehe.

»Aber dieses Spiel kann man auch zu zweit spielen.«

Er lässt mich los, geht ein Stück rückwärts und zieht erst sein Shirt, dann seine Jeans aus.

Ich fange an zu lachen.

»Wenn du denkst, du kannst in meinem Bett auf Slytherin machen, hast du dich getäuscht. Bei mir sind nur lupenreine Hufflepuffs zugelassen.«

Zach blickt an sich herab und lässt den Kopf hängen. »Warum muss ich ausgerechnet heute diese Unterwäsche tragen? Warum?«

»Was denn? Ich finde die heiß.«

»Du findest meine Harry-Potter-Unterhosen heiß?« Ich nicke. »Du bist meine Traumfrau.«

Ich grinse und schüttle den Kopf, während ich zum Bett gehe. Dort gebe ich mir Mühe, die Decke glatt zu streichen, bevor ich sie auf meiner Seite zurückschlage und mich hinlege.

»Ich glaube, du hattest vorhin recht.«

»Womit?« Er steht auf der anderen Seite des Betts.

»Dieses Bett ist nicht groß genug für zwei. Ich glaube, uns bleibt nichts anderes übrig als uns aneinanderzukuscheln.«

Er lächelt triumphierend, als er unter die Decke schlüpft und so nah wie möglich an mich heranrutscht. Ich zögere nicht, es ihm gleichzutun – auch wenn ich das wohl besser nicht tun sollte. Ich sollte geschockt darüber sein, dass Zach in meinem Bett liegt. Ich sollte ihm nicht entgegengleiten, als ob ich keinen Willen hätte.

Aber ich kann nicht anders. In Zachs Gegenwart fühle ich mich ... wohl. Sicher. Warm. Begehrt.

Jetzt liegen wir beide in der Mitte des Betts und blicken einander an. Wir stecken bis zur Taille unter der Decke und grinsen wie Honigkuchenpferde.

»Was?«, flüstere ich.

»Ich bin drin.«

»Was?«, frage ich verwirrt.

»In deiner Spezial-Hufflepuff-Kammer des Schreckens.«

»Hast du wirklich …« Ich muss lachen, drehe mich auf den Rücken und bedecke mein Gesicht mit den Händen, weil ich verlegen bin … an seiner Stelle. »Du bist so ein Nerd, Zach.«

Er schiebt meine Hände weg und ich stelle fest, dass er jetzt den Kopf aufgestützt hat und auf mich herabblickt. »Aber das gefällt dir ja gerade an mir.«

Seine Augen funkeln. Wieder kann ich nicht anders. Seine Verspieltheit zieht mich an.

»Darüber lässt sich streiten.«

»Es ist einfach so.«

»Darüber lässt sich streiten.«

Er seufzt. »Du bist so anstrengend.«

»Das sagst du oft.«

»Weil es wahr ist.« Er beugt sich zu mir herüber. »Aber es macht mir insgeheim Spaß, mich mit dir zu kabbeln.«

»Insgeheim?«

»Gar nicht so geheim.«

Ich grinse. »Ich weiß. Und jetzt still. Ich brauche meinen Schönheitsschlaf.«

Er küsst meine Stirn und dreht mir dann den Rücken zu.

So liegen wir schweigend nebeneinander. Er ist immer noch wach, ich spüre es.

»Hey, Zach?«

»Ja?«

»Danke, dass du nicht versuchst, mich zu vögeln.«

Er lacht so sehr, dass das Bett wackelt. »Gern geschehen.«

»Ich meine nur, das ist wirklich ein unbösejungenhaftes Ding, das du da durchziehst. Ich finde das toll. Danke, dass du so cool warst, als ich dich provoziert habe. Du bist wirklich ein cooler Typ.«

»Ein cooler Typ, soso? So nennt man seinen besten Freund oder einen Kerl, der in der Freundschaftszone feststeckt, nicht jemanden, den man küssen will. Versucht du gerade, mich in die Freundschaftszone zu schieben, Delia?«

Ich drehe mich wieder zu ihm. Er blickt auf mich herab und zieht dabei eine Braue hoch.

Ich strecke die Hand aus und streiche sie glatt. »Wenn du das machst, siehst du aus, als würdest du versuchen, meine Gedanken zu lesen.«

»Anstrengend.«

»Pscht. Ich will dich nicht in die Freundschaftszone schieben. Das ist eigentlich auch der Grund, weshalb ich warten will. In meiner letzten Beziehung hatte ich es viel zu eilig und es wurde sehr schnell eine langweilige Routine daraus, bei der wir beide das Gefühl hatten, festzustecken. Mit dir will ich das nicht. Ich will …«

»Mehr?«

Ich nicke. »Mehr.«

»Ich will auch mehr von dir, Delia.«

»Gut«, sage ich. »Also, kein Geschlechtsverkehr bis mindestens zum dritten Date.«

»Zählt das hier als Date?«

Ich drücke einen Kuss auf seinen Mundwinkel, dann

drehe ich Zach den Rücken zu. »Mal sehen, wie geil ich nach unserem nächsten Date bin.«

Sein Lachen erfüllt den Raum. Schließlich knipst er die Nachttischlampe aus, schlingt den Arm um meine Taille und kuschelt sich an mich, genau wie geplant.

Kapitel 13

»DIE KÜCHE IST KEIN FKK-BEREICH!«

Zoes durchdringende Stimme hallt durch die Wohnung und ich springe aus dem Bett und fliege förmlich zur Tür hinaus und zur Küche.

Ich schlittere durch die Tür und komme neben Zoe zum Stehen, die wütend auf einen total erschrockenen Zach starrt.

»Was zum ...«

Zachs Gesicht ist flammend rot. Ich blicke auf das, was sein bestes Stück bedeckt.

»Penis-Topflappen!« Ich kichere hemmungslos.

»Was? Das ist ...« Zoe beugt sich vor und beäugt Zachs Lendenbereich. »Oh. Also, da soll doch ... Das ist ja gar kein echter Schwanz.«

Zach blickt empört auf sie herab. »Wie kommst du darauf, dass es ein echter Schwanz ist?«

Sie richtet sich auf und zuckt mit den Achseln. »Ich habe meine Kontaktlinsen nicht drin. Jetzt geh zur Seite, du stehst direkt vor der Kaffeemaschine. Und zieh eine Hose an. Niemand steht auf die verdammten Slytherins.«

Zachs Kinn fällt herab und er wirkt total schockiert. Er entfernt sich aus ihrer Reichweite und kommt zu mir.

»Ich hätte eine Hose anziehen müssen, tut mir leid – aber, hey, ich habe wenigstens ein Shirt an.«

Ich grinse zu ihm hoch. »Und du hast deine Penis-Topflappen gefunden.«

Er zeigt mit dem Kopf in Zoes Richtung. »Soll sie wirklich heißen Kaffee ausschenken dürfen, wenn ihre Augen noch nicht richtig funktionieren?«

»Mit Kaffeemaschinen kennst sie sich fast so gut aus wie mit Schwänzen.«

»Hey! Das habe ich gehört.«

»Oh, dann sind es also wirklich nur deine Augen. Sorry.«

»Delia, warum läuft dein Freund nur mit Shirt, Unterhose und Socken herum? Er sieht unmöglich aus.«

Ich warte ... warte darauf, dass Zach Zoe wegen der Formulierung »dein Freund« korrigiert. Tut er nicht. Ich auch nicht.

»Ich finde, es ist irgendwie süß ... auf nerdige Art.« Ich zwinkere Zach zu. »Du bist übrigens mein Lieblings-Nerd.«

Zach schüttelt den Kopf und geht zurück in mein Zimmer. Sekunden später taucht er wieder auf. Er trägt jetzt Jeans und geht direkt zu Marshmallows Käfig.

»Delia, wo ist Marshy?«

»Er sitzt nicht im Käfig?«

»Tut er nicht.« Zach stemmt die Hände in die Hüften und, o Mann, wenn er so dasteht, sieht er noch heißer aus. »Zoe?«

Sie gibt einen alles und nichts sagenden Laut von sich und blickt überallhin, nur nicht in Zachs Richtung.

»Wenn ich jetzt in dein Zimmer gehe, finde ich dort ein flauschiges Ziegenbaby?«

»Ich weiß nicht, wovon du redest.«

»Hast du sein Ziegenbaby gestohlen, Zoe?«

Sie stellt ihren Kaffeebecher ab und verschränkt die Arme vor der Brust. »Definiere stehlen.«

»Zoe!«

»Was!« Sie wedelt mit den Armen. »Er ist so niedlich und so flauschig und du hattest ja letzte Nacht jemanden, mit dem du kuscheln konntest, ich aber nicht. Es war nur der gerechte Ausgleich!«

Ich stöhne. »Hol das Ziegenkind, Zoe.«

»Na schön«, brummt sie und geht an mir vorbei. »Aber wir besorgen uns unsere eigene Ziege, damit ich einen Schmusekumpel habe.«

Ich blicke kurz hinüber zu Zach, der mit aller Kraft versucht, ein Lachen zu unterdrücken. »Zoe hat also mein Zicklein.«

»Und du findest, ich bin anstrengend.«

Zach geht durch die Küche auf mich zu, legt einen Arm um meine Taille und berührt mit der anderen seinen Mund. Ich bin viel zu fasziniert von seinen Augen, um darauf zu achten, was er tut, aber ich spüre die Feuchtigkeit, als seine Finger meine Wange streifen.

»Ich finde dich anstrengend und süß, sogar wenn du getrocknete Spucke im Gesicht hast.«

Ich verberge das Gesicht an seiner Brust. »Warum konntest du nicht einfach so tun, als würdest du es nicht bemerken?«

»Und die Chance verpassen, dich in Verlegenheit zu bringen? Niemals.«

»Du bist so gut zu mir, Zach.«

»Bemerke ich da einen gewissen Sarkasmus, Delia?

Ich drücke Daumen und Zeigefinger aufeinander. »Nur ein bisschen.«

Er drückt mir einen zärtlichen Kuss auf die Wange. »Morgen übrigens.«

»Morgen. Wieso bist du eigentlich so früh auf? Es ist noch nicht einmal neun.«

»Manche müssen eben arbeiten, du Nichtsnutz.«

»Kannst du dir nicht auch mal freinehmen? Du warst doch mal Firmenchef.«

»Hast du gemerkt, was du da gesagt hast? Vergangenheitsform. Ich bin jetzt ein normaler Angestellter.«

»Hier.« Zoe drückt Marshmallow zwischen uns. Um sein Mäulchen herum tropft Milch aus seinem Fell. »Da habt ihr ihn wieder. Ich habe ihn für euch gefüttert.«

»Äh ... danke, schätze ich.« Zach nimmt Marshmallow und setzt ihn in seinen Käfig, dann fängt er an, sämtliches im Wohnzimmer herumliegendes Spielzeug ebenfalls hineinzulegen.«

Traurigkeit überkommt mich.

Ich will Zach nicht weggehen sehen. Nach dem letzten Mal habe ich ihn über eine Woche nicht gesehen. Ich will das nicht. Ich will ihn hierhaben, nah bei mir.

»Was machst du am Donnerstag?«, fragt er, meine Gedanken lesend. »Arbeit oder Unterricht?«

»Nichts. Ich habe frei.«

»Hättest du Lust, den Tag für das dritte Date zu verwenden?«

Ich grinse. »Das dritte? Schon?«

»Wir werden sehen, wie du dich am Ende des Abends fühlst.« Er blinzelt mir zu.

»Okay, dann also ein Date.«

»Gut. Es tut mir wirklich leid, aber …«

»Du musst los. Ich verstehe schon. Warte, ich bringe dich runter.«

Ich streife mir ein Kapuzensweatshirt über und öffne die Tür, während Zach sich die Schuhe anzieht und Marshmallows Käfig holt.

»Marshy, sag auf Wiedersehen zu deiner neuen Freundin.«

»Ich werde dich vermissen, mein Süßer!«, ruft Zoe aus der Küche, nicht ohne Zach kokett zuzulächeln. »Dich auch, Großer.«

Ich verdrehe die Augen und manövriere einen schmunzelnden Zach zur Tür hinaus.

Als wir an seinem Auto sind, kraule ich Marshmallow zum Abschied und verspreche ihm ein baldiges Wiedersehen. Er schmiegt das Köpfchen in meine Hand und ich möchte weinen vor Rührung.

»Ich rufe dich am Donnerstag an wegen der Uhrzeit, aber ich weiß schon einen supercoolen Ort für unser Date.«

»Du findest dich total clever, wenn es um Dates geht, oder?«

Zach zuckt mit den Achseln. »Ich bilde mir ein, dass ich weiß, was ich tue, wenn es darum geht, dein Herz zu erobern.«

»Mein Herz? Was für ein hehres Ziel, Zach.«

»Halt den Mund und komm her.«

Er packt mich am Shirt und zieht mich zu sich heran, dann nimmt er mein Gesicht in beide Hände und presst seine Lippen auf meine.

Wir küssen uns kurz, wohl wissend, dass wir beide imstande sind, uns hinwegtragen zu lassen.

»Du schreibst mir?«, fragt er und streicht mit den Daumen über meine Wangen.

»Wäre komisch, wenn ich es nicht täte.«

Ich löse mich von ihm, winke ihm zu und gehe zurück ins Haus.

Aus dem Nichts ertönt plötzlich ein schriller Pfiff, so laut, dass er von den Hauswänden zurückhallt.

»Ich hasse es, dich weggehen zu sehen, aber ich liebe es, dich gehen zu sehen«, ruft Zach.

Meine Wangen brennen und ich gehe schneller, strahlend übers ganze Gesicht.

• • •

ZACH: Also, ich wollte das vorhin nicht erwähnen, aber …

ICH: Was ist denn das für eine blöde Nachricht!!!

ZACH: Oh, tut mir leid. Ich bin eingenickt. Ich habe letzte Nacht kaum geschlafen. Kann mir gar nicht erklären, was mich davon abgehalten hat. Hmm ...

ICH: Zach?

ZACH: Ja?

ICH: Machst du dich wieder über mein Schnarchen lustig?

ZACH: Ich? Aber nein. *klimpert unschuldig mit Wimpern*

ICH: Weißt du, ich habe daran gedacht, die letzte Nacht als unser zweites Date zu betrachten, aber ...

ZACH: Ich nehme alles zurück! Dein Schnarchen ist das Schönste an dir.

ICH: Schöner als mein Hintern?

ZACH: Und deine frechen Antworten.

ICH: Du bist blöd.

ZACH: Ich liebe es, wenn du so schmutzige Dinge zu mir sagst.

ICH: OMG. Warum habe ich dich jemals in mein Bett gelassen?

ZACH: Es war die Harry-Potter-Unterwäsche.

ICH: Wie konnte ich das vergessen?

ICH: Solltest du nicht arbeiten?

ZACH: Nö. Ich habe vor einer Stunde Feierabend gemacht. Ich werde mit meinem Bruder zu Abend essen.

ICH: Ist dein Bruder attraktiv? Und netter als du? Ich wette, er trägt keine Harry-Potter-Unterhosen.

ZACH: Entschuldige, aber ich bin ein echter Kerl UND ein netter Kerl. Er ist der totale Weiberheld, blond, typisches Junge-von-nebenan-Material. Und er ist ein totaler Arsch.

ICH: Tatsächlich?

ZACH: Nein, aber ich werde ihn nicht anpreisen,

wenn ich die Zeit nutzen kann, um über mich zu reden.

ICH: Deine Selbstsicherheit kennt keine Grenzen. Ich dachte, Nerds sind schüchtern und unsicher.

ZACH: Wie schon gesagt, ich bin eine andere Klasse, Baby. 😉

ICH: Bist du fertig?

ZACH: Nö.

ZACH: ANHANG HERUNTERLADEN

ZACH: Ein Bild von mir, damit du etwas zu tun hast.

ICH: Du hast ungefähr sechzig Kinne auf diesem Foto. Was soll ich mit so einem verzerrten Bild anfangen?

ICH: OMG. Du meinst wohl, ich füge das meiner Pornosammlung hinzu?

ICH: Genau das tue ich. Bin dann mal weg, um mich zu entspannen. Man sieht sich!

ZACH: Siehst du, das ist jetzt der Moment, wo du ein sexy Bild von dir aussuchst und mir schickst für MEINE Pornosammlung.

ZACH: Sei kein Spielverderber, Delia.

ICH: ANHANG HERUNTERLADEN

ZACH: Warum denkst du, ich habe einen Fuß-Fetisch?

ICH: Hast du etwa keinen? Ich habe gedacht, das haben alle Männer. Ich werde ständig von irgendwelchen Freaks auf Insta oder Facebook nach solchen Bildern gefragt.

ZACH: Deine Füße üben definitiv keine sexuelle Anziehung auf mich aus.

ICH: Du findest meine Füße also hässlich. Alles klar.

ZACH: Das habe ich nicht gesagt. Als Füße sind sie ganz niedlich.

ICH: Aber du willst sie nicht bumsen?

ZACH: Jetzt stehe ich wohl mit dem Rücken zur Wand, oder?

ICH: Kann sein, und ich werde jetzt die ganze Nacht so weitermachen. Abgedreht ist meine Spezialität.

ZACH: Sag bloß.

• • •

ZACH: Ich habe eben die beste Pizza meines Lebens gegessen.

ICH: Warum musst du mich so fertigmachen?

ZACH: Ich könnte dich für unser Date am Donnerstag hierherbringen, aber ich weiß noch etwas Besseres. Pizza könnte vielleicht unser viertes Date sein.

ICH: Oh, du meinst also, du wirst das Glück haben, es mit mir auf vier Dates zu bringen?

ZACH: Ja, schon. Wenn du mich erst mal als Liebhaber getestet hast, wirst du dir ein viertes Date mit mir auf keinen Fall entgehen lassen.

ICH: Gerade ist mir klar geworden, warum es mir in deiner Gegenwart so schwerfällt, Atem zu holen.

ZACH: Mein Ego saugt alle Luft aus dem Zimmer, richtig?

ICH: Bingo, Bursche.

ICH: Ich dachte, du bist gerade bei deinem Bruder?

ZACH: Der Kerl hat mir abgesagt wegen eines Last-Minute-Dates. Robbie und ich haben uns zum Trost für mein gebrochenes Herz was zu essen bestellt.

ICH: Versteht ihr euch gut? Du und dein Bruder?

ZACH: Es geht so, würde ich sagen. Wir texten uns nicht, wir plaudern nicht, falls du das meinst. Meistens sehe ich ihn nur an Feiertagen, weil wir beide wenig Zeit haben. Genauer gesagt, ist er mein Stiefbruder, aber unsere Eltern sind zusammen, seit ich sechs war.

ICH: Nachdem deine Mom gestorben ist?

ZACH: Genau. Seine Mom und mein Dad sind sich kurz nach dem Tod seines Dads begegnet. Es war, als ob das Universum sie zusammengeführt hätte. Slug kann eine ganz schöne Nervensäge sein, aber ich mag ihn.

ICH: Slug?

ZACH: Tja, so nennen wir ihn. Er ist Baseballer.

ZACH: Verstehst du dich gut mit deinem Bruder? Er ist ja zum Teil schuld an dieser Sache mit der falschen Handynummer, oder?

ICH: Irgendwie schon. Ja, wir verstehen uns gut. Meine Mom hat im Krankenhaus gearbeitet, wir waren also meistens auf uns allein gestellt.

ICH: Nun ja, ich sollte es nicht so formulieren. Das klingt überheblich und so, als ob meine Mom nichts getan hätte. Wir waren eben nachts oft allein, weil meine Mom eine hart arbeitende alleinerziehende Frau war. Sie hat nicht nach einem Mann zum Heiraten gesucht. Sie ist. Wirklich. Eine Kämpferin.

ZACH: Ich wette, deine Mom weiß, wo's langgeht.

ICH: O ja. Ihr solltet euch mal kennenlernen.

ICH: Oh, peinlich ... Ich rede von

Familienbegegnungen, dabei sind wir noch
nicht einmal offiziell ein Paar.

ZACH: Sind wir nicht?

ICH: Sind wir?

Mein Handy leuchtet auf: ein Anruf von Zach.

»Willst du behaupten, wir gehen nicht miteinander?«, platzt er heraus, bevor ich irgendetwas sagen kann.

»Wir ...«

»Willst du behaupten, du willst nach jemand anders Ausschau halten.«

»Nein ...«

»Dann sind wir ein Paar.«

Ich bin still, weiß nicht, was ich sagen soll. Ich habe solche Angst davor, der Sache einen Namen zu geben. Ich weiß, das ist blöd.

»Delia?«

»Ja, Zach?«

»Willst du nicht, dass wir ein Paar sind?«

Ich hole tief Luft und spreche die Antwort aus, von der ich weiß, dass es die richtige ist, auch wenn mein Verstand das Gegenteil sagt. »Doch, ich will, dass wir ein Paar sind.«

»Bist du sicher?«

»Ja. Ich ... habe nur Angst. Ich weiß, ich sollte das jetzt nicht dir in die Schuhe schieben, aber du bist praktisch der Grund, weshalb ich Angst habe. Ich mag dich, Zach – sehr sogar – aber was, wenn es nicht funktioniert? Was, wenn wir zu schnell ins Wasser springen?«

Er seufzt. »Weißt du noch, wie wir uns über unsere Ex-Partner unterhalten haben? Dass das Feuerwerk gefehlt hat?«

»Ja.«

»Verdammt, ich schwöre, irgendjemand wird auftauchen und mich dafür aus dem Macho-Club ausstoßen – aber für mich war da eine Menge Feuerwerk, als wir uns das erste Mal geküsst haben. Ich wusste sofort, dass du es wert wärest, ein Risiko einzugehen und mit beiden Füßen gleichzeitig über den Abgrund zu springen.«

Ich erlaube mir nicht, zu lange über Zachs Worte nachzudenken, ich will unbedingt einen klaren Kopf behalten.

»Was, wenn ich das Risiko doch nicht wert bin?«

»Das werden wir nie erfahren, wenn wir dieses Risiko nicht eingehen.«

»Jetzt sag schon, dass ihr ein Paar seid, Delilah!«, dröhnt Robbies Stimme aus dem Handy. »Zach hat den Film in einer total wichtigen Szene auf Pause gestellt.«

»Wie oft habe ich dir schon gesagt, dass sie Delia heißt. De-li-a. Kapiert?«

»Du redest mit Robbie über mich?«, frage ich.

»Manchmal.«

»Sag ja! Er macht ein Gesicht, als ob jemand sein Zicklein getreten hätte!«

»Halt verdammt noch mal den Mund, Robbie!«

Ich lache. »Wenn ich ja sage, hört der dann auf herumzubrüllen?«

»JA!«, brüllt Robbie.

»Ich gehe das Risiko ein, Zach, aber ich hoffe, du bist es wert.«

»Du hast ja meine Harry-Potter-Unterhose gesehen – du weißt, dass ich es wert bin.« Dann flüstert er noch: »Zwinker, zwinker.«

Kapitel 14

ZACH: Freust du dich auf unser Date am Donnerstag?

ICH: Nein.

ZACH: Das ist nicht wahr, oder?

ICH: Vielleicht nicht, aber du wirst es nie erfahren.

ZACH: Ich meine, wenn du dich nicht freust, können wir es auch abblasen …

ICH: Mit diesen drei Pünktchen kriegst du mich diesmal nicht.

ZACH: Jetzt hast du mich verletzt.

ICH: Dein Ego ist groß genug, es kann das aushalten.

ZACH: Du bist wohl in Hochform heute Abend.
Ist alles in Ordnung?

ICH: Seufz. Ja. Es war ein langer Tag. Die Profs versuchen schnell noch vor Thanksgiving ganz viel Stoff durchzupeitschen.

ZACH: Sollen wir das Date verschieben? Brauchst du Zeit zum Entspannen? Ich kann warten, Delia.

ICH: Ich glaube, es wäre besser, wenn das Date stattfindet. Dann habe ich neben dem College und dem Büffeln etwas anderes, woran ich ein bisschen denken kann.

ZACH: Dann gilt unsere Verabredung also noch.

ZACH: Oh, Delia?

ZACH: ANHANG HERUNTERLADEN

ICH: *Herzchen in den Augen* Du bist ja SO süß!

ZACH: Danke, ich weiß.

ICH: Ich meinte Marshmallow.

ZACH: Schon wieder verletzt.

• • •

ICH: SAG MIR, DASS DAS NICHT DU WARST!

ZACH: Ich war es nicht.

ZACH: Was denn?

ICH: VERFLIXT, DU HAST MIR EINE COUCH GESCHICKT.

ZACH: Ist die schon angekommen? Das war SCHNELL.

ICH: Wie? Wie um alles in der Welt hast du das so schnell organisiert?!

ZACH: Mit Geld ist alles möglich.

ZACH: Ich weiß, es ist nicht genau die gleiche wie die, die du bis jetzt hattest, aber ich habe versucht, etwas Ähnliches zu finden, damit du deine alte nicht so sehr vermisst. Habe ich das einigermaßen gut hingekriegt?

ICH: Einigermaßen gut hin … Du hast mir, verdammt nochmal, eine COUCH geschickt, Zach! Ja, du hast es absolut super hingekriegt.

ICH: Ich dachte, du würdest nur Spaß machen, als du von einer neuen Couch geredet hast. Ich kann es noch gar nicht glauben.

ZACH: Es war nur fair. Meine Ziege hat dein Möbel ruiniert, also musste ich es ersetzen.

ICH: Aber eine ganze Couch?

ZACH: Ich denke, das wäre jetzt geklärt.

ICH: Ich ... verdammt. DANKE. Zoe sagt auch danke. Du hast keine Ahnung, wie sehr ich dich jetzt küssen möchte.

ZACH: Ich erlaube es dir.

ICH: Am Donnerstag bekommst du die volle Dröhnung.

ICH: Ich denke sogar daran, jetzt gleich mit dir zu sexten. So begeistert bin ich.

ZACH: Mensch, ja! Lass es uns tun.

ICH: Ich sagte, ich DENKE daran.

ZACH: Teufelsweib!

• • •

ZACH: Morgen Abend werde ich dich umwerben, wie du es noch nie zuvor erlebt hast.

ICH: Bitte sag, dass du für Marshmallow ein paar Geschwister gekauft hast.

ZACH: Äh, nein. Bei unserem Date geht es nicht um neue Ziegenbabys.

ICH: Was könnte mich besser überzeugen als Ziegenbabys?

ZACH: Ich. 😉

ICH: Du bist eine ganz gute zweite Wahl.

ICH: Muss ich mich in Schale werfen oder so?

ZACH: Glaubst du, bei mir liegt das Geld einfach so herum, oder was? Ich schicke dir EINE Couch und plötzlich bin ich ein reicher Sack. *verdreht die Augen*

ICH: Zachary …

ZACH: Lässige Kleidung. Jeans geht in Ordnung. Oder Nacktheit. Ich glaube, das ginge auch.

ICH: Immer willst du mich nackt haben.

ZACH: Ich glaube, meine Überredungskünste sind aufgebraucht. Es ist ja bis jetzt nicht passiert.

ICH: Es gibt immer ein Morgen. 😉

• • •

»*Ranch House*? Hast du mich etwa zu einer Country-Bar in der Wildnis geschleppt?!«

»Erstens, nein. Zweitens, um Himmels willen, nein. Ich hab's nicht so mit ländlicher Idylle.«

»Ich wette, du würdest sexy aussehen in einem Paar Wranglers und Cowboystiefeln.«

»Schluss damit. In meinen Fan-Shirts bin ich genauso sexy.«

»Das bist du. Dein *Baby-Groot*-Shirt hat mir besonders gefallen.« Ich drücke Zachs Hand. »Komm schon, bring mich rein in dieses tolle Ranch House. Ich sterbe vor Neugier.«

Wir steigen aus dem Wagen, wobei ich sorgfältig darauf achte, dass mein Rock nicht hochrutscht; nicht, dass jemand geblendet wird.

»Habe ich dir schon gesagt, wie gut mir dieser Rock gefällt?« Zach ist jetzt hinter mir.

Er drückt sich an mich, seine Hand liegt an meinem unteren Rücken und seine Lippen sind an meinem Ohr. Ich erschauere, er schmunzelt.

»Deine Ohren sind wohl ziemlich empfindlich?« Ich nicke und seine Lippen streichen über eine besonders empfindliche Stelle.

Weiteres Erschauern. Noch mehr Schmunzeln.

Ein Seufzer entfährt mir, als seine Lippen an meinem Nacken ankommen, und ich bin froh, dass ich meine Haare hochgesteckt habe. Zach drückt einen zarten Kuss darauf und flüsterte: »Ist das jetzt Date Nummer drei, Delia?«

Meine Brustwarzen werden steinhart und ich habe solche Angst, ich könnte laut aufstöhnen, wenn ich jetzt den Mund aufmache, dass ich einfach nur nicke.

»Dann werden wir heute Nacht richtig Spaß haben.«

Damit löst er sich von mir, verschränkt nur seine Finger mit meinen und zieht mich wortlos mit sich.

Er führt, ich folge ihm gern.

Als wir das *Ranch House* betreten, stelle ich überrascht fest, dass es tatsächlich keine Country-Bar ist. Es ist sogar ziemlich cool hier. Zwar schon ein wenig rustikal, aber trotzdem modern, mit einem riesigen, vom Boden bis zur Decke reichenden Fenster, das nahezu die ganze Rückseite des Gebäudes ausfüllt. Draußen stehen Tische und Stühle um ein prasselndes Feuer herum. Weiße Laternen umgeben das Ganze und ein gepflasterter Weg führt direkt zu einem Bootssteg und einem großen See.

Es ist atemberaubend.

»Zach, das ist wundervoll.«

»Nicht wahr? Komm, setzen wir uns an einen der Tische.«

Die Hostess hinter dem Empfangstresen betrachtet Zach und ihr Lächeln wird dabei immer strahlender.

Wenn Zoe hier wäre, würde sie wohl eine Szene machen, weil jemand versucht, ihren Begleiter anzumachen, aber ich? Mir ist das egal. Ich weiß ja, dass Zach attraktiv ist. Ich würde ihn auch abchecken, wenn ich die Hostess wäre. Aber ich bin nicht sie. Ich bin mit Zach hier.

Ich habe keinen Grund, eifersüchtig zu sein.

»Hi, zwei Personen, bitte«, sagt Zach höflich.

Die Blondine lächelt verführerisch. »Aber ja, sehr gerne. Hier entlang, bitte.«

Sie führt uns zu einem Tisch mitten im überfüllten Restaurant, aber damit ist Zach nicht zufrieden.

»Können wir draußen sitzen? Im Innenhof?« Er drückt meine Hand. »Ein bisschen abseits?«

Ihr Lächeln wirkt diesmal ein bisschen gezwungen. »Kein Problem.«

Sie führt uns nach draußen und gibt uns einen Tisch in der Nähe des Feuers. Zach, ganz Gentleman, zieht einen Stuhl für mich heraus, bevor er sich selbst hinsetzt.

»Ihre Bedienung kommt sofort«, sagt die Hostess, bevor sie davonhuscht.

»Sie findet dich heiß«, sage ich zu Zach, als sie außer Hörweite ist.

Sein Grinsen wirkt im Schein des Feuers noch schelmischer. »Bin ich ja auch.«

Ich schnaube und öffne die Speisekarte. Im Nu habe ich

mich festgelesen. Als ich einmal kurz aufblicke, begegne ich Zachs Blick, der meine Reaktion abwartet.

»Dieses Restaurant ... also, die scheinen das mit ihrem Namen ziemlich wörtlich zu meinen.«

»Oh ja. Was denkst du?«

»Wird wirklich alles hier mit Ranch Dressing serviert?«

»Alles. Man bekommt es auch zusätzlich separat. Wenn du zur letzten Seite blätterst, findest du dort sämtliche Geschmacksrichtungen, die sie anbieten.«

»Siebenundzwanzig? Wie ist das ...«

»Und sie werden hier alle frisch zubereitet.« Zachs Mundwinkel senken sich. »Bitte sag, dass du Ranch-Dressing magst. Wenn nicht, können wir sofort wieder gehen. Ich vergesse immer wieder, dass nicht jeder so davon besessen ist wie ich.«

»Jetzt macht dein Arschgeigen-Kommentar Sinn.«

Zachs Brauen schießen in die Höhe. »Arschgeigen-Kommentar? Wann?«

»Als wir die Hähnchenflügel bestellten. Da hatte man vergessen, dein Ranch-Dressing mitzuliefern und du hast dich ganz schön genervt angehört. Ich habe mich damals noch gewundert, aber nicht weiter darüber nachgedacht.«

»Ah, ja. Den Idioten habe ich immer noch nicht verziehen.«

Ich muss lachen. »Du und dein Ranch-Dressing, das ist wirklich ernst, was?«

»Klar. Aber im Ernst – müssen wir wieder gehen?«

»Ranch ist nicht unbedingt meine Lieblingssorte – ich mag Gorgonzola lieber – aber ich bin viel zu neugierig auf diese vielen Geschmacksrichtungen, um jetzt schon zu gehen.«

»Sehr gut. Ich schlage vor, wir nehmen die Pommes frites, dazu kannst du dann mehrere Geschmacksrichtungen probieren.«

»Und dann die Burger ... und die Mozzarella-Sticks. Vielleicht auch ein bisschen italienisches Fladenbrot.«

»Delia?«

»Ja. Ich sterbe vor Hunger.«

»Natürlich. Nimmst du überhaupt etwas zu dir, wenn ich nicht gerade dafür sorge?«

Ich klappe die Speisekarte zu und lege sie zur Seite. »Nicht solche Dinge. Das hier ist exotische Küche für mich.«

»Es ist einfach nur Ranch-Dressing.«

»Siebenundzwanzig Sorten Ranch-Dressing! Du kannst nicht von mir erwarten, dass ich nicht alles probiere.«

»Da hast du auch wieder recht.«

»Aber ... möchtest du mit mir teilen? Ehrlich gesagt, kann ich das nicht alles allein essen.«

Er lacht leise. »Ja, wir können teilen, aber frittierte grüne Bohnen gehören auch dazu.«

»Wie bitte, was möchtest du mit meinen grünen Bohnen machen?«

»Sei einfach still und genieße die Erfahrung.«

Unser Kellner kommt endlich und wir ordern Drinks und Essen, alles auf einmal. Kurz danach serviert er uns schon die Getränke.

Wir lehnen uns auf unseren Stühlen zurück, nippen an unseren Drinks und schauen dem Feuer zu.

»Es ist schön hier draußen, so ruhig. Wäre nett, wenn es Musik gäbe.«

»Bestimmt machen sie das in den Sommernächten. Ich wette, im November ist der Innenhof nicht besonders gefragt.«

Wir schweigen wieder. Das Knacken der brennenden Scheite, ab und zu der Ruf eines Vogels und das leise Plätschern der Wellen am Seeufer ist alles, was wir hören.

Die Sonne ist im Begriff unterzugehen und ein paar Sterne blinken am Himmel auf.

»Manchmal wünsche ich mir, ich könnte unter den Sternen leben«, gestehe ich.

»Wieso das?«

»Es ist so beruhigend, so friedlich. Wie ein Schlaflied. Ich habe keine Angst, wenn ich in die Unendlichkeit des Nachthimmels schaue. Für einen Sekundenbruchteil fühle ich mich so winzig in diesem Universum. Ich fühle mich geerdet.«

»Du bist nicht winzig, Delia, nicht einmal, wenn du von hier unten zu den Sternen hochschaust. Glaub mir.«

Ich blicke zu ihm hinüber. Es gefällt mir, wie er den Kopf zurücklegt und den Himmel beobachtet, wie sein Kehlkopf sich bewegt, wenn er schluckt.

»Versuchst du gerade, etwas Nettes zu sagen, Zach?«

Er grinst und selbst von hier aus kann ich sehen, wie sein Grübchen aufblitzt. »Ich will damit nur sagen, dass du verdammt viel heller strahlst, als du glaubst, jedenfalls für mich. Du bist anders – auf eine gute Art.«

Unser Kellner kommt mit dem Essen, das wir bestellt haben, aber Zach bemerkt es nicht. Ich hebe die Hand, damit er nicht näherkommt, denn ich will hören, was Zach noch zu sagen hat.

»Du bist lustig und sarkastisch und dein Hintern könnte eine ganze Mannschaft ablenken.«

Ich lache leise und blicke hinüber zum Kellner, dem das Kinn herabgefallen ist.

»Ich will damit sagen, dass, als du neulich diesen sexy Striptease aufgeführt hast ...«

»Zach, stopp.«

»Auf keinen Fall. Als du an dem Abend neulich diesen sexy Striptease aufgeführt hast, habe ich auf deinem Bett gesessen und mir überlegt, wie viele Positionen ich mit dir – au! Was soll das, verdammt!«

Er richtet sich abrupt auf und schleudert mit den Augen Blitze in meine Richtung, bis er endlich bemerkt, dass wir nicht allein sind.

Ich sitze auf meinem Stuhl und versuche mit aller Kraft, nicht nach unten zu rutschen, bis ich unter dem Tisch lande. Ich habe nicht damit gerechnet, dass das Gespräch diese Wendung nehmen würde.

Nur Zach ...

»Oh, verflixt, Delia. Warum hast du nichts gesagt?«

»Weil ich nicht wusste, dass du schmutzige Dinge über mich sagen würdest!«

Zach stöhnt und dreht sich zu dem Kellner um. »Sie werden ein saftiges Trinkgeld bekommen, Sir.« Dann wendet er sich wieder mir zu und zwinkert. »Dir habe ich mehr zu geben als nur ein Trinkgeld.«

Der Kellner ist dermaßen verblüfft, dass ihm das Tablett verrutscht. Zwei gefüllte Teller purzeln herunter und der Rest ergießt sich über sein Hemd.

Er steht einfach nur da, geschockt, aber gefasst.

Wir sitzen da, geschockt und erstarrt.

»Tja ... dann werden wir das Trinkgeld wohl verdoppeln«, sagt Zach.

Der Kellner nickt nur, nimmt sein Tablett und geht ins Haus.

»Zachary Hastings!«

»Was? Ich konnte nicht anders! Außerdem hast du dir das verdient, nachdem du mir erlaubt hast, von deinem fantastischen Hintern zu schwärmen.«

»Bist du fertig?«

»Ja.« Er beugt sich über den Tisch und ich tue es ihm gleich. »Aber, nur damit du es weißt, dein Trinkgeld wird verdammt viel höher ausfallen als seins.«

• • •

»Das war vielleicht das beste Ranch-Dressing, das ich je gegessen habe.«

»Ich sage es ja – das Restaurant ist super.«

»Danke, dass du mich hierhergebracht hast. Ich wusste überhaupt nichts davon.«

»Ich bin so verrückt nach Ranch-Dressing, dass ich jahrelang nach so einem Restaurant gesucht habe. Erstaunlich, dass bei meiner Suche eines ganz in meiner Nähe auftauchte – vielleicht wurden ja meine sämtlichen Google-Sucheingaben gepingt oder so.«

»Du bist so bizarr, Zach.«

»Schuldig. Und jetzt? Möchtest du noch woandershin?«

»Wohin gehen wir?«

Nervös weicht er meinem Blick aus. »Ich dachte, ich könnte dir heute zeigen, wo ich wohne.«

Allein bei dem Vorschlag wird mir heiß. Was er sagt, fühlt sich an wie eine Liebkosung, denn ich weiß ja genau, was er damit andeuten will.

»Ich glaube, das würde mir gefallen.«

Er steht auf und streckt die Hand aus. Ich lasse mich vom Stuhl hochziehen und zurück durch das Restaurant führen.

Im Auto ist es ziemlich warm und das kommt allein davon, dass wir beide spüren, wie aufgeladen die Atmosphäre ist. Zach wirkt irgendwie atemlos, ich noch atemloser.

Dieses gewisse Etwas, das ich früher vermisst habe? Hier ist es, hier in diesem Auto. Es funkt zwischen Zach und mir hin und her.

Als er den Schalthebel umfasst, werden seine Fingerknöchel weiß, weil er so angespannt ist.

Ich lege meine Hand auf seine, hebe sie hoch und lege sie mir auf den nackten Schenkel. Er zieht scharf die Luft ein und ich halte die Luft an und warte.

Als ich das Gewicht seiner Hand spüre, passiert etwas in mir, etwas, womit ich nicht gerechnet habe. Ich hatte nicht vor, irgendwelche Spielchen zu machen, solange Zach fährt, aber wenn ich behaupten wollte, mir nicht zu wünschen, ich könnte auf meinem Sitz tiefer rutschen, bis Zachs Hand zwischen meinen Schenkeln landet, dann wäre das gelogen. Und ich bin keine Lügnerin.

»Delia …« Es ist eine Warnung und ich verstehe das genau.

»Ich mache gar nichts, Zach. Ich wollte nur deine Hand spüren.«

»Und ich will rechts ranfahren, jetzt sofort.«

»Ich meine, ich würde nicht …«

Die Reifen quietschen, als er blitzartig auf den Parkplatz abbiegt, der sich, wie es der Zufall will, direkt neben uns befindet. Geschickt parkt Zach den Wagen zwischen zwei großen SUVs, schiebt seine Rückenlehne zurück und löst unsere Sicherheitsgurte.

Bevor ich richtig verstehe, was passiert, sitze ich mit gespreizten Beinen auf ihm und spüre seine Zunge in meinem Mund und seine Hände in meinen Haaren. Er löst den Pferdeschwanz, zu dem ich sie gebunden hatte.

Wir reiben uns aneinander, zerren aneinander, versuchen einander so nah wie irgend möglich zu sein.

Mein Rock ist bis zu meiner Taille hochgerutscht und Zachs Hände greifen nach meinen Pobacken und pressen mich an seinen Körper. Das Geräusch unserer hektischen Atemzüge erfüllt das Wageninnere.

»Zach …« Ich stöhne, sein Glied drückt gegen meinen Slip und reizt mich an genau den richtigen Stellen. »Das ist … o mein Gott.«

»Ich weiß, ich weiß.«

Unsere zunächst fieberhaften Bewegungen werden langsamer, als dieser Anfall von ... nun ja, ... dieser Anfall nachlässt.

»Delia.« Zach zeichnet einen Pfad aus Küssen von meinem Ohrläppchen zu meinem Mund, bis er schließlich die Lippen von mir löst und seine Stirn an meine lehnt. »Ich glaube, wir müssen damit aufhören. Ich will dich – o Mann, ich will dich – aber ich finde, unser erstes Mal sollte nicht im Auto stattfinden.«

Mein Atem geht so schnell, dass ich nur nicken kann.

Zach zieht den Kopf zurück und zum ersten Mal, seit ich auf seinem Schoß gelandet bin, begegnen sich unsere Blicke. Seine normalerweise strahlend grünen Augen wirken ganz dunkel vor Verlangen. Ich bin sicher, auf meine Augen trifft das Gleiche zu.

Er blickt sich auf dem Parkplatz um und lacht verschämt. »Verflixt. Ist dir klar, dass wir angefangen haben, es auf dem Parkplatz eines Restaurants zu treiben, in dem gerade eine Party für Kinder stattfindet?«

Ich blinzle verwirrt und blicke an ihm vorbei. »Oh ... hm.«

»Hm. Tja. Ganz recht.« Zach zieht die Hände unter meinem Rock hervor. »Wir sollten zusehen, dass wir verschwinden, bevor noch ein paar geschockte Eltern hereingucken.«

»Gute Idee. Ich bin nicht scharf darauf, wegen unsittlichem Verhalten in der Öffentlichkeit angezeigt zu werden.« Ich rutsche zurück auf meinen Sitz, schiebe den Rock nach unten und bedecke meine Beine so weit wie möglich. »Kein Anfassen mehr, solange wir fahren.«

»Nur dass du es weißt, ich gebe jetzt Gas. Schnall dich an.«

Ich grinse, ziehe den Gurt um mich herum und genieße das Prickeln der Vorfreude.

Kapitel 15

Die Spannung zwischen uns ist mit Händen zu greifen, als Zach in seine Einfahrt einbiegt und den Wagen zum Stehen bringt.

Er schaltet den Motor aus und dreht sich zu mir um.

»Bist du dir wirklich sicher, Delia?«

»Zach, gerade hätte ich dich fast auf einem Parkplatz besinnungslos gevögelt. Ich bin mir sicher.«

»Und du meinst nicht, es ist zu früh? Und dass du es morgen vielleicht bereuen wirst?«

Ich beuge mich, soweit es der Sicherheitsgurt erlaubt, zum ihm hinüber und spendiere ihm ein verführerisches Lächeln. »Gib mir einen Grund, oder drei, es nicht zu bereuen.«

Seine Nasenflügel beben und im nächsten Moment ist er aus dem Auto gesprungen, reißt meine Tür auf, zieht mich vom Sitz und eilt mit mir ins Haus.

»Ist Robbie zu Hause?«, frage ich auf dem Weg.

»Verdammt, das ist er besser nicht«, brummt Zach.

Er schließt die Tür auf und schaltet das Licht im Wohnzimmer ein. Es ist sehr geräumig, mit glattem Holzparkettboden und grauen Möbeln.

Die Wände sind strahlend weiß und ich bin sicher, wenn die Sonne durch das Erkerfenster an der Rückseite scheint, wirkt alles noch viel schöner.

»Wow. Sieht toll aus.«

»Es ist ein Chaos im Moment. Robbie hat sich nicht die Mühe gemacht, seinen Kram wegzuräumen.«

»So arg ist es nicht. Habe schon Ärgeres erlebt.« Ein paar Shirts und Socken liegen herum, ein paar leere Getränkedosen auf dem Tisch, nicht weiter schlimm.

Zach sieht mich an und verzieht eine Augenbraue.

Ich antworte mit einem Lächeln, wohl wissend, welche Frage er mir wortlos stellt.

Und dann jagen wir die Treppe hinauf, fliegen um mehrere Ecken und lachen uns kaputt wie zwei Teenager, die sich einen schmutzigen Witz erzählt haben.

Sex.

Zach stößt die Tür seines Schlafzimmers auf, wirft sie hinter mir zu und verschließt sie.

Ich möchte sein Zimmer erkunden, etwas über seinen Geschmack und seine Vorlieben erfahren.

Aber noch viel mehr möchte ich vor ihm knien und ihm beim Aufknöpfen seiner Hose helfen.

»Delia«, flüstert er, als ich auf die Knie gehe. »Das brauchst du nicht.«

»Halt den Mund und lass mich dir die Hose ausziehen.«

Er nickt zögernd, was ich als Signal verstehe, weiterzumachen.

Während er damit beschäftigt ist, sich von seinen Schuhen zu befreien, befreie ich den Knopf an seiner Jeans. Ich öffne den Reißverschluss und halte dabei Blickkontakt mit Zach.

Nachdem er seine Hose weggekickt hat, lege ich die Hände auf seine Hüften, auf den Rand seiner Boxershorts.

»Heute ohne Motiv, wie ich sehe?«

Er grinst. »War eine bewusste Entscheidung meinerseits. Wollte nicht wieder den Augenblick ruinieren.«

»Das hast du auch beim letzten Mal nicht. Ich mag es, dass du nerdig bist, hast du das vergessen?«

Zach zieht die Luft zwischen den Zähnen ein und beißt sich auf die Lippe. »Du bist jetzt wahnsinnig nah an meinem Schwanz und ich denke gerade mit dem falschen Kopf, also klar, was immer du sagst, ist wunderbar.«

Langsam ziehe ich seine Shorts herab, ich nehme mir Zeit, um ihn zu reizen.

Sein bestes Stück ist jetzt frei und federt zurück und das Erste, was ich tue, ist ihn ablecken, von der Spitze bis zur Wurzel. Zach stöhnt und seine Hände bewegen sich wie von selbst zu meinem Kopf. Er hält mich fest, während meine Zunge seinen pulsierenden Schwanz verwöhnt. Seine Beine werden weich wie Butter, als ich langsam die Zunge an ihm abwärts- und wieder aufwärtsgleiten lasse.

Dann nehme ich die Spitze in den Mund und sauge.

Zach weicht ruckartig zurück. »Weißt du was? Nicht das. Steh auf.« Er zieht mich hoch, bis ich stehe. »Du auf den Knien, und mein Schwanz in deinem Mund, das ist schon genug, um mich verrückt zu machen. Ich will nicht die Kontrolle verlieren. Also zieh dich aus und hüpf ins Bett. Dort will ich dich haben … zunächst mal.«

Seine Worte lösen in meinem ganzen Körper ein Kribbeln aus. Mit fliegenden Fingern ziehe ich mir das Shirt über den Kopf und werfe es irgendwohin. Ich löse den Verschluss meines BHs und höre deutlich den Laut, den Zach ausstößt, als er den ersten Blick auf meine Brüste erhascht.

»Schneller, Delia.«

Verschwunden ist mein Rock.

Ich stehe jetzt atemlos und nackt bis auf meine Unterwäsche vor ihm. Ein Feuer lodert in Zachs Augen, so heiß, dass ich es regelrecht auf der Haut spüren kann.

»Letzte Chance«, warnt er mich.

»Du …«

Der Satz wird nicht beendet, denn Zach verschließt meinen Mund mit seinem. Er schafft es, uns beide mit einer raschen Bewegung zum Bett zu manövrieren. Dort legt er sich auf mich und alle seine interessanten Teile schmiegen sich an meine. Merkwürdig, denn er ist fast einen Kopf größer als ich, aber irgendwie passen wir im Bett zusammen wie zwei Puzzleteile.

»Ich zieh dir jetzt das Höschen aus, Delia.«

»Das hoffe ich, Zach. Ich halte es kaum noch aus.«

Er drückt lauter kleine Küsse auf meinen Mundwinkel, auf mein Kinn, auf meinen Hals und so weiter, bis er an meiner linken Brust angekommen ist.

»Du hast ein Tattoo? Das ist ja heiß«, sagt er. »Warum dieser Satz?«

Mein Tattoo besteht aus den Worten *With All Your Heart*.

»Weil ich immer alles mit ganzer Seele machen will. Ich will in meinem Leben keine halben Sachen machen.«

Ich lese in Zachs Blick, dass ihm meine Einstellung gefällt.

Mit der Zunge zeichnet er den Schriftzug nach, der auf der Seite meiner Brust anfängt und unterhalb meiner Brust aufhört. Dann gleitet seine Zunge aufwärts und am Ende umschließen seine warmen Lippen meine Brustspitze. Die Empfindungen, die das auslöst, lassen meine Hüften zucken. Mein ganzer Körper ist angespannt wie eine Feder und schreit nach Erlösung. Ich presse die Schenkel zusammen. Zach schmunzelt und der Klang geht mir tief unter die Haut.

»Ich weiß, ich weiß.«

Er verteilt Küsse über meinen Bauch, bewegt sich an meinem Körper weiter abwärts, und ich erschauere immer wieder vor Lust. Zach setzt seine Reise in südlicher Richtung fort, bis seine Lippen den Rand meines Slips berühren.

Nur eine Sekunde hält er inne, dann schiebt er den schwarzen Slip an meinen Beinen abwärts.

Mein erster Impuls ist, die Beine zu schließen, mich zu bedecken, aber dann blicke ich Zach an. Sein Blick schreit das Verlangen, das er empfindet, geradezu heraus.

Ich fühle mich nicht verlegen oder unsicher. Ich fühle mich mutig und schön und das liegt nur an diesem Mann, der da vor mir kniet, als ob er mich verschlingen wollte.

Und dann tut er es. Sein Gesicht ist ganz fest zwischen meine Schenkel geschmiegt und ich winde mich lustvoll auf dem Bett, hin- und hergerissen zwischen dem Impuls, ihn wegzuschieben und ihn noch enger an mich zu drücken.

Ich will, dass er aufhört, aber nur, damit er wieder von vorne anfangen kann, und so kann das mein Leben lang weitergehen.

Es dauert nicht lange, bis ich ein zuckendes Bündel bin und Zachs Küsse langsamer und zärtlicher werden.

Er kommt zurück aufs Bett und legt sich auf mich, ein triumphierendes Grinsen im Gesicht. Er greift in die Nachttischschublade und zieht ein Kondom heraus. Als er das Päckchen aufreißt, greife ich nach unten, streichle ihn und genieße, wie gut er sich in meiner Hand anfühlt und aussieht. Zach ist mitten in der Bewegung erstarrt und hat die Unterlippe eingezogen.

Er öffnet die Augen und unsere Blicke verschmelzen miteinander.

»Delia?«

»Ja?«

»Nimm die Hand weg.«

Die Worte klingen fordernd, Verlangen spricht aus jeder einzelnen Silbe. Ich halte Zachs Blick fest und tue, was er verlangt. Er streift das Kondom über sein Glied und positioniert sich zwischen meinen Beinen.

Ich spüre den Druck an meiner Pforte und öffne die Schenkel. Ich meine das als Aufforderung, und er weiß es.

»Ich glaube, das ist das beste dritte Date, das ich je hatte«, flüstert er, bevor er in mich hineinstößt.

Wir verlieren uns ineinander, so sehr, dass ich gar nicht mehr weiß, ob ich überhaupt jemals den Ausgang finden möchte. Zach bewegt sich in mir und ich versuche, seine Bewegungen mitzumachen, einen gemeinsamen Rhythmus zu finden. Es ist nicht perfekt und wir sind keineswegs synchron, aber für uns ist es in Ordnung, ein Spiel aus Geben und Nehmen.

Dabei schauen wir uns ununterbrochen in die Augen. Zach schlingt sich meine Beine um die Taille und verändert damit den Winkel, was uns beide noch begieriger macht.

»Ah, Delia ...«

»Ich weiß, Zach. Ich weiß.«

Ich spüre den festen Druck seiner Lippen auf meinen, ich strecke suchend die Hände aus und wühle in seinem Haar. Ich will ihm einfach nur noch näher sein, egal wie. Er hört auf mich zu küssen, schmiegt das Gesicht an meinen Hals und lässt sich mit seinem ganzen Gewicht auf mich sinken. Seine Stöße sind jetzt gezielter und er findet die Stelle, nach der er getastet hat.

Er murmelt mir eine Reihe von Flüchen ins Ohr, während wir unserem Höhepunkt zustreben. Keuchend, stöhnend, zupackend versuchen wir das Feuerwerk der Lust so intensiv wie möglich zu genießen, bevor wir als atemloses Knäuel aus Armen und Beinen auf die Matratze sinken.

Meine Brust fühlt sich an, als würde sie gleich platzen und mein Herz schlägt so schnell, dass ich mir vorkomme wie in einem Comic, wo in solchen Fällen ein pulsierender herzförmiger Umriss zu sehen ist.

Wir liegen nebeneinander und versuchen genügend Kraft aufzubringen, um normal zu funktionieren.

»Ich glaube, ich sterbe.«

»Ich habe das Gefühl, ich bin nicht in Form.«

Zach nickt nur. »Ich muss das Ding loswerden. Brauchst du … irgendetwas?«

»Toilette?«

Er deutet auf eine Tür neben dem eleganten schwarzen Kleiderschrank. »Gleich hier. Ich gehe den Flur runter.«

Zach springt aus dem Bett in seiner ganzen nackten Pracht. Es kommt ihm offenbar nicht in den Sinn, sich zu bedecken, als er das Zimmer verlässt. Ich gehe ins Badezimmer, benutze die Toilette (wer will schon eine Blasenentzündung) und nehme mir einen frischen Waschlappen aus dem Schrank, um mich zu waschen.

Als ich ins Schlafzimmer zurückkomme, liegt Zach entspannt auf dem Bett, die Hände hinter dem Kopf verschränkt, und blickt zur Decke hoch.

»Hast du die überhaupt bemerkt?«

Ich krabble zurück ins Bett, schmiege mich an Zach und lege den Kopf auf seine Brust. Als ich nach oben blicke, verstehe ich, was er meint: zwei große Fensterscheiben in seiner Zimmerdecke. Der Nachthimmel wirkt so nahe, als müsste ich nur die Hand ausstrecken, um die Sterne zu berühren.

»Das ist wunderschön.«

»Ja, das ist es«, erwidert er. Etwas an seiner Stimme veranlasst mich, ihn anzublicken.

Zu meiner Überraschung schaut er auf mich und sein Blick ist voller Wärme.

Er hat gar nicht den Nachthimmel gemeint, sondern mich.

Ich lächle und zwinkere ihm zu. »Ich weiß.«

Er lacht. »Wer hat jetzt das große Ego?«

Er küsst mich aufs Haar und dann liegen wir in der Dunkelheit, bis uns der Schlaf übermannt.

• • •

Ich wache ungefähr eine Stunde später auf, mein Mund ist trocken und ich habe wahnsinnigen Durst.

Um Zach möglichst nicht aufzuwecken, schlüpfe ich vorsichtig aus seiner Umarmung. Ich ziehe meine Unterwäsche an und ziehe mir Zachs Shirt über, bevor ich leise aus dem Zimmer gehe.

Langsam gehe ich die Treppe hinab und sehe mir Zachs Zuhause an. Wunderschöne Fotografien hängen an den Wänden, alle in Schwarz-Weiß. Ich trete näher und lese den Namen, der auf dem unteren Rand steht, kann aber nur *Elliott* entziffern.

Wer immer das ist, er hat es drauf.

Auf Zehenspitzen gehe ich weiter die Stufen hinab und durchs Wohnzimmer, an dessen anderen Ende ich die Küche finde. Wie alles in diesem Haus ist sie modern und elegant.

Ich öffne den Kühlschrank und muss lachen über die unglaubliche Anzahl von Imbiss-Containern und Bierdosen. Ich nehme mir eine Flasche Wasser und nippe daran, während ich Küche und Wohnzimmer durchwandere und all die technischen Spielereien betrachte, die es hier gibt.

Ich brauche nicht lange, um den Rest des Hauses unter die Lupe zu nehmen. Es gibt noch ein Badezimmer auf diesem Stockwerk und zwei weitere Zimmer. Gästezimmer, nehme ich an. Ich öffne die Tür zu einem davon und finde Marshmallow. Er schläft tief und fest und mir fällt auf, dass Zach den Raum komplett mit Plastikfolie und Stroh ausgelegt hat.

Ich schüttle den Kopf, nicht wirklich erstaunt darüber, dass Zach dem Ziegenbaby ein ganzes Zimmer gewidmet hat.

Leise schließe ich die Tür, denn ich will Marshmallow nicht stören, und gehe über den Flur zurück. Ich nehme an, das andere Zimmer gehört Zachs Mitbewohner und ich möchte niemanden aufwecken.

Unter der Treppe befindet sich eine weitere Tür. Die Neugier siegt und ich öffne sie und finde dahinter eine Treppe, die in den Keller führt.

Nachdem ich die Tür nun schon geöffnet habe …

Ich gehe hinunter und falle aus allen Wolken.

Ich erinnere mich, dass Zach mir erzählt hat, dass er im Keller arbeitet. Deshalb bin ich verblüfft, als ich mitten im Raum nur zwei runde Sessel und an der gegenüberliegenden Wand zwei riesige Bildschirme vorfinde. Außerdem sind da noch zwei große Sideboards, auf denen jeweils eine Tastatur und eine Maus liegen. Das Ganze sieht überhaupt nicht nach Büro aus.

Ich gehe zu einem der einladenden Sessel, lasse mich darin nieder und drehe mich damit ein paarmal um die eigene Achse, um den Raum auf mich wirken zu lassen.

Es ist so … friedlich.

Ich weiß, Zach verdient seinen Lebensunterhalt mit dem

Erstellen von Apps, aber als er Apps und Keller erwähnt hat, habe ich mir nicht etwas so Extravagantes vorgestellt.

»Amüsierst du dich gut?«

Ich zucke zusammen, als ich Zachs Stimme höre und fahre mit dem Sessel herum. Er lehnt an der Wand hinter den Sesseln, hat die Arme vor der Brust verschränkt und ein lässiges Grinsen im Gesicht. Oh ja. Mein Körper erwacht zu neuem Leben, als Zach so vor mir steht, nur mit Pyjamahose bekleidet und sonst nichts.

»Das ist aber keine Nerd-Zone, Zach. Ich bin fast enttäuscht. Ich habe mit hohen Stapeln von Cola- und Limodosen gerechnet, mit Chipskrümeln überall und mit einem total verwinkelten Raum mit vielen dunklen Ecken und mindestens einem Dutzend Computerbildschirmen.«

»Ich habe dir ja gesagt, ich bin kein typischer Nerd.« Er stößt sich von der Wand ab und setzt sich mir gegenüber in den anderen Sessel. »Willst du sehen, woran ich arbeite?«

Ich nicke und schaue zu, als er sich eine der Tastaturen holt und zu seinem Sessel zurückkehrt. Er blickt zum Bildschirm hoch, während seine Finger über die Tastatur fliegen.

»Das hier …«, sagt er, während der Bildschirm aufleuchtet, »… ist der Code für eine neue App für den Club, von dem ich dir im Park erzählt habe.«

»*Embody Positivity*?«

Er strahlt, als ich mich daran erinnere. »Genau. Ich arbeite an einer neuen Meet-up-Funktion, die soll den Kids helfen, sichere Orte zu finden, an denen sie sich mit Freunden treffen können.«

»Wow, Zach. Das ist großartig.«

Sein Blick ist auf den Monitor geheftet, während er verschiedene Tasten drückt und weitere Apps öffnet. Er nimmt sich Zeit, mir jede davon zu erklären. Ich sehe den Stolz in seinen Augen. Er nimmt diese Arbeit ernst und es ist offensichtlich, dass es ihm Spaß macht, kreativ zu sein.

Wie schade, dass seine Ex das nicht erkannt hat, dass sie nicht gemerkt hat, wie viel Freude ihm dieser Aspekt seiner Arbeit bringt.

»Ich kann immer noch nicht glauben, dass du meine Lieblings-Notizen-App entwickelt hast. Ich liebe die.«

Er lächelt zufrieden. »Gern geschehen.«

Seine Finger fliegen erneut über die Tastatur und er schaltet das System ab.

Ich drehe mich wieder mit dem Sessel um die eigene Achse und Zach bemerkt, dass mir das anscheinend Spaß macht.

»Diese Sessel gefallen dir wohl?«

»Gefallen? Ich liebe sie. Sie sind wahnsinnig bequem. Ich könnte den ganzen Tag hier sitzen und dir bei der Arbeit zusehen.«

»Mir bei der Arbeit zusehen? Du willst mir zuschauen, wie ich den ganzen Tag mit zusammengekniffenen Augen auf den Monitor starre?«

Ich nicke. »Oh, Zach. Du hast ja keine Ahnung, wie sexy das ist. Deine Augenbrauen schieben sich zusammen und du machst total süße Sachen mit den Lippen. Und ich fange lieber gar nicht damit an, wie sexy deine Finger sind, wenn sie, wer weiß wie schnell, über die Tasten fliegen. Das macht, dass ich mir alles Mögliche vorstelle.«

Er hebt die Brauen. »Was könnte das sein?«

Ich grinse und bringe den Stuhl noch einmal zum Drehen. »Na, du weißt schon ... alles Mögliche eben.«

Als mich der Sessel wieder in seine Richtung dreht, kniet Zach vor mir, um ihn abzupassen. Er bringt ihn zum Halten und ich beuge mich vor. Unsere Nasen sind nur ein paar Zentimeter voneinander entfernt.

Zuerst berührt er meine Fußgelenke, dann streicht er mit den Fingerspitzen über meine Waden, meine Knie und schließlich meine Schenkel. Am Rand des Shirts, das ich trage, verharrt er.

»Mein Shirt ist richtig sexy an dir, Delia.« Er zupft daran und hebt es ein Stück hoch, um zu sehen, was ich darunter anhabe. Dann lässt er die Hände daruntergleiten und schiebt die Finger unter den Rand meines Slips. Meine Beine spreizen sich wie von selbst und laden ihn zu weiteren Erkundungen ein.

Zach schiebt den Stoff zur Seite und blickt mir in die Augen, während er meine Klitoris mit der Fingerspitze umkreist. Ich will die Augen schließen, will den Kopf zurücklehnen und stöhnen, aber ich will auch nicht das Leuchten in seinen grünen Augen verpassen.

Er weiß, was er mit mir macht, weiß, dass er mich gerade zum Gipfel bringt mit seiner langsamen, methodischen Liebkosung. Mein Nacken wird feucht vom Schweiß und ich fühle, wie sich in mir der Druck aufbaut und kein bisschen nachlässt, bis mein Körper beginnt, sich im selben Rhythmus zu bewegen wie Zachs Finger, verzweifelt auf der Suche nach der Erlösung, die Zach mir in Aussicht stellt.

Mit der anderen Hand zupft er an meinem Shirt, damit ich mich aufrichte. Er zieht mich an die Kante der Sitzfläche und küsst mich, sobald mein Mund in Reichweite ist.

Er streicht mit der Zungenspitze über den Rand meiner Lippen und ich öffne den Mund, während er meine Vulvalippen streichelt und dann mit den Fingern in mich eindringt.

Ich stöhne in seinen Mund und er nimmt mein Stöhnen in sich auf.

Er dreht die Finger in mir und gleichzeitig schlängelt sich seine Zunge über meine. Jetzt hat er genau meine empfindlichste Stelle gefunden und ich reite auf seiner Hand.

Ich muss meinen Mund von seinem lösen. Ich schreie auf, als mein Körper vor Lust erschauert.

Langsam zieht Zach die Finger aus mir heraus und streichelt mich noch ein bisschen, bevor er mich schließlich freigibt. Er küsst meine Nasenspitze und setzt sich mit einem breiten Grinsen auf seine Absätze.

»Jetzt bist du mordsstolz auf dich selbst, was?«

Ich gebe ihm einen scherzhaften Tritt gegen die Brust und er hält mein Fußgelenk fest und zieht mich mit einem Schwung vom Sessel herunter, sodass ich plötzlich unter ihm liege. Sein Grinsen hat sich kein bisschen verändert, als er auf mich herabblickt.

»Und ob«, flüstert er und küsst mich wieder. »Und jetzt lass uns ins Bett gehen und dort so lange bleiben, bis wir wirklich unbedingt aufstehen müssen. Abgemacht?«

»Abgemacht.«

Kapitel 16

ICH: Können wir bitte wieder in deinem Bett liegen und kuscheln? Studieren ist doof.

ZACH: Diese ganze reale Welt ist doof.

ZACH: Ich bin auch reif für eine Pause.

ICH: Oh, eine Idee: Lass uns zusammen lunchen. Ich habe bis 3 keinen Unterricht mehr. Willst du es mir besorgen?

ICH: NEIN. NEIN. TIPPFEHLER! DAS HABE ICH NICHT GEMEINT!

ICH: Ich meine, ich habe es schon gemeint, aber nicht für jetzt.

ZACH: Oh, ich würde es dir zu gern besorgen.
ZWINKER.

ICH: Und essen?

ZACH: Das würde ich auch gern. Die Pizzeria, von der ich geschwärmt habe, ist auf halbem Weg zwischen dir und mir. Wie wär's damit?

ICH: Treffen wir uns dort.

ICH: DIE PIZZA! Das Pizza-Date!

ZACH: Geeeenau.

• • •

ICH: Ich bin da. Wo bist du?

ZACH: Ich bin auch da. Komm zu meinem Auto.

ICH: Das hört sich an wie der Anfang eines Slasher-Films. Hast du Süßigkeiten dabei?

ZACH: Bring einfach deinen süßen Arsch hierher, Delia.

ICH: Roger! Schon unterwegs, Sir!

Ich steige aus meinem Auto und blicke mich auf dem Parkplatz um. Endlich entdecke ich ganz hinten Zachs eleganten schwarzen Wagen. Er hat weitab von allen anderen Autos geparkt.

Typisch – Männer und ihre Autos.

Als ich mich dem Wagen nähere, lässt Zach das Seitenfenster herunter und dann steckt Marshmallow den Kopf heraus.

»Pst. Hey, hier gibt's Süßigkeiten für dich«, lockt Zach und grinst.

»Na hör mal, du hast da eine Ziege im Auto. Ein Zicklein lockt mich viel mehr als Süßigkeiten.«

Zach gibt sich beleidigt und Marshmallow gibt einen hohen Ton von sich und setzt sein typisches schlabberiges Ziegengrinsen auf.

Ich setze mich auf den Beifahrersitz und nehme das Ziegenbaby aus Zachs Händen.

»Ich kann nicht glauben, dass du ihn mitgebracht hast.«

»Er soll auch etwas von der Pizza bekommen. Außerdem hat er dich vermisst.«

»Er hat mich vermisst? Oder du?«

»Okay, ich. Ich kann nicht glauben, dass wir uns schon wieder eine Woche nicht gesehen haben. Wir haben verdammt selten gleichzeitig frei«, mault Zach.

»Das stimmt, aber bald ist ja Thanksgiving und ich bin sicher, dann werden wir …« Ich presse die Lippen zusammen.

Ich hätte fast Pläne mit Zach gemacht – Feiertagspläne. Es wird plötzlich ernst, aber ich weiß gar nicht, ob ich das will.

Ich vergrabe das Gesicht in Marshmallows Fell und drücke ihn an mich, um das Thema zu wechseln.

Aber Zach spielt nicht mit.

»Wolltest du gerade sagen, wir sollten Thanksgiving zusammen verbringen, Delia?«

Ich drücke Marshy noch einmal an mich.

»Hör auf, das Ziegenbaby zu umarmen.« Zach pflückt meine Hände von dem Zicklein und setzt es auf das Hundepolster, das er auf der Rückbank installiert hat.

»Aber er ist so kuschelig«, jammere ich.

»Was wolltest du sagen wegen Thanksgiving?«

»Ich ... oh, verdammt, Zach, ich weiß es nicht. Ich schätze, ich war im Begriff, Pläne für Thanksgiving mit dir zu machen, ohne nachzudenken. Wir sind noch nicht lange zusammen, und noch meilenweit von dem Stadium entfernt, in dem man sich gegenseitig der Familie vorstellt. Ich bin nicht sicher, warum ich überhaupt etwas gesagt habe.«

»Verstehe. Und was, wenn ich dich bitten würde, Thanksgiving mit mir und meiner Familie zu verbringen? Würdest du ablehnen?«

Ich erwidere seinen Blick. Er meint es ernst. Er will, dass ich Thanksgiving mit ihm verbringe.

»Nein.«

Die eine Silbe entschlüpft mir einfach und jetzt kann ich sie nicht mehr zurücknehmen.

Aber das will ich auch nicht. Ich meine, was ich sage – ich will wirklich Thanksgiving mit Zach verbringen. Nennt mich verrückt, nennt mich dumm, nennt mich, was immer ihr wollt, aber Zeit mit Zach zu verbringen, ist ziemlich schnell zu meiner Lieblingsbeschäftigung geworden. Es kommt nicht in Frage, dass ich nein zu ihm sage.

»Delia, würdest du Thanksgiving mit mir verbringen? Meine Eltern und meinen Bruder kennenlernen?«

Die Familie. Ich muss der Familie gegenübertreten. Mist.

»Es ist nur meine Stiefmutter, Dad und mein jüngerer Bruder, sonst niemand. Thanksgiving ist kein so großes Ding bei uns. Es ist kurz vor dem Todesdatum meiner Mutter, deshalb feiern wir nicht groß.«

Das bricht mir das Herz. Nach all den Jahren und einer zweiten Ehe gedenken sie Zachs Mutter immer noch auf diese Weise.

»Ich will mich aber nicht aufdrängen.«

»Ich habe doch gesagt, ich möchte dich dabeihaben. Das ist kein Aufdrängen. Hast du schon Pläne mit deiner Familie?«

»Liam wird zu seiner Freundin fahren, meine Mom wird an einer Kreuzfahrt teilnehmen – ihr erster Urlaub seit Jahren – und Zoe wird bei ihrer Familie sein. Also nein. Mein Plan war, mich auf die Couch zu fläzen, nach Black-Friday-Schnäppchen zu surfen und mich vielleicht einen Tag davor oder danach mit dir zu treffen.«

»Dann wirst du Thanksgiving mit der Familie Hastings verbringen.«

»Das wäre also geklärt.«

Marshmallow grunzt und rollt sich auf seinem Kissen zusammen.

»Und jetzt? Holen wir uns was zu mampfen, oder was?«, frage ich.

»Das habe ich schon erledigt.«

Keine zwei Sekunden später klopft jemand ans Fenster und Zach drückt auf den Knopf. Der Duft von frischer Pizza erfüllt das Wageninnere.

»Äh …« Ein junger Mann mit einer Pizzaschachtel auf dem Arm steckt den Kopf herein und blickt sich um. Sein Blick wandert zu mir und dann zu Marshmallow. »Ja, also, die Lieferung gilt für dieses Auto, richtig?«

»Richtig. Ich habe außerdem zwei Getränke, Ranch-Dressing und zusätzliche Servietten bestellt.«

»Alles da.«

Der junge Mann balanciert eine Tüte auf der Schachtel und lässt sie durchs offene Fenster gleiten, bevor er das Tablett mit den Drinks hereinreicht.

Zach nimmt Pizza und Getränke entgegen und gibt dem Mann ein paar Dollarscheine. »Danke. Und behalten Sie das Wechselgeld.«

Der Junge steht verblüfft da. Er kratzt sich am Kopf, sein Blick bewegt sich zwischen Zach und der Quittung ein paarmal hin und her, bis er schließlich mit den Achseln zuckt und davonmarschiert.

Zach lässt die Fensterscheibe wieder hochfahren und stellt die Drinks in die fest installierten Getränkehalter. Dann fischt er die Servietten und das Ranch-Dressing aus der Tüte.

»Gut. Es ist genügend Dressing da.« Er öffnet die Schachtel und hält sie in meine Richtung. »Essenszeit.«

»Du hast ernsthaft Pizza ans Auto liefern lassen, damit wir hier auf dem Parkplatz ihres Restaurants sitzen können?«

»Was denn? Ich kann Marshmallow nicht mit hineinnehmen, also musste ich tun, was ich tun musste.«

Ich schüttle den Kopf und seufze. »Wie kannst du so süß und gleichzeitig so bizarr sein?«

Er zuckt mit den Schultern. »Begabung. Jetzt hilf mir mit der Pizza.«

»Musst du mir nicht zweimal sagen.«

Ich nehme mir ein Stück und verschlinge es mit wenigen Bissen: »Menschenskind, das ist die beste Pizza, die es gibt.«

»Habe ich doch gesagt. Versuch sie mal mit Ranch-Dressing. Ich habe mir zwei Sorten geben lassen.«

»Du und dein Dressing-Fimmel ...« Ich wackle mit dem Zeigefinger. »Her damit.«

Wir sitzen im Auto und kauen Pizza und vernichten sie fast vollständig, bevor wir uns endlich eingestehen, dass wir satt sind.

»Ich schaffe keinen weiteren Bissen«, stöhne ich.

»Ich schon, aber ich will nicht der fette Typ sein, der die komplette Pizza isst, während seine Freundin ihn anstarrt, als ob er ein Schwabbelmonster wäre.«

Freundin.

Ich weiß, wir haben gerade beschlossen, dass wir offiziell zusammen sind und so weiter, aber wir haben es bis jetzt nicht laut ausgesprochen.

»Willst du mich so deinen Eltern vorstellen? Als deine Freundin?«

»Ich wollte ihnen sagen, dass du die Mama von meinem Ziegenbaby bist, aber ich weiß nicht, ob sie das so lustig finden würden wie ich.«

»Nein, das bezweifle ich, du Spinner.« Ich blicke hinter mich auf unser immer noch schlafendes Ziegenbaby. »Da wir gerade davon reden … nehmen wir Marshy mit? Wo wohnen deine Eltern eigentlich? Wenn es eine lange Fahrt ist, muss ich mich entsprechend vorbereiten. Wie lange werden wir weg sein? Soll ich meine Beine rasieren? Soll ich einen Extrarasierer einpacken?«

Zach hält mich an den Schultern fest und schüttelt mich. »Ganz normal atmen, bitte.«

»Ich kann nicht!«

»Kannst du doch! Sie leben zwei Stunden weiter nördlich. Ja, bitte rasiere deine Beine, sie sind eklig mit so vielen Haaren.« Ich gebe ihm scherzhaft einen Klaps auf die Schulter. »Marshy kommt mit. Meine Mom kann es nicht erwarten, ihn kennenzulernen. Und wir können dortbleiben, solange du willst. Ich fahre normalerweise am Morgen von Thanksgiving hin und bleibe bis Sonntagabend. Am Mittwoch muss ich bis drei arbeiten, aber dann habe ich frei.«

»Okay, du musst mir das alles noch mal sagen, bevor wir fahren. Um ehrlich zu sein, ich vergesse in den nächsten Tagen vielleicht sogar, wer du bist. Meine Professoren flippen total aus, ich muss vor den Ferien noch drei Tests schreiben.«

»Diese Zeiten vermisse ich kein bisschen«, stellt Zach fest.

»Ich werde die auch nicht vermissen, das weiß ich jetzt

schon. Aber ich habe nur noch etwas mehr als ein Semester. Dann bin ich frei. Ich habe keine Ahnung, was ich danach tun will, aber ich werde frei sein und das ist alles, was zählt.«

»Du hast wirklich keine Ahnung?«

»Nun jaaa …«, sage ich gedehnt. »Ich weiß schon, aber ich möchte nicht alles auf eine Karte setzen. Ich hätte wirklich gern eine Stelle in einer kleineren Firma, einer, die noch wächst, oder vielleicht würde ich auch gerne freiberuflich arbeiten? Ich weiß es einfach noch nicht.«

»Wenn du willst …«, beginnt Zach, hält dann aber inne und überlegt, wie er weiterreden soll.

»Wenn ich was will?«

»Ich habe noch nicht viel darüber geredet, außer mit Robbie, aber ich denke daran, meinen *Embody-Positivity*-Club zu erweitern … vielleicht eine richtige Firma daraus zu machen. Dann werde ich jemanden brauchen, der mich bei der Website unterstützt und den Blog und die Pressekontakte auf dem neuesten Stand hält. Könnte dich so etwas interessieren?«

Ich blicke Zach an, blinzle ein paarmal und versuche zu verarbeiten, was er gerade gesagt hat.

»Ist es, weil wir miteinander ins Bett gehen?«

»Äh … nein. Es ist wegen der Art, wie du mich angeschaut hast, als ich über das Projekt geredet und dir die App gezeigt habe. Ich dachte mir, du wärst vielleicht gerne mit dabei.« Er hebt beide Hände. »Wenn ich dich mit dem Angebot verärgert habe, tut es mir leid.«

Ich bin wirklich eine totale Zicke.

Ich stöhne. »Nein, nein. Das war dumm von mir. Ich

dachte, du bietest mir das an, weil ich mich auf der Suche nach einem Leben nach dem College verzweifelt anhöre und du dich verpflichtet fühlst, weil wir miteinander ins Bett gehen.«

»Hör auf, so zu reden. Du redest, als ob du eine billige Hure wärst.«

Ich beuge mich zu ihm und flüstere ihm ins Ohr: »Wir haben Sex, Zach.«

Er dreht den Kopf und seine grünen Augen sind jetzt ganz nah an meinen. Sein Blick ist fest und total ernst. Ich verliere mich in dieser Ernsthaftigkeit.

»Wir sind zusammen, Delia. Das ist sehr viel mehr als nur Sex.«

Seine Worte branden über mich hinweg wie ein Tsunami. Sie hauen mich um und nehmen mir den Atem.

»Hast du das jetzt kapiert, Delia?«

Ich schlucke schwer und nicke. »Kapiert, Zach.«

Kapitel 17

ICH: Zoe ist sauer auf dich.

ZACH: Was habe ich getan, von dem ich nicht weiß, dass ich es getan habe?

ICH: Du hast offenbar in ihren Cupcake gebissen.

ICH: Und das klingt jetzt VIEL schlimmer als beabsichtigt.

ICH: Vielleicht sollte ja ich sauer sein, weil du vom Cupcake meiner Freundin isst.

ZACH: Ich glaube nicht, dass ich jemals wieder einen Cupcake essen kann, ohne an deine süße, süße ...

ICH: SAG ES NICHT!

ZACH: Was? Ich wollte sagen deine Art zu lächeln.

ICH: Du wolltest Pussy sagen, weil du ein böser Junge bist und Cupcakes für mich für alle Zeiten ruinieren willst.

ZACH: Ich wollte wirklich Pussy sagen, aber es stimmt trotzdem.

ZACH: Hey, Delia?

ICH: Ja ...

ZACH: Pussy.

ICH: Ich werde es dir zeigen, von wegen Pussy ...

ZACH: Endlich! Sexting!

ICH: ANHANG HERUNTERLADEN

ZACH: Das ist das Letzte, was mir durch den Kopf ging.

ZACH: Das Kätzchen ist übrigens süß.

ICH: Wirklich? Meinst du, Marshy könnte sich mit einer Katze vertragen?

ZACH: Ich werde keine Katze kaufen, Delia.

ICH: Wir werden sehen.

ZACH: Das wird nicht passieren. Schlag es dir aus dem Kopf. JETZT.

ICH: Wie gesagt, Zach, WIR WERDEN SEHEN. ZWINKER.

ZACH: Hör auf, mich anzuzwinkern.

ZACH: Delia ...

ZACH: DELIA!

ZACH: Verdammt nochmal. Ich werde also eine Katze besorgen, oder?

ICH: ZWINKER.

• • •

ZACH: Wie sind deine Tests gelaufen?

ZACH: Übrigens stelle ich gerade fest, dass wir uns immer noch schreiben, anstatt einfach zu telefonieren. Ist das sonderbar?

ICH: Ich glaube, es ist gut, die Wurzeln unserer Beziehung zu bewahren. Außerdem kann ich dir die merkwürdigsten Dinge, die ich nicht so leicht aussprechen könnte, via Text mitteilen.

ICH: Wie zum Beispiel, dass ich lange Zeit nicht gewusst habe, was Skier bedeutet. Nur zur Info: Es ist die Mehrzahl von Ski.

ZACH: Wie hast du es ans College geschafft, und dann auch noch so weit?

ICH: Das wird die Welt nie erfahren.

ICH: Mein Test war okay. Ich glaube, ich habe im Ökonomie-Teil gut abgeschnitten. Nach Thanksgiving wissen wir mehr.

ZACH: Da wir gerade davon reden ... wirst du langsam nervös? Wegen meiner Eltern und so weiter.

ICH: Äh ... JA. Danke, dass du mich erinnerst, Blödmann.

ICH: Ich rasiere mir in letzter Zeit die Beine besonders sorgfältig – nur wegen deinem Dad. 😉

ZACH: Nein. NEIN. KEINE anzüglichen Scherze in Bezug auf meinen Vater, Delia. NULL.

ICH: Ich meine ja nur, wenn Mr Hastings auch nur halb so sexy ist wie du ... Wooow. Das würde mich umhauen.

ZACH: Ich nehme mein Angebot zurück. Du bist nicht eingeladen zu Thanksgiving.

ICH: Und du hältst dich aus meinem Bett fern für mindestens drei Wochen.

ZACH: *schmollt* Na schön. Du kannst kommen, HÖR AUF MIT DIESEN ZWEIDEUTIGKEITEN IN BEZUG AUF MEINEN DAD.

ICH: Wir werden sehen, was er davon hält.

ICH: PS: Ich habe nur Augen für dich.

ZACH: Mir fällt nicht einmal eine schlagfertige Antwort ein. Mein Ego, es ist zutiefst verletzt.

ICH: Ist das überhaupt möglich?

ZACH: Und wieder schlägt sie zu!

ICH: Toll, jetzt muss ich dir während der ganzen Fahrt versichern, wie überirdisch sexy du bist.

ZACH: Nur wenn du das Gefühl hast, es könnte helfen ...

ICH: Sagt er arglos. *verdreht die Augen* Ich durchschaue dich.

ZACH: Ich habe keine Ahnung, wovon du redest.

• • •

ZACH: Ich bin in dreißig Minuten da. Musste anhalten und Marshmallow ganz schnell neu arrangieren. Er ist wirklich anstrengend.

ICH: Dann ziehe ich mich jetzt an.

ZACH: Du bist also ... nackt?

ICH: ANHANG HERUNTERLADEN

ZACH: Wow. Ja. Du bist definitiv nackt. *speichert in Pornosammlung*

ICH: Du löschst das besser gleich wieder.

ICH: Gern geschehen übrigens.

ZACH: Versprochen.

ZACH: Übrigens, rein aus Neugierde: Wirst du evtl. immer noch nackt sein, wenn ich ankomme?

ICH: Hängt davon ab, wie schnell du fährst.

ZACH: Herausforderung angenommen.

Kapitel 18

»Du bist nicht nackt.«

»Sehr gut beobachtet.«

»Aber ich dachte, du würdest nackt sein. Ich dachte, wir würden wilden Sex haben.«

»Da wartet ein Zicklein auf uns im Auto …«

Zach stöhnt. »Was für ein verdammter kleiner Schwanzblocker.«

Ich kichere. »Komm schon, hilf mir mit den Taschen.«

»Taschen? Mehrzahl?«

»Was denn? Ich war mir nicht sicher, welches Outfit deinem Dad am besten gefallen würde, also habe ich mehrere eingepackt.«

Zach stützt den Kopf in die Hände. »Lass es sein, Delia.«

»Niemals.« Ich deute auf die Taschen. »Nimm du das Gepäck. Ich hole die Snacks.«

»Du nimmst etwas zu essen mit? Sollte man vor Thanksgiving nicht hungern, damit man dann beim Abendessen richtig schön viel essen kann?«

Ich deute auf mich selbst. »Wir reden hier von mir. Willst

du wirklich, dass ich mehrere Stunden ohne Essen auskommen muss?«

»Sehr guter Hinweis. Ich will nicht zwei Stunden mit einer mies gelaunten hungrigen Frau im Auto eingesperrt sein. Hol die Snacks – sei's drum, nimm noch ein paar mehr mit.«

»Noch ein paar mehr? Jetzt sei nicht gemein.«

»Bin ich nicht, bin ich nicht. Ich versuche nur ... vorausschauend zu handeln.«

Ich lächle und schüttle den Kopf. »Du denkst, du bist so süß, oder?«

Er zuckt mit den Achseln. »Manchmal schon.«

Ich gehe in die Küche und hole die Tüte voller Leckerbissen, die ich vorbereitet habe, und Zach schlingt sich die Riemen meiner Taschen um die Schultern.

»Bist du so weit?«

»Jawohl. Lass uns fahren.«

»Immer noch nervös?«

»Nur ein bisschen. Ich bin eher neugierig als alles andere – ich meine, wegen dem Abendessen, nicht wegen deiner Eltern.«

Wir verlassen die Wohnung und ich versichere mich zweimal, dass die Tür auch wirklich abgeschlossen ist. Zach wirft meine Taschen in den Kofferraum, wobei ich feststelle, dass von ihm auch zwei Taschen darin liegen.

»Und du machst mich an, weil ich zwei Taschen habe.«

»Was? Oh, nein. Nur eine davon ist für mich.«

Ich blicke ihn verständnislos an.

»Die andere ist für Marshmallow.«

»Unser Ziegenbaby hat eine eigene Reisetasche?«

Ein Lächeln erhellt Zachs Gesicht und er schaut mich an, als ob ich der wunderbarste Mensch auf Erden wäre.

»Was?«, frage ich.

»Du hast gesagt, unser Ziegenbaby.« Sein Lächeln wird noch breiter, wenn das überhaupt möglich ist. »Ich liebe es, dass du von unserem Zicklein sprichst.«

Ich gebe ihm einen Schubs. »Hör auf damit. Das klingt ja pervers.«

Ich drehe mich um und will zum Beifahrersitz gehen, aber Zach ergreift meine Hand und zieht mich an seine Brust. Mit einer Hand hebt er mein Kinn hoch und dann drückt er seine Lippen auf meine.

Er küsst mich, bis ich keine Luft mehr bekomme und ich möchte mich ihm am liebsten auf der Stelle hier auf dem Parkplatz hingeben.

Mit allem, was ich habe.

• • •

Ich blicke an dem großen Backsteinhaus hoch. Durch ein großes Fenster kann man auf das Ende der Treppe blicken, wo ein prachtvoller Kronleuchter hängt.

»Sehr schick.«

Zach folgt meinem Blick. »Es ist nicht übel.«

»Nicht übel. Das Haus meiner Kindheit würde wohl bei euch ins Wohnzimmer passen.«

»Ich bin nicht hier aufgewachsen, falls dir das hilft. Die meiste Zeit meines Lebens wohnten wir in einem kleinen, altmodischen Haus. Ich war schon fast aus dem College, als sie das hier gekauft haben. Haben jahrelang dafür gespart.«

»Also, es ist beeindruckend. Ich kann es nicht erwarten, hineinzugehen.«

»Dann komm.«

Wir steigen aus und strecken die Glieder nach der langen Fahrt. Zach holt unsere Taschen aus dem Kofferraum und ich ziehe Marshmallows Käfig vom Rücksitz.

Zach stößt die Haustür auf und brüllt: »Wir haben die Ziege dabei!«

Ich höre polternde Schritte, sie kommen von rechts, ich nehme an, aus der Küche.

Eine schöne Frau mit blondem Haar stürmt in den Eingangsbereich und streckt die Arme aus. Weißes Pulver – ich schätze Mehl – klebt an einer Seite ihres Gesichts und sie trägt eine dunkelblaue Schürze über einem Outfit, das aussieht wie ein Pyjama, bedruckt mit grünen Enten.

»Mein süßer Kleiner! Grandma kann es nicht erwarten, dich zu kraulen.«

Sie beugt sich vor und schiebt einen Finger durch das Gitter des Käfigs, den ich immer noch halte. Dabei lächelt sie und kichert entzückt wie ein kleines Kind.

Schließlich richtet sie sich auf und bietet mir ihre Hand. »Delia, ich habe schon so viel von dir gehört. Ich bin Rose. Es ist schön, dich endlich kennenzulernen.«

Ich schüttle ihr die Hand. »Ich freue mich auch, Sie kennenzulernen, Mrs Hastings.« Ich blicke zu Zach hoch, der zu mir herablächelt. »Du hast also deiner Mom von mir erzählt?«

Er hebt die Schultern. »Kann sein, dass ich dich ein paarmal erwähnt habe.«

»Ein paarmal?«, wiederholt Rose. »Also bitte, der Junge hört gar nicht mehr auf, von dem Mädel mit der falschen Telefonnummer zu reden.«

»So nennst du mich also?«

»Am Anfang ja«, gibt Zach zu. »Jetzt bist du einfach die Nervensäge.«

»Zach Hastings!«, tadelt ihn seine Mutter. »Benimm dich!«

»Tut mir leid.« Er dreht mir das Gesicht zu und formt mit den Lippen ein »Überhaupt-Nicht«.

Seine Mutter gibt ihm einen Klaps auf den Arm. »Das habe ich mitbekommen, du Rotznase. Jetzt kommt herein. Dein Bruder müsste auch gleich hier sein. Ich mache gerade die Pasteten.«

»Brauchen Sie Hilfe, Mrs Hastings?«, biete ich mich an.

»Oh, bitte, nenn mich einfach Rose. Kein Grund, so formell zu sein. Und nein, danke, ich habe alles im Griff. Entspannt euch ihr beiden, und seht euch das Haus an. Ich bin sicher, mein Mann ist hier irgendwo.«

Sie eilt zurück in die Küche und lässt uns im Flur stehen.

»Tja, ich schätze, wir sind jetzt erst einmal auf uns gestellt. Soll ich dir unser Zimmer zeigen?«

»Geh voraus.«

Wir nehmen unsere Taschen und Marshmallows Käfig und gehen die Treppe hinauf. Auf dem Treppenabsatz, den ich von draußen durchs Fenster gesehen habe, bleibe ich stehen und blicke nach draußen.

Die Aussicht ist großartig. Der Garten ist riesig und dahinter befindet sich eine Reihe Bäume mit braungoldenen und orangenen Blättern. Die Farben des Herbstes. Es sieht aus wie aus einem Gemälde.

»Ich glaube, mir gefällt es hier.«

»Schön, nicht wahr?«

Ich nicke und Zach nimmt meine Hand und zieht mich die restlichen Stufen hinauf. Wir gehen durch die erste Tür auf der rechten Seite.

»Das ist unser Zimmer. Ich habe hier kein eigenes, deshalb schlafen wir im Gästezimmer.«

In der Mitte des Raumes befindet sich ein Doppelbett mit einer lila Tagesdecke. Eine ältere, schon etwas abgenutzte Kommode steht an einer Seite und an den Wänden hängen Gemälde mit Blumen.

»Hast du diese Tagesdecke ausgesucht?«

Zach blickt warnend zu mir hoch, während er Marshmallow aus dem Käfig herauslässt. »Fang gar nicht erst damit an.«

»Du stehst also auf Lila, was?«

»Delia …«

»Es ist aber auch eine Wahnsinnsfarbe, Zach.«

Er kommt auf mich zu und ich weiche zurück, bis mir die Bettkante in die Kniekehlen drückt. Zach ist jetzt direkt vor mir, seine Lippen haben sich zu einem teuflischen Grinsen verzogen. Sachte legt er die Hand auf meine Brust und stößt mich nach hinten.

Ich lande auf dem Bett und er legt sich auf mich.

»Du willst mich provozieren, Delia.«

»Und du schnappst nach jedem einzelnen Köder, den ich dir hinwerfe.«

»Wenn du willst, dass ich dich küsse, brauchst du es nur zu sagen.«

»Küss mich, Zach.«

Ich habe kaum ausgeredet, da erfüllt er schon meine Bitte. Er küsst mich langsam und zärtlich. Dann wieder hart und fordernd, seine Zunge gleitet über meine und seine Hüften stoßen rhythmisch gegen meine.

Meine Hände begeben sich auf Erkundungsreise, ich lasse die Finger durch sein Haar gleiten und dann über seine breiten Schultern. Ich finde einen Weg unter sein Shirt und streiche leicht mit den Fingernägeln über seinen Rücken. Seine Hand verschwindet unter meinem Oberteil, seine Fingerspitzen tasten suchend auf meinem Körper, bis er eine Handvoll Brust umfasst.

Er spielt mit meiner Brustspitze und ich stöhne leise. Ich zerre an seinen Shorts, bis seine Erektion nach oben federt, dann umfasse ich sein Glied und streichle ihn, bis ich ihn so weit habe, dass er mir ins Ohr keucht. Er ist kurz davor zu kommen.

Da springt er auf. Mit grimmigem Gesichtsausdruck blickt er zum Fußende, wo Marshmallow sitzt und uns anglotzt.

»Er hat mich an der verdammten Pobacke berührt, Delia. Deine Hand war an meinem Schwanz und er berührt mich an der verdammten Pobacke.«

Ich schüttle mich vor Lachen, Tränen laufen mir über die

Wangen. Zach steht vor dem Bett und starrt wütend auf das unschuldige Zicklein.

»Hör auf zu lachen! Das ist nicht lustig!«

»Oh, Zach, da liegst du falsch. Es ist irrsinnig komisch!«

Vor Wut schnaubend stürmt er aus dem Zimmer und knallt die Tür hinter sich zu. Ich bleibe lachend liegen.

Ein paar Sekunden später taumelt er zurück ins Zimmer.

»Ich habe einen Ständer. Ich kann nicht im Haus meiner Eltern herumlaufen mit einem Ständer. Das ist einfach nicht richtig.«

»Wieso hast du immer noch einen Ständer?«

»Weil ich gerade im Begriff war, auf dir zu kommen, Delia! Deshalb! Man kann einem Ständer nicht einfach sagen ›verschwinde‹ und er verschwindet. So funktioniert ein Penis nicht – der fällt nicht einfach so auf Kommando in sich zusammen.« Zach wirft die Hände in die Luft und beginnt in dem kleinen Raum auf- und abzugehen.

Ich kann nicht anders, ich muss wieder lachen. Ich finde es wirklich lustig, dass er sich so aufregt.

»Bist du fertig?«, frage ich, gehe auf die Knie und bedeute ihm, zu mir zu kommen.

Er gehorcht mit vorgeschobener Unterlippe. »Vielleicht, aber ich glaube, ich bin traumatisiert.«

»Ja, sicher, das bist du. Und jetzt schlage ich vor, du zeigst mir das Haus. Wird dich das von deinem Trauma ablenken?«

Er tritt von einem Fuß auf den anderen. »Wäre einen Versuch wert.«

Ich verdrehe die Augen, stehe vom Bett auf und nehme Zach bei der Hand. »Komm schon, Kleiner.«

Er hebt Marshmallow hoch und setzt ihn in den Käfig. Dabei hört er nicht auf, ihn wütend anzustarren.

Wir verlassen das Zimmer und Zach führt mich die Treppe hinab.

»Das übrige obere Stockwerk besteht nur aus Schlafzimmern und ich werde dir nicht den Raum zeigen, wo meine Eltern Sex haben.«

»Zach!«

»Was denn? Ich sage ja nur …«, er schaudert, »… das ist nicht einfach für mich.«

Am Ende der Treppe wenden wir uns nach links.

»Das ist das Wohnzimmer. Wir benutzen es nicht.«

»Wir benutzen es sehr wohl«, ruft Rose aus der Küche.

Zach blickt mich an und schüttelt entschlossen den Kopf. »Das ist nur Show.«

»Ich sehe gar keine Bilder an der Wand. Ich hätte erwartet, dass da Fotos von dir und deinem Bruder hängen würden.«

»Niemand will sein hässliches Gesicht sehen.«

»Zach …«

»Also gut. Wir haben es nicht so mit Fotos. Ich weiß, üblicherweise sind Häuser und Wohnungen voll von ihnen, aber meine Familie legt keinen Wert auf ›gestellte Situationen‹. Von Zeit zu Zeit macht jemand einen Schnappschuss, aber meistens leben wir einfach nur im Augenblick.«

»Ich glaube … ich glaube, das gefällt mir. Es ist sympathisch, aber was ist, wenn einer von euch …«

»Stirbt?«

Ich nicke. »Würdest du dann nicht so ein Andenken haben wollen?«

Zach zuckt mit den Schultern. »Wahrscheinlich schon? Ich habe zwei Fotos von meiner Mutter – und meine Erinnerungen. Klingt nach nicht gerade viel, aber ich schätze sie mehr als alles andere. Es zwingt mich sozusagen, die Erinnerung wachzuhalten, nichts zu vergessen, verstehst du?«

»Du machst mich noch ganz traurig und ich will mich nicht traurig fühlen.«

»Tut mir leid. Lass uns weitergehen. Ich zeige dir unser eigentliches Wohnzimmer. Vielleicht ist mein Dad dort, dann kannst du ihn begrüßen.«

Wir durchqueren den nächsten Raum, den Essbereich. Rose hat den Tisch bereits gedeckt und ich betrachte das Ergebnis schmunzelnd.

»Ich glaube, ich mag deine Mom wirklich. Sie benutzt an Thanksgiving Pappteller anstelle von teurem Porzellan – weniger Arbeit. Sehr schlau.«

»Sie hat es gerne authentisch. Übrigens wird sie in diesem Pyjama-Ding, in dem sie kocht, auch zu Abend essen. Deshalb habe ich auch Basketball-Shorts an. Ich wette mit dir um zehn Mäuse, dass mein Dad auch Freizeitlook trägt.« Zach betrachtet mein Outfit – Röhrenjeans, simples weißes T-Shirt, schwarze Strickjacke. »Du bist total overdressed.«

»Dann muss ich daran denken, mich vor dem Essen umzuziehen.«

»Wahrscheinlich eine gute Idee. Wir machen es nämlich

immer so, dass wir versuchen, alles aufzuessen und nichts übrigzulassen – also wirklich nichts.«

»Willst du damit sagen, dass ich nach Herzenslust essen kann und mich nicht genieren muss, wenn ich meinen Teller immer wieder fülle?«

»Genau das will ich damit sagen.«

»Ich liebe diese Familie.«

Er schnaubt und zieht mich durch die Doppeltür.

In dem Raum, der allem Anschein nach ihr »richtiges« Wohnzimmer ist, sitzt Zachs Vater. Als wir eintreten springt er von der Couch auf.

Ich hatte recht – Zachs Dad ist wirklich attraktiv.

Ich gebe Zach einen Stoß mit dem Ellbogen. »Wusste ich's doch: er ist heiß.«

»Lass. Das.«

»Zach, mein Junge, komm her.«

Sein Vater umarmt ihn herzlich und die beiden halten sich einen Augenblick lang richtig fest. Ich gebe es offen zu, mein Herz macht einen kleinen Purzelbaum, als ich den beiden zuschaue.

Schließlich lösen sie sich voneinander und Mr Hastings wendet sich mir zu.

»Delia, wie schön, dich endlich kennenzulernen.«

»Ganz meinerseits, Mr Hastings.«

»Nein, nein, sag einfach du. Ich bin Jack.«

Mir fällt das Kinn herab. »Du heißt Jack und ...«

»Sie heißt Rose.« Er grinst und dabei zeigt sich das gleiche Grübchen wie bei seinem Sohn. »Ja, es ist schon eine komische Geschichte.«

»Nicht die schon wieder. Er mag es zu sehr, wenn Leute die Verbindung herstellen«, meldet sich Rose aus der Küche zu Wort.

»Was denn, Babe? Es ist eine gute Story!«

Rose erscheint in der Tür, lehnt sich gegen den Rahmen und blickt ihren Ehemann an. »Nur zu – ich weiß, du kannst nicht anders.«

»Also«, beginnt Jack. »Wir haben uns in der Selbsthilfegruppe für Trauernde kennengelernt.«

»Das klingt, äh ...«

»Total erschütternd?«, ergänzt Rose den Satz für mich. »Ich weiß, Schätzchen.«

»Da saß ich also auf dem Stuhl, auf den mich meine Eltern gezwungen hatten. Ich war ein junger Witwer von Anfang zwanzig und habe höchstens einmal die Woche die Energie aufgebracht auch nur unter die Dusche zu gehen. Ich habe eine Therapie gebraucht, also hat sich meine Familie eingemischt.«

»Es tut mir sehr leid«, murmele ich. »Für euch beide.«

Rose legt die Hand aufs Herz und Jack nickt stumm.

»Für mich war es die dritte Woche, für sie der erste Tag. Wie immer musste jeder von uns nach vorne gehen und sich vorstellen und erklären, weshalb er oder sie da war. Ich stand vor dem Mikrofon und -«

»Er sagte: ›Ich bin Jack. Ich bin hier, weil ich stinke wie ein Misthaufen und meine Familie die Nase voll hat. Meine Frau ist tot und ich bin es auch. Mehr habe ich nicht.‹«

Mir bricht fast das Herz bei diesen Worten, aber ich höre aufmerksam zu, als Jack weitererzählt.

»Ich suche mir einen Stuhl und es folgen noch ein paar persönliche Vorstellungen. Ich habe mich praktisch aus der Realität ausgeklinkt und achte nicht darauf, was um mich herum passiert. Dann kommt sie ...«, er nickt in Roses Richtung, »... sie schleicht zum Mikrofon und dann bricht die Hölle los.«

»Hör auf. So schlimm war es nicht.«

»Du hast das Podium vollgerotzt und mich auch. Es war der Wahnsinn.«

»Also, wenn du nicht ...«

»Pscht! Du ruinierst den besten Teil. Jedenfalls steht sie da auf dem Podium und sagt: ›Mein Name ist Rose.‹« Ein extrem breites Grinsen breitet sich auf Jacks Gesicht aus. »Und ich brülle: ›Da war noch Platz auf der Tür!‹«

»Und ich breche in Tränen aus.«

»Ihr Rotz fliegt durch die Gegend und sie rennt vom Mikrofon weg und zur Tür hinaus. Ich springe auf, renne ihr nach und finde sie mitten auf dem Parkplatz, wo sie mit ihrem Geschluchze die Abendstille stört. Ich lege den Arm um sie und erlaube ihr, die Nase an mir abzuputzen.«

Rose schnieft. »So schlimm war es nicht!«

»Klar, Babe. Klar. Als ich sie so weit beruhigt habe, frage ich sie, ob sie mit mir auf einen Eisbecher ausgehen will. Sie guckt mir in die Augen und sagt: ›Niemals hätte ich diese Tür mit so einem Idioten wie dir geteilt.‹«

»Der Rest ist, wie man so sagt, Geschichte.«

»Dann bist du runtergesprungen«, sagt Jack.

»Ich bin runtergesprungen«, bestätigt Rose.

Da stehen sie und lächeln sich an wie zwei Turteltäubchen, und ihre Augen schimmern feucht vor lauter Liebe. Es ist der romantischste Augenblick, den ich je erlebt habe.

»Ich glaube, ich muss mich übergeben«, sagt Zach.

»Ich glaube, ich muss weinen. Das ist die traurigste, wundervollste Geschichte, die ich je gehört habe.«

Jack schlägt sich aufs Knie. »Jetzt aber Schluss mit dem Geheule. Erzähl mir von dir, Delia. Du studierst, richtig?«

»Ja, ich bin im letzten Jahr, mein Hauptfach ist Journalismus.«

»Und wie läuft es? Weißt du schon, wie es nach dem Abschluss für dich weitergeht?«

Ich blicke hinüber zu Zach. »Es gibt da etwas, was mich vielleicht interessieren könnte.«

»Hast du Geschwister?«, will Jack wissen.

»Einen älteren Bruder. Er ist Lehrer und arbeitet am anderen Ende der Stadt, in der ich wohne.«

»Was unterrichtet er?«

»Mathematik an der Unterstufe. Er liebt seinen Job.«

»Ich wollte auch mal Lehrer werden«, wirft Zach ein.

»Tatsächlich?«

Er nickt. »Hätte mir einen Mordsspaß gemacht, diese Gören mit Hausaufgaben zu überhäufen.«

»Ich wette, du würdest alle Mädels schwach machen mit dieser sexy Brille.« Ich schlage mir selbst auf den Mund und blicke schuldbewusst in Jacks Richtung. »O verflixt. Tut mir leid«, murmele ich.

Jack lacht. »Ich bitte dich, Schätzchen, das Aussehen hat er von mir und ich bin nicht übel.«

»Von wegen nicht übel«, brummt Rose, bevor sie sich umdreht und zurück in die Küche geht.

Ihr Mann springt von der Couch, eilt ihr nach und redet die ganze Zeit auf sie ein, wie »attraktiv und sexy« er immer noch sei.

Zach grinst von einem Ohr zum anderen, stolz auf seinen Papa. »Und du findest mich schon unmöglich.«

»Du bist schlimmer als er, glaub mir. Wie wär's, wenn du mich jetzt durch diese Doppeltür hinausführst und mir die Terrasse zeigst, die ich von hier sehen kann. Ich will auf diesem Zweisitzer sitzen und schaukeln.«

Wir gehen hinaus und machen genau das, kuscheln uns aneinander und genießen den Augenblick.

»Es ist so friedlich hier draußen, so anders als dort, wo wir leben.«

»Würdest du jemals so weit draußen leben wollen?«, fragt Zach.

»Hmm ... wahrscheinlich nicht. Ich würde das Essen auf Bestellung zu sehr vermissen.«

Er lacht. »Typisch.«

Ich zwicke ihn in die Brustwarze und er quietscht. »Du findest dich selbst ja so smart, was?«

»Ich kenne dich einfach, das ist alles.«

»Soso, du kennst mich?« Ich setze mich aufrecht und blicke ihn an. »Was ist meine Lieblingsfarbe?«

»Blaugrün.«

»Wegen meinem Zimmer, nicht wahr?« Er nickt. »Was esse ich am liebsten?«

»Alles.«

»HA! Falsch! Brownies wäre richtig.«

»Wirklich?«

»Ja. Nun ja … meistens.«

»Schwindlerin.«

Ich zucke mit den Achseln. »Du weißt nur oberflächliche Dinge über mich. Nenne mir etwas anderes.«

»Du bist richtig gut im Küssen.«

»Das stimmt.«

»Du hast gerne das letzte Wort.«

»Hm. Okay, okay, mach weiter.«

»Du wirst rot … ziemlich oft. Und du verhältst dich komisch, wenn du versuchst einzuschlafen; dann zuckst du zusammen. Hat mich übrigens zu Tode erschreckt, als ich es zum ersten Mal erlebt habe. Du hebst deine linke Augenbraue, wenn du dich wirklich stark auf etwas konzentrierst und, auch wenn du kaum darüber redest, du hast Angst vor der Zukunft, hast Angst, dich für das falsche Hauptfach entschieden zu haben.«

Ich blinzle ein paarmal, dann schaue ich Zach an, als wüsste ich nicht, wer er ist.

Aber er weiß, wer ich bin. Er kennt mich und mein Herz macht einen Sprung. Ich kann es richtig spüren; es ist gerade erweckt worden und es sagt mir, ich könnte Zach lieben, Zach könnte es sein.

Er beugt sich zu mir herüber. »Siehst du, Delia, ich kenne dich.«

Ich nicke. Meine Kehle ist ganz eng vor lauter Gefühl. Ich befürchte, dass, wenn ich jetzt etwas sage, die Tränen fließen, die ich auch so schon kaum zurückhalten kann.

Aber das würde ihn nur verschrecken.

»Ich kenne dich auch, Zach.«

»So?«

»Oh, ja. Du hast dieses Lächeln, mit dem du übers ganze Gesicht strahlst, und dann noch ein ganz anderes, ein frecheres, eins bei dem sich Grübchen bilden.« Ich grinse vielsagend. »Das habe ich am liebsten. Außerdem hast du auch gern das letzte Wort – ich schätze, in der Hinsicht sind wir beide verdorben. Du neigst dazu, mit einem Mundwinkel zu zucken, wenn du etwas lustig findest, und auch wenn du total selbstbewusst tust, machst du dir insgeheim Sorgen, dass dich die Leute negativ bewerten, weil du ein Nerd bist.«

Wie vorhergesehen erscheint das Grübchen. »Aha.«

»Aha.«

»Du meinst also, du kennst mich?«

»Oh, ich kenne dich, Zach. Ich kenne dich.«

Seine Lippen berühren meine. Es ist ein langsamer, zarter Kuss, aber trotzdem sehr erregend.

Zach löst sich von mir. »Ich bin froh, dass du mich kennst, Delia«, flüstert er.

Die Hintertür des Hauses öffnet sich und Jack kommt heraus.

»Hey, hilf die Sachen deines Bruders ins Haus zu tragen. Er hat Wäsche mitgebracht.«

Zach seufzt, als sein Vater ihn abkommandiert, und erhebt sich von der Schaukel. »Wirklich merkwürdig. Ich bin nämlich sicher, dass es da unten im Süden Waschsalons gibt, nicht wahr, Delia?«

»Ja, ich habe selbst hin und wieder einen benutzt.«

Er dreht sich zu Rose um, lässt seine Fingerknöchel knacken und tut, als würde er seinen Nacken lockern. »Keine Sorge, ich werde ihm schon den Kopf zurechtsetzen.«

»Pass auf sein Gesicht auf – es ist alles, was ihm Punkte einbringt«, scherzt sie und geht mit Zach ins Haus, sodass ich mit Jack allein bin.

»Ihr habt ein tolles Haus, Jack. Danke für die Einladung.«

»Oh, kein Problem. Es ist gut, Zach so glücklich zu sehen. Ich mache mir immer Sorgen, dass er zu viel Zeit in seinem Keller verbringt, besonders seitdem seine letzte Beziehung zerbrochen ist, aber die Frau war sowieso nicht gut für ihn.«

Ein Schauer läuft mir über den Rücken, denn bei der Erwähnung von Zachs Keller muss ich daran denken, was wir dort getan haben.

»Ihr habt einen wundervollen Sohn – total eingebildet, aber wundervoll.«

»Das hat er von Rose. Ich kann mir gar nicht vorstellen, jemals so eitel zu sein.« Er zwinkert mir zu und lacht.

Rose kommt wieder heraus, diesmal mit einem Tablett mit Getränken. Sie trägt immer noch diesen Pyjama. Ich stehe auf, um ihr behilflich zu sein, aber sie winkt ab.

»Unsinn«, sagt sie. »Du bist hier zu Gast. Bleib sitzen.«

»Man hat mich gewarnt, dass ich mich fürs Essen umziehen soll«, sage ich. »Es soll wohl so eine Art Wettessen werden?«

»Jedes Jahr, solange wir denken können.«

»Habt ihr jemals alles bis zum letzten Krümel aufgegessen?«

Sie nicken beide begeistert.

»Mehrere Male. Meistens, wenn einer der Jungen einen Gast mitgebrach hat, aber das ist schon ein paar Jahre her. Keiner von beiden hat in letzter Zeit jemanden mitgebracht, und ich schätze, das ist umso besser.« Rose lächelt mir zu. »Sie sparen sich die wirklich wichtigen Gäste für die Feiertage auf.«

Mein Gesicht wird heiß und ich denke daran, dass Zach gesagt hat, ich würde oft rot werden. Hm.

Er kommt zurück auf die Terrasse geschlendert und deutet aufs Haus. »Er wird gleich rauskommen. Er benutzt mein Handy, weil seines keinen Akku mehr hat und er seinen Agenten zurückrufen muss.«

»Agent?«, frage ich.

Jack nickt. »Sportagent. Baseball. Er ist verdammt talentiert.«

»Dein Sohn oder der Agent?«

Wir lachen alle.

»Slu...«

»Redet ihr gerade über mich?«

Was zum Teufel? Ich kenne ihn.

Das ist Shep – der Shep.

Meine Augen werden zu schmalen Schlitzen, als ich ihn böse anstarre.

Nach Zoes Traumdate mit ihm hat Shep ihr weiterhin den Hof gemacht, hat Blumen und kleine Nachrichten an ihrem Auto hinterlassen, hat ihr die süßesten Textbotschaften geschickt. Sie war total hingerissen von ihm. Er sei anders, meinte sie.

Sie hat sich noch zweimal mit ihm getroffen und nach dem dritten Date hat sie mit ihm geschlafen.

Und seitdem keinen Ton mehr von ihm gehört.

Als sie ihm auf dem Parkplatz auflauerte, sagte er nur, er ›habe keine Zeit für noch so eine anhängliche Freundin‹.

Wenn es eines gibt, was Zoe nicht ist, dann anhänglich.

Seitdem ist sie am Boden zerstört.

»Wir haben gerade davon geredet, wie eingebildet du bist«, sagt Zach.

»Witzig, dass gerade du das sagst«, bemerke ich.

Shep blickt in meine Richtung, endlich. »Hey, wer ist das?«

Ich will die Augen verdrehen, will schreien, du hattest Sex mit meiner besten Freundin und dann hast du sie reingelegt, du Arschloch! Aber ich tue es nicht.

Stattdessen stehe ich auf und strecke die Hand aus. »Delia. Wir sind am selben College.«

Er reißt die Augen auf. »Calebs Mädchen, richtig?«

»Ex, ja stimmt. Wir sind uns ein- oder zweimal auf Partys begegnet.«

»Und du bist jetzt hier mit ...«, er deutet auf seinen Bruder, »... dem da?«

Ich nicke und drehe kurz den Kopf in Zachs Richtung. Er sitzt auf der Schaukel und grinst mich an. »Du warst mit Caleb zusammen? Er ist der Ex, von dem du erzählt hast?«

»Kennst du ihn?«

»Ich bin ihm ein paarmal begegnet«, erwidert er achselzuckend. »Ich habe nicht damit gerechnet, dass dein Ex ein toller Baseballstar ist.«

Ich setze mich zu ihm und drücke mich an ihn. »Ich habe nicht schon immer auf Nerds gestanden.«

»Erst seit mir?«

Ich grinse. »Erst seit dir.«

Kapitel 19

»Willst du eine interessante Geschichte über deinen Bruder hören?«

Wir sind jetzt in unserem Zimmer. Ich wechsle in mein Thanksgiving-Outfit – einen Pyjama –, während Zach Marshmallow füttert und ihm ein wenig Auslauf im Zimmer gibt.

»Oh Gott. Wird mich das wütend machen? Was hat der kleine Mistkerl wieder angerichtet?«

»Es hat mit Zoe zu tun.«

»Lass mich raten, sie hat ihn warten lassen, er hat sie umgarnt, bis sie Sex mit ihm hatte. Dann ist er aus ihrem Leben verschwunden mit der Begründung, er sei zu beschäftigt für eine anhängliche Freundin oder so etwas in der Art.«

Ich verharre in der Bewegung – das Oberteil hängt an meinen Unterarmen – und blicke Zach an. »Genau das ist passiert.«

Zach stößt einen Seufzer aus. »Das ist seine Vorgehensweise. Ich werde mit ihm reden. Wir werden mit den Fäusten kommunizieren.«

Ich ziehe mir das Oberteil über den Kopf, froh, dass ich

daran gedacht habe, einen vollständigen Pyjama einzupacken. »Spar dir die Mühe. Zoe wird darüber hinwegkommen. Sie ist ziemlich zäh.«

»Aber was ist mit all den anderen?«

Ich lächle. »Oh, ich habe bei einigen miterlebt, dass sie ihr Messer ansetzen konnten.«

Zach schmunzelt. »Gut. Aber trotzdem, ich muss Slug irgendwie Manieren beibringen. Diese Baseball-Sache steigt ihm zu Kopf. An der Highschool war er nicht so. Er hatte eine feste Freundin und so weiter.«

»Vielleicht hat die ihm das Herz gebrochen und jetzt rächt er sich an der gesamten Weiblichkeit?«

»Da könntest du recht haben.«

»Warum hat er einen anderen Nachnamen?«, erkundige ich mich.

»Er hat den von seinem Vater behalten. Er ist der Einzige in der Familie, der nicht Hastings heißt.«

»Das muss sich doch irgendwie ...«

»Komisch anfühlen? Manchmal. Ich glaube, er fühlt sich deswegen wie ein Ausgestoßener, aber er hat ja die Entscheidung getroffen, den Namen zu behalten, also ist es sein Problem.« Zach setzt einen pappsatten Marshmallow zurück in den Käfig und wirft mir einen Blick zu. »Ist das wirklich dein Pyjama?«

Ich blicke an mir herab und sehe nichts Verkehrtes daran. »Ja.«

»Und du willst ihn beim Abendessen tragen?«

»Ja.«

Er schüttelt den Kopf und grinst. »Meine Mutter wird dich lieben.«

»Zoe hat das für mich entworfen, sie hat es von Hand gezeichnet und letztes Weihnachten drucken lassen.«

»Sie kann zeichnen?«

Ich nicke. »Sie hat Kunst als Hauptfach.«

»Was du nicht sagst. Ich hatte ja keine Ahnung.«

»Sie ist schrullig und redet nicht gern darüber. Ich verstehe allerdings nicht, wieso. Sie ist verdammt talentiert.«

Zach deutet auf meinen Pyjama. »Allerdings.«

»Essen!«, ruft Rose die Treppe hinauf.

Ich werfe Zach einen schnellen Blick zu. »Wer zuerst ...?«

»Eins ... zwei ...«

Er flitzt durch die Tür.

»Das gilt nicht!«, schreie ich und flitze hinterher.

Wir rennen die Stufen hinab, schlittern um das Treppengeländer herum und ins erste Wohnzimmer. Dort gewinnt das Kind in mir die Oberhand und ich gebe Zach einen Schubs.

Er taumelt und landet – Gesicht voraus – auf dem Boden.

»Aaauu«, stöhnt er.

Er rührt sich nicht und ich bekomme ein schlechtes Gewissen, weil ich ihn geschubst habe.

Ich gehe zurück und stoße ihn sachte mit dem Fuß an. »Alles okay?«

Er bewegt die Lippen, aber ich kann nichts verstehen, also beuge ich mich tief hinab zu seinem reglosen Körper. »Was?«

Er hebt den Kopf. »Ich habe gesagt ... böses Mädchen.«

Dann packt er mein Bein und zieht es mir unter dem Körper weg. Im nächsten Moment bin ich unter dem Gewicht seines Körpers gefangen. »Aber ich gewinne dieses Rennen.«

Er drückt einen Kuss auf meine Lippen, steht auf und rennt weiter. Ich bleibe verblüfft auf dem Boden liegen.

Ich höre, wie er seinen Stuhl rückt und weiß, er hat gewonnen.

Stöhnend mache ich mich auf den Weg ins Esszimmer, wo Zach sich für seine tolle Performance gerade selbst auf die Schultern klopft. Jack grinst uns an.

»Musstest du eine Rede halten für die Filmakademie?«

Ich setze mich auf den Platz neben ihm, als Rose mit dem Truthahn hereinkommt.

»Dein Pyjama!«, ruft sie und lässt fast die Platte fallen.

»Komm her, Babe.« Jack steht auf und ist Rose behilflich. »Holst du noch das Messer?«

Sie winkt ab. »Wen interessiert das jetzt? Sie hat *Ryan Gosling* auf dem Pyjama. Hey, Mädchen! Den will ich auch haben. Kauf so einen für mich.«

Jack seufzt und dreht sich zu mir um. »Wo hast du den gekauft, Delia?«

»Meine Freundin Zoe hat ihn für mich gemacht, aber ich werde mit ihr reden, damit sie einen für Rose macht.«

Die klatscht begeistert in die Hände und Jack formt mit den Lippen ein »Danke«, während er zur Tür hinausgeht, um kurz darauf mit einem elektrischen Messer zurückzukommen. Er stellt sich ans Kopfende des Tisches, während Rose gegenüber Platz nimmt.

»Delia, ich weiß, das ist dein erstes Thanksgiving mit

uns. Wir schauen uns an, was auf dem Tisch steht, und nennen unsere Ziele, bevor wir den Truthahn anschneiden.«

»Ziele?«

»Ja. Welche Beilage – oder Beilagen – sollen wir zuerst vertilgen und wie viele Teller willst du gefüllt haben?«

»Diese Familie schlägt alles«, erkläre ich staunend.

»Dein Ziel, Delia.« Zach schnippt mit den Fingern. »Wir hören.«

»Ich glaube, wir sollten den Auflauf zuerst essen, weniger Kohlenhydrate.«

»Und Anzahl der Teller? Mit wie vielen willst du dich an diesem Festmahl beteiligen?«

»Mein Ziel ist ... drei Teller.«

»Was für ein Weichei«, bemerkt Shep.

Zach lehnt sich auf seinem Stuhl zurück. »Ich bin ja so enttäuscht.«

»Was denn? Das ist eine Menge zu essen.«

»Das ist Kinderkram. Wir sind eine Fünf-Teller-Minimum-Familie.«

Ich blicke Zach an, der missbilligend das Gesicht verzieht. »Ich habe dir doch geraten, heute nichts zu essen.«

»Ich werde sterben, nicht wahr?«

»Wahrscheinlich, aber ich verspreche, dein Begräbnis wird amüsant.«

»Da es dein erstes Mal ist, wollen wir es bei drei Tellern gut sein lassen, aber nächstes Mal musst du mehr bieten und wirklich dein Bestes geben wie der Rest der Familie«, scherzt Jack.

Ich lache. »Abgemacht.«

Rose verspricht fünf Teller, Jack sechs und die Brüder verpflichten sich zu jeweils sieben.

»Sieben? Wie wollt ihr sieben Teller vertilgen?«

»Drei oder vier jetzt und die anderen drei oder vier später«, erklärt Zach.

»Man darf das aufteilen?«

»Ja, Schätzchen. Die einzige Regel besteht darin, dass um Mitternacht nichts mehr übrig sein darf. Wir fangen mittags mit dem Essen an und geben uns zwölf Stunden für die gesamte Challenge«, klärt Rose mich auf.

»Und ihr kocht all diese Speisen für diese Challenge?«

Sie nickt. »Jedes Jahr.«

»Aber warum?«

»Weil es Spaß macht! Was denn sonst?«

»Stimmt. Okay, dann bin ich auch mit fünf Tellern dabei.«

Jacks Grinsen wird noch breiter. »So gehörst du bald zum Team, Delia.«

Er schneidet den Truthahn an und wir legen los und füllen unsere Teller.

Einige Minuten lang tun wir nichts anderes als essen. Zu meiner Überraschung schaufelt sich niemand das Essen in den Mund. Alle gehen es langsam und zivilisiert an.

»Wie habt ihr beiden euch kennengelernt?« Shep deutet mit der Gabel auf mich und Zach.

»In der Selbsthilfegruppe für Sexsüchtige.«

»Zachary!«

Er lacht. »Na schön. Ich habe ihr eine Nachricht geschickt in dem Glauben, sie sei eine Kundin, und sie hat geantwortet in dem Glauben, ich sei ihr Bruder. Irgendwann haben wir gemerkt, was da verkehrt gelaufen ist, und haben einfach weitergechattet.«

»Caleb hat erwähnt, dass du keine Zeit verschwendet hast«, bemerkt Shep.

Die Bemerkung ist verletzend, aber ich versuche sie zu vergessen.

»Ich sage immer, vorwärts und aufwärts.« Zach zwinkert mir zu.

»Triffst du dich oft einfach so mit Typen, die dir schreiben?«

»Hey«, ruft Zach und lässt die Gabel fallen. »Hör auf, dich wie ein Arsch zu verhalten. Ich schlage mich mit dir auch an Thanksgiving. Kein Problem.«

Die Brüder starren sich gegenseitig an und ich sehe, wie Zach immer zorniger wird. Das war die zweite grob unhöfliche Bemerkung von Shep innerhalb von einer Minute. Ich weiß nicht, was sein Problem ist, aber ich habe ein Problem damit.

»Pass auf, Slug.« Jacks Ton ist ernst.

»Warum nennen sie dich Slug?«, frage ich.

»Weil sie finden, dass mir mein neuer Baseball-Ruhm zu Kopf steigt. Ich war acht, als alles anfing.«

»Hey, wir haben erst angefangen, dich Slug zu nennen, als du vierzehn warst und dich benommen hast, als ob du der einzige Käse wärst, der stinkt«, korrigiert ihn Jack.

»Ich habe dich ein paarmal spielen sehen und du hast am College einen Ruf. Meine Freundin Zoe sagt, sie kennt dich.«

Seine Augen werden schmal. Da weiß ich, dass er genau weiß, von wem ich rede. »Zoe? Ich kenne keine Zoe. Ist wohl einer meiner weiblichen Fans.«

»Hm, da habe ich dich wohl mit jemandem verwechselt.«

»Hat Zoe ihn als fiesen Typ beschrieben? Falls ja, dann kann sie nur Slug gemeint haben.«

Shep grinst zynisch und isst weiter, wirft mir aber während der gesamten Mahlzeit immer wieder merkwürdige Blicke zu.

Zwei Teller später bin ich fertig. Ich könnte keinen Bissen mehr essen, nicht einmal dann, wenn man mir einen Teller Brownies anbieten würde, und ich liebe Brownies über alles.

Jack und Rose sind auch am Limit, aber die Brüder essen weiter, jeder gerade seinen vierten Teller.

»Wie? Wie könnt ihr euch auch nur einen weiteren Bissen in den Mund schieben?«, frage ich und beobachte Zach, als er genau das tut.

»Jahrelange Übung.«

Er redet langsamer und ich merke, dass sein Bauch bald voll sein wird. Der volle Bauch wird ihn müde machen; ich sehe für die nähere Zukunft ein Nickerchen voraus.

Nachdem er wirklich alles auf seinem Teller verputzt hat, schiebt er diesen von sich weg.

»Kann nicht mehr. Bin fertig. Muss später weitermachen.«

»Wann später?«

»Stunden. Viele, viele Stunden.«

»Ich bin auch fertig. Dad, Spiel?«, fragt Shep.

»Ich schaue mir das Spiel an. Ihr helft eurer Mutter in der Küche.«

Shep brummelt vor sich hin, nimmt aber seinen Teller und marschiert in die Küche. Zach und ich folgen ihm mit unseren und den übrigen Tellern.

»Was habt ihr jungen Leute heute noch vor?«, erkundigt sich Rose, als wir ihr dabei helfen, ein paar Speisen abzudecken und im Kühlschrank zu verstauen.

»Ich habe mir gedacht, ein Nickerchen wäre schön«, sage ich.

»Finde ich auch.«

»Und das übrige Wochenende?«

»Ich will mit Delia zum Diner, ihr einen Milchshake spendieren und vielleicht später zum Flussufer gehen, ihr ein bisschen die Gegend zeigen.«

»Es ist eine schöne kleine Stadt«, sage ich zu Rose.

Sie nickt eifrig. »Dem kann ich nur zustimmen. Ich bin hier übrigens aufgewachsen. Als Jack befördert wurde und die Kinder alt genug waren, sind wir hierher zurückgezogen. Mir gefällt es hier inzwischen noch besser.«

»Was ist an dem Diner so speziell?«

»Die machen Milchshakes, von denen …«

Rose hebt eine Braue. »Ja? Rede weiter, Zach. Was ist mit diesen Milchshakes?«

»Ich habe völlig vergessen, was ich sagen wollte.«

»Aha.« Sie schüttelt den Kopf und geht zum Esszimmer, um mehr Geschirr einzusammeln.

Zach dreht sich zu mir um. »Von denen krieg ich eine Latte.«

»Das habe ich gehört!«, ruft Rose.

Zachs Augen weiten sich und er senkt peinlich berührt den Kopf. Ich muss lachen.

»Lach nicht, Delia.«

»Aber das ist so witzig.«

»Es ist peinlich.«

»Oh, ich bitte dich. Ich wette, sie hat in eurer Teenagerzeit so einige steife Socken eingesammelt. Sie weiß, dass Jungs öfter einen Ständer kriegen, Zach.«

»Ja, das tut sie!«, sagt Rose durch die Tür. Sie stößt sie auf und ich gehe ihr entgegen und nehme ihr die schwersten Schüsseln ab. »Die ist in Ordnung, Zach. Sie ist bodenständig.«

»Ich werde sie wahrscheinlich behalten.«

»Wahrscheinlich?«

»Vielleicht?«

»Zachary ...«

»Jaja. Ich werde sie behalten.«

»Ich glaube, ich sollte dir sagen, dass du die einzige Person bist, der er jemals erlaubt hat, ihn so zu nennen. Er ist oft stinksauer von der Schule heimgekommen, weil seine Lehrer darauf bestanden, dass sein Name nicht einfach nur Zach wäre. Ich musste es ihnen schriftlich geben. Er hat es immer gehasst, anders als mit Zach angesprochen zu werden«, erzählt Rose.

Ich schiele hinüber zu meinem Freund. »Warum lässt du mich Zachary zu dir sagen?«

»Weil du einen tollen Hintern hast.«

Rose lacht. »Tja, ganz sein Dad.«

• • •

»Du meinst also, dieser Milchshake ist der beste, den ich je getrunken habe? Muss ich mit einem Lady-Ständer rechnen?«

Zach schüttelt den Kopf. »Sag nicht Lady-Ständer. Das ist abartig.«

»Klitorektion?«

»Nein. Nein. Das ist noch viel schlimmer.«

»Damenlatte?«

»Versuch's weiter.«

»Sintflut?«

Er schaudert. »Uuuund du bist wirklich total unmöglich.«

»Hier sind die Megashakes. Die Pommes kommen sofort.«

»Danke.«

Die Kellnerin verschwindet und Zach schüttelt den Kopf.

»Ich kann nicht glauben, dass du Pommes frites geordert hast. Wie kannst du nach gestern überhaupt noch etwas essen? Nach sechs Tellern?«

»Es ist eine Begabung.« Ich zucke mit den Achseln, greife nach meinem Strohhalm und stecke ihn in meinen Milchshake. »Ich werde sehr enttäuscht sein, wenn das hier nicht absolut magisch ist.«

»Glaub mir, es ist magisch.«

Ich nehme einen Schluck ... dann noch einen ... und dann noch einen richtig großen. Dann merke ich, dass ich bereits ein Viertel des Shakes intus habe.

»Na, so lecker?«

Zögernd lasse ich den Strohhalm los und seufze. »Ich bin tot. Ich muss tot sein. Das schmeckt einfach zu himmlisch, um wahr zu sein.«

»Hab's dir gesagt.«

»Können wir hier einziehen? Ich meine, hier im Diner? Bitte?«

»Ich glaube, das würde dem Besitzer nicht so gut gefallen«, sagt die Kellnerin, als sie meine Pommes frites serviert. »Ich nehme an, das ist Ihr erster Megashake?«

»Ja, aber es wird nicht mein Letzter sein, vor allem, wenn mich der Besitzer einziehen lässt. Ist er attraktiv? Kann ich ihn umgarnen mit meinem Charme und meinem unverschämt guten Aussehen?«

»Ich werde nachfragen.«

»Hey, Pop!« Ein älterer Mann streckt den Kopf aus der Küche. »Was meinst du? Kann sie dich umgarnen mit – was war es noch?«

»Mein Charme und mein unverschämt gutes Aussehen. Ich will hier einziehen, damit ich einen Milchshake haben kann, wann immer ich will.«

Der Alte grinst, blick zu seiner Tochter und zwinkert. »Schätzchen, du hast gerade deine neue Stiefmutter kennengelernt.«

»Das habe ich gehört!«, ruft eine andere Frau vom Ende des Kassentresens.

Unsere Kellnerin deutet über ihre Schulter. »Das ist meine Mom.«

»Sie hat so ein Glück«, schmolle ich.

Zach verdreht die Augen und ordert noch einen Milchshake für mich, bevor die Kellnerin wieder davoneilt.

»Das war doch nicht nötig.«

»War es nicht? Du meinst, du warst nicht drauf und dran, mit dem alten Mann in der Küche zu verschwinden?«

»Nun ja ..., nein, wahrscheinlich eher nicht ...«

Er schüttelt den Kopf. »Haha. Dachte ich's mir.«

Ich spüre, dass mein Handy vibriert und ziehe es aus meiner Tasche. Zwei verpasste Anrufe, beide von Zoe.

Nanu?

»Alles in Ordnung?«, fragt Zach.

»Ja, nur ein paar verpasste Anrufe von Zoe. Ich rufe sie später zurück. Ich möchte jetzt lieber meine Zeit mit diesem Mega Shake verbringen – ich meine, mit dir.«

Ich lächle Zach zu und seine Grübchen zeigen sich wieder.

Ich glaube, ich werde nie richtig damit klarkommen, wie sehr ich die liebe.

Wie sehr ich ihn lieben könnte.

Ich bin schon dabei, den Halt zu verlieren. Ich kann nur hoffen, dass er mich auffängt, wenn ich falle.

Kapitel 20

»Hallo?«

»D? Wieso flüsterst du?«

»Weil es schon sehr spät ist, Caleb, und alle schlafen. Brauchst du irgendwas?«

»Ich schicke dir jetzt etwas und bitte flipp nicht aus, okay?«

Ich nehme das Handy vom Ohr, um die Zeitanzeige sehen zu können. »Im Ernst, Caleb? Es ist fast Mitternacht und du versuchst, mit mir zu chatten?«

»Zoe versucht dich seit gestern zu erreichen. Hast du schon mit ihr gesprochen?«

Mist. Ich habe sie gar nicht zurückgerufen. Wir haben den Rest des Freitags mit dem Anschauen von Filmen verbracht und später an dem traditionellen Spieleabend teilgenommen, und heute hat Zach mir das Stadtzentrum gezeigt und die vielen entzückenden kleinen Läden, die es dort gibt. Dazu kommt, dass ich hier einen ziemlich schlechten Empfang habe. Ich habe einfach nicht daran gedacht, Zoe zurückzurufen.

»Nein, ich war so beschäftigt. Ich bin hier mit …« Ich überlege, wie ich das am besten formuliere.

»Du bist mit ihm zusammen, nicht wahr? Ich habe doch gesagt, es ist okay.«

»Ja, ich bin mit ihm zusammen.«

»Also, sie konnte dich nicht erreichen, deshalb hat sie mich um Hilfe gebeten. Und das ist jetzt das erste Mal, dass ich Netz habe.«

»Ja, schon gut. Schick jetzt die Nachricht.«

»Du musst mir erst versprechen, nicht auszuflippen.«

Langsam nervt er mich und das ist an meinem lauten Seufzer zu hören. »Versprochen.«

»Okay, guck auf dein Display.«

Ich nehme das Handy vom Ohr und sehe, dass ich eine neue Nachricht von Caleb habe. Ich tippe darauf, um sie zu öffnen.

Und wünschte, ich hätte es nicht getan.

Ich kann nicht atmen. Meine Lungen stellen ihre Funktion ein, als ich auf das Foto blicke – mein Selfie.

Das bin ich.

Nackt.

Es ist genau das Bild, das ich an Zach geschickt habe, an dem Morgen, als wir losgefahren sind.

Ein Wirrwarr von Gefühlen überwältigt mich – Zorn, Schmerz, Verwirrung.

Wie konnte das passieren? Warum sollte Zach mir so übel mitspielen? Wie kommt Caleb zu diesem Bild?

»Woher hast du das Foto?«

»Es breitet sich aus wie ein Buschfeuer. Jeder am College

redet darüber, aber niemand weiß, dass das du bist, D. Ich habe dich nur erkannt, nun ja, weil ich dich schon so gesehen habe, und wegen deinem Tattoo.«

»Und sonst weiß niemand, dass das ich bin?«

»Nicht dass ich wüsste«, erwidert Caleb. Er seufzt. »Es tut mir leid. Ich weiß nicht, was passiert ist. Ich weiß nicht, von wem es kommt, und ich weiß nicht, wieso es sich dermaßen schnell verbreitet, aber wirklich jeder redet darüber.«

»Ich ... mir fehlen im Moment wirklich die Worte.«

»Weißt du, wem du das Bild geschickt hast?«

Ich betrachte den schlafenden Zach und mir kommen die Tränen. »Er liegt neben mir und schläft.«

»Vielleicht war es ein Versehen.«

»Er hat mir versprochen, es gleich zu löschen.«

»Es tut mir so leid, D. Was soll ich tun?«

»Alles, damit es sich nicht noch weiterverbreitet. Bitte. Ich bin morgen früh wieder zu Hause.«

»Ich verspreche, ich werde alles tun, was ich kann.«

»Danke, Caleb. Das bedeutet mir viel.«

»Kein Problem. Und du ... brauchst du jemanden, der dich rettet? Ich kann in Nullkommanichts bei dir sein.«

Ich schüttle den Kopf, obwohl er mich ja nicht sehen kann. »Nein, aber sag Zoe, dass ich morgen wieder da bin, okay?«

»In Ordnung. Versuch zu schlafen, D.«

»Nacht, Caleb.«

Wir beenden das Gespräch. Da sitze ich, total geschockt. Ich weiß nicht, wie ich beschreiben soll, wie ich mich in diesem Augenblick fühle. Als ob ich der Planet Erde wäre und gleichzeitig von einem Tornado, einem Hurrikan und einem Erdbeben heimgesucht würde. Es ist mehr, als ich ertragen kann.

Ich klettere aus dem Bett, vorsichtig, um nicht Zach oder Marshmallow aufzuwecken, und gehe auf Zehenspitzen hinaus und über den Flur zum Badezimmer.

In dem Moment, als ich den Verriegelungsknopf in der Tür herumdrehe, strömen mir die Tränen übers Gesicht. Ich klicke noch einmal auf Calebs Nachricht und betrachte den Screenshot, den er mir geschickt hat.

Da ist der Beweis.

Mein Herz bricht.

Am oberen Rand des Fotos steht »Z« für den Absender und der beigefügte Text lautet: »Das musst du dir ansehen.« Wer immer das geschickt hat, muss es als Screenshot abgespeichert und dann weitergeleitet haben.

Ich kann und kann es einfach nicht begreifen. Ich war mir sicher, dass Zach der Richtige für mich ist. Ob es zwischen uns gefunkt hat? Das Feuerwerk war jedenfalls da und es wurde immer größer – bis zu diesem Augenblick.

Ich lehne mich mit dem Rücken an die Tür und lasse mich daran bis zum Boden abwärtsgleiten, ich muss jetzt einfach sitzen. Ich kann kaum atmen, jedes Einatmen und jedes Ausatmen ist eine Riesenanstrengung. Ich bin am Boden zerstört.

Ich weiß nicht, wie lange ich da schon sitze, als mich ein leises Klopfen an der Tür überrascht.

»Delia? Bist du da drin?«

Schnell wische ich die Tränen weg, die mir immer noch

übers Gesicht strömen, und gebe mir größte Mühe, damit meine Stimme nicht zittert.

»Ja.«

»Alles in Ordnung?«, fragt Zach.

»Ich versuche zu pinkeln.«

»Oh … okay. Das Laken war kalt auf deiner Seite, deshalb dachte ich, du musst schon länger weg sein. Ich wollte nur nachsehen.«

»Alles okay. Ich bin gleich wieder draußen.«

Ich höre ihn weggehen und für einen Moment fühle ich mich schlecht, weil ich ihn anlüge.

Aber das Gefühl ist gleich wieder weg – er ist der Verräter und ich bin die Verratene.

Ich rapple mich auf und blicke in den Spiegel. So wie ich aussehe, kann ich nicht zurück ins Schlafzimmer gehen. Zach wird sofort wissen, dass etwas nicht stimmt, und ich will jetzt, mitten in der Nacht, nicht darüber reden. Morgen werde ich ihm sagen, ich habe Krämpfe und möchte abreisen. Das wird er mir bestimmt abnehmen.

Ich drehe das kalte Wasser auf und wasche mir damit die Tränen vom Gesicht, in der Hoffnung, auch die Schwellungen zum Verschwinden zu bringen.

Ich hole tief Luft und rede mir selbst gut zu, um nicht auf der Stelle aus dem Haus zu rennen. Dann drehe ich den Knopf herum und spähe hinaus auf den Flur.

Als ich das Schlafzimmer betrete, wird mir bewusst, dass es da noch ein Problem gibt:

Ich muss diese Nacht neben Zach verbringen.

Was mich noch elender machen wird.

Ich schlüpfe unter die Decke, bleibe aber ganz am Rand der Matratze liegen, um Zach auf keinen Fall zu berühren.

Aus dem Nichts landet seine Hand auf meiner Schulter, gleitet nach oben und streicht mir das Haar aus dem Nacken. Dann spüre ich dort seine Lippen und mein Körper verrät mich und erwacht zum Leben.

»Delia?« flüstert Zach und ich spüre dabei seine Lippen auf der Haut.

Es klingt für mich gleichzeitig wie Liebe und Verrat, als er meinen Namen ausspricht.

»Ja?«

»Ist wirklich alles in Ordnung?«

»Meine Periode hat angefangen und ich habe schreckliche Krämpfe.«

»Gibt es irgendetwas, was ich tun kann?«

Es ist furchtbar, dass er so lieb ist. Ich werde fast schwach.

Ich komme zu dem Schluss, dass das der Augenblick ist, um die Frage zu stellen. Ich wende Zach das Gesicht zu und setze ein Lächeln auf.

»Ehrlich gesagt … wäre es schlimm, wenn wir gleich morgen früh fahren? Ich habe nicht für meine Periode vorgesorgt und die Blutung ist ziemlich stark.«

Das muss ich Zach lassen – er verzieht keine Miene, als ich so offen über Menstruation spreche.

Er lächelt nur schwach. »Wir machen es so, wie es für dich am besten ist.«

Er drückt mir einen Kuss auf die Stirn und ich muss die

Lider zusammenpressen, weil mir schon wieder die Tränen kommen.

»Schlaf gut, Delia.«

»Schlaf gut, Zach.«

Lebwohl, Zach.

• • •

ZOE: Geht es dir gut?

ICH: Nein. Aber wir fahren gleich los. Ich sollte in ungefähr zwei Stunden zu Hause sein.

ZOE: Wir?

ICH: Ich habe noch nicht mit ihm darüber geredet. Ich habe Angst davor. Ich habe behauptet, ich hätte meine Periode sehr stark und wäre deswegen lieber zu Hause. Zoe, er war total lieb.

ZOE: Aber dieser Screenshot …

ICH: Dieser Screenshot.

»Vielen Dank für alles, Jack. Es war sehr schön, euch kennenzulernen.«

»Nicht so förmlich, mein Schatz. Ich bin sicher, wir sehen uns an Weihnachten.«

Ich bin schon den ganzen Morgen ein reines Nervenbündel, hin- und hergerissen zwischen Zorn und Tränen, aber ich habe es geschafft, mich zusammenzureißen.

Rose umarmt mich und ich erwidere die Geste.

»Komm, wann immer du willst, Delia, und bring auch Marshmallow mit.«

Ich lächle. »Alles klar, Rose.«

Wir umarmen uns alle nacheinander und dann, endlich, gehe ich zur Tür hinaus und bringe unsere Taschen und Marshmallow ins Auto.

»Hast du Lust auf einen Shake, bevor wir losfahren?«

»Nein, danke.«

Zachs Brauen schießen in die Höhe. »Wow. Nicht einmal einer von diesen tollen Milchshakes ... du scheinst dich wirklich nicht gut zu fühlen.«

Ich schüttle nur den Kopf, und er steuert den Wagen auf die Straße.

Ich schalte das Radio ein und halte nur ein paar Minuten durch, bevor ich den Kopf ans Seitenfenster lehne und für den Rest der Fahrt so tue, als würde ich schlafen. Ich kann die Vorstellung, dass Zach versuchen könnte, mit mir zu reden, nicht ertragen.

»Delia? Wir sind in ungefähr zehn Minuten bei deiner Wohnung.«

Ich tue, als würde ich versuchen wach zu werden, sage aber nichts.

Er biegt auf den Parkplatz ein und bringt den Wagen zum Stehen. Keiner von uns rührt sich.

»Ich gehe mal das Risiko ein und behaupte einfach, dass

es nicht nur deine Periode ist, die dir zu schaffen macht. Habe ich etwas Falsches gesagt?«

Es beginnt mit einem Hüsteln, verwandelt sich dann aber in ein lautes Lachen.

Und dann in ein Schluchzen.

»Delia? Was ist los?« Zach streckt die Hand aus, aber ich weiche seiner Berührung aus und mein Schluchzen verwandelt sich wieder in Lachen.

Ich weiß, ich höre mich an wie eine Irre, aber das ist mir egal. Die Wut, die unter der Oberfläche brodelt, droht überzukochen und ich bin kurz davor, die Kontrolle zu verlieren.

Ich fühle mich wie Rotkäppchen vor dem Wolf, nur dass ich nicht kampflos aufgebe.

»Was los ist? Meinst du die Frage wirklich ernst?«

Seine Brauen schieben sich zusammen. »Ja.«

Oh, Zach, wie gut du dich verstellen kannst.

»Ich mache mir Sorgen um dich. Du machst mir langsam Angst. Was ist passiert? Bitte, sag mir, ob ich etwas falsch gemacht habe.«

Oh, Zach, was bist du doch für ein Arschloch.

»Du bist entweder ein hervorragender Schauspieler oder dir macht das hier auf perverse Art Spaß.«

»Was denn? Wovon redest du, verdammt noch mal?«

»Im Ernst, Zach?«

Frustriert wirft er die Hände in die Luft. »Ja, verdammt!«

Ich stoße die Tür auf und springe aus dem Auto, jetzt wirklich außer mir vor Wut.

»Delia! Geh nicht weg! Rede mit mir!«

Ich fische mein Handy aus meiner Handtasche, öffne die

Textnachricht, gehe auf Zach zu und halte es ihm vors Gesicht.

»Das hier, Zach! Das ist der Grund, warum ich sauer bin. Du hast mein privates Foto an deine bescheuerten Freunde geschickt. Erinnerst du dich? Zoe hat gesagt, ich sei verrückt, aber ich habe das ignoriert. Tja, rate, was sich auf dem ganzen Campus verbreitet hat.« Ich schüttle das Handy. »Das hier! Letzte Nacht habe ich einen Anruf von Caleb bekommen – meinem Ex-Freund. Er hat mich informiert.«

Ich drehe das Display zu mir herum und betrachte das Foto, das mir das Herz gebrochen hat.

»Ich dachte, du bist der eine Mensch, dem ich vertrauen kann. Ich dachte, bei dir wäre ich in Sicherheit. Du hast versprochen, du würdest mir nie-niemals wehtun.« Ich schniefe und wische eine Träne weg. »Ich habe dir wirklich vertraut und wie hast du mir das gedankt? Das ist es, was am meisten wehtut – nicht, dass das Foto geteilt wird und der halbe Campus mich nackt gesehen hat. Sondern dass du mich auf die schlimmste Art verraten hast.«

Wir stecken fest in einem stummen Schlagabtausch, als würden wir auf Zehenspitzen um ein Schlachtfeld herumschleichen.

Als ich endlich den Mut aufbringe, Zach in die Augen zu sehen, macht mich das, was ich sehe, erst recht sprachlos.

Zorn.

»Du kennst mich überhaupt nicht.«

Und dann ist er auch schon weg und ich stehe da und habe mehr offene Fragen als zuvor.

Kapitel 21

»Ich kann es nicht fassen. Ich dachte, er sei einer von den Guten. Ich habe geglaubt, er – du weißt schon – könnte der richtige Mann für dich sein.«

Ich nicke. »Ich auch, Zoe. Ich auch.«

»Und du sagst, er war wütend, als du ihn damit konfrontiert hast? Wütend, weil er erwischt worden ist?«

»Nein. Es war, als ob er wütend auf mich wäre – was ja wirklich angesichts der Situation ganz schön dreist wäre.«

»Ich kapiere das einfach nicht.«

»Ich auch nicht.«

Zoe fährt mir mit den Fingern durchs Haar. Seit meiner Rückkehr gestern liege ich auf der Couch und heule wegen Zach oder bin wütend auf Zach. Weder sie noch ich haben montags Unterricht und Zoe ist seit einer Stunde wieder zu Hause.

Seitdem liegt mein Kopf auf ihrem Schoß.

»Glaubst du ... glaubst du, du wirst jemals wieder ein Wort mit ihm reden?«

»Ich weiß nicht. Im Moment bin ich einfach total fertig. Alles, was ich will, ist Eiscreme essen und heulen.«

»Beim Heulen kann ich dir helfen, aber die Eiscreme ist leer.«

Ich wimmere. »Warum ist die ganze Welt gegen mich?«

Es klopft an der Tür und wir sehen uns an. Weder sie noch ich erwarten Besuch.

Ich erhebe mich von der Couch und gehe zu Tür, blicke aber erst einmal durch den Spion.

Mit einem überraschten Laut drehe ich mich zu Zoe um. »Du wirst nie erraten, wer da draußen steht.«

»Chris Pratt? Hat er unseren Ruf nach Eiscreme erhört?«

Ich öffne die Tür und begrüße unseren Gast.

»Caleb ... was machst du denn hier?«

Er hält eine braune Papiertüte in die Höhe. »Ich habe mir gedacht, ihr könnt vielleicht das hier gebrauchen.«

»Ist das Eiscreme?« Er nickt. »Warum nur konnte ich dich nicht lieben?«

Lachend geht er an mir vorbei in die Wohnung. »Zoe.«

Sie lächelt. »Caleb.«

»Ich wollte mal nach dir sehen, D. Wie geht's dir so?«

»Ehrlich? Nicht so gut. Ich habe Zach – so heißt er – gestern Morgen konfrontiert. Ich habe geweint und ihm das Foto gezeigt. Er war wütend und hat sich komisch verhalten, dann ist er gegangen. Jetzt weiß ich nicht, ob ich sauer bin oder verwirrt oder zu Tode betrübt.«

Caleb nimmt mich in die Arme und kann nicht verhindern, dass schon wieder Tränen fließen.

»Es tut mir so leid, dass ich nicht schon früher gekommen bin. Ich habe zur Schadensbegrenzung alles getan, was in meiner Macht stand, das ganze Wochenende und heute

Morgen im Unterricht. Ich habe allen, die ich kenne, geschrieben oder sie angerufen und versucht herauszufinden, wer es an wen geschickt hat.«

»Danke, Caleb. Das weiß ich wirklich zu schätzen.« Ich löse mich von ihm und wische mir über die Augen. »Komm, setz dich. Füttere uns mit Eiscreme.«

Ich renne in die Küche, um ein paar Löffel zu holen, kehre zur Couch zurück und setze mich zwischen Caleb und Zoe.

Es ist nicht das erste Mal, dass Caleb uns Eis bringt, wir haben schon früher so zusammengesessen. Heute hat er sogar unsere drei Lieblingssorten dabei.

Ich könnte ihn schon wieder umarmen.

»Wie war übrigens euer Thanksgiving? Hat sonst noch jemand Nacktbilder von sich selbst mit dem ganzen Campus geteilt, oder nur ich?«

Sie schmunzeln und ich versuche, nicht zu heulen.

»Bei mir war es okay, ich bin nach Hause gefahren, meine Familie besuchen«, sagt Caleb mit dem Mund voller Eiscreme.

»Bei mir war es ungefähr das Gleiche. Allerdings hatte ich das Vergnügen, meinen Onkeln bei einem Faustkampf zuzusehen. Das war nicht schlecht.«

»Bei unserem Thanksgiving-Essen wäre es auch fast zu einer Schlägerei gekommen. – Ach ja!« Ich schlage mir mit der flachen Hand auf die Stirn. »Das habe ich ganz vergessen, euch zu erzählen. Dreimal dürft ihr raten, wer Zachs Bruder ist.«

»Wer denn?«

»Shep.«

Zoe sitzt plötzlich kerzengerade. »Der Shep?«

Ich nicke. »Derjenige, welcher.«

»Wow. Ich ... Wow!« Sie lehnt sich wieder zurück und schiebt sich einen sehr vollen Löffel in den Mund.

Shep ist immer noch ein heikles Thema für sie. Ich muss ihr nachher erzählen, wie Zach sich bemüht hat, ihre Ehre zu verteidigen und sogar bereit war, sich wegen ihr mit Shep zu prügeln.

»Ich weiß. Ich hatte keine Ahnung. Sie nennen ihn ...«

»Slug«, ergänzt Caleb. »Verdammt, verdammt. Ich kenne übrigens deinen Freund, D. Zach Hastings, Computer-Nerd, dem man es nicht ansieht?«

»Er hat erwähnt, dass er dir ein paarmal begegnet ist. Er war geschockt, dass ich von einem Baseballspieler zu ihm gewechselt bin.«

Caleb schiebt sich einen weiteren Löffel Eiscreme in den Mund und schüttelt den Kopf.

»D, ich muss dir etwas sagen ... Ich glaube nicht, dass Zach das getan hat.«

»Wieso sagst du das? Ich meine, du hast den Text gelesen. Der Absender war ›Z‹. Das ist eindeutig.«

»Ich weiß, ich weiß.« Er beugt sich vor und stellt seine Eiscreme auf dem Couchtisch ab. »Hör mir erst mal zu. Besteht auch nur im Entferntesten die Möglichkeit, dass jemand anders sein Handy in der Hand hatte? Jemand, von dem wir alle wissen, dass er ein hinterhältiger, mieser Schleimer und Angeber ist?«

Bei Calebs Worten macht es plötzlich klick. »Du meinst, Shep war das?« Er nickt. »Aber warum?«

»Tja, weil er eben Shep ist«, sagt Zoe und beugt sich ebenfalls vor. »Das ergibt Sinn, D. Der Typ ist ein totaler Widerling und wenn man ihn reizt, schlägt er zurück.«

»Das ist kein Witz. Er hat üble Dinge getan mit Frauen, die nicht auf seinen Mist hereingefallen sind, und er brüstet sich sogar damit, wenn wir uns für die Spiele umziehen. Ich hasse den Kerl.«

»Hast du ihn gereizt?«, fragt Zoe.

»Nein? Ich meine, ich habe dich erwähnt und er hat ziemlich mies darauf reagiert, aber abgesehen davon, nein.«

»Ich frage mich, ob er Zachs Handy davor oder danach in der Hand hatte.«

»Ich wette, danach«, sagt Caleb. Er springt auf und beginnt, im Zimmer auf- und abzugehen. »Ich würde am liebsten rüber zum Campus gehen, diesen Mistkerl aus dem Unterricht herausholen und ihn zur Besinnung prügeln für das, was er getan hat.«

»Beruhige dich. Wir wissen ja nicht sicher, ob er es war.«

»Ich weiß nicht, D. Was Caleb sagt, ergibt wirklich Sinn und ich habe das Gefühl, er war es«, meint Zoe. »Außerdem hast du ja selbst gesagt, dass du dir nicht vorstellen kannst, dass Zach das getan hat. Für mich hat er überhaupt nichts Boshaftes an sich.«

»Als ich ihn kennengelernt habe, hat er den ganzen Abend von einer Non-Profit-Organisation erzählt, die er gründen will«, sagt Caleb zu mir.

»Du weißt, wie das angefangen hat, oder?« Caleb schüttelt den Kopf. »Es hat damit angefangen, dass Zach an der Highschool eine App entwickelt hat, so eine Date-Bewertungs-App. Die Sache ist außer Kontrolle geraten und hat einige Tragödien verursacht.«

»Du glaubst also, er wäre imstande, ein Nacktfoto von seiner Freundin weiterzuverbreiten, weil er an der Highschool diesen Mist gebaut hat?«, erwidert Caleb.

Nun ja ... nein, eigentlich glaube ich das gar nicht. Deshalb macht mich die ganze Sache ja auch so fertig. Als Zach mir die Geschichte von damals erzählt hat, habe ich selbst gespürt, wie schuldig er sich deswegen fühlt. Es hat ihm mehr als leidgetan, dass das jemals passiert ist. Wenn er über sein *Embody-Positivity*-Projekt spricht, wirkt er ziemlich emotional.

Ich glaube nicht, dass er es getan hat.

Und ich bin eine verdammt blöde Kuh, weil ich ihm das unterstellt habe.

Mist. Ich glaube, ich habe das Beste, was mir je passiert ist, kaputt gemacht.

Ich stoße einen schweren Seufzer aus und lasse mich gegen die Rückenlehne der Couch fallen. »Ich bin so eine Idiotin.«

»Bist du nicht. Die Beweise waren ja eigentlich eindeutig. Außerdem ist bis jetzt alles nur Theorie. Wir haben keinerlei konkreten Beweis, dass es Shep war.«

»Wie bekommen wir den?«

Caleb geht weiter auf und ab und murmelt vor sich hin. Weder ich noch Zoe verstehen, was er sagt. Wir sitzen auf der Couch und schauen zu, während er einen Plan ausheckt.

Endlich dreht er sich zu uns um und stemmt die Hände in die Hüften. »Ich kümmere mich darum.«

»Okay.«

»Aber, D? Falls sich herausstellt, dass er es doch nicht war, der das Foto geteilt hat – allerdings bin ich ziemlich sicher, dass das sehr unwahrscheinlich ist – dann solltest du darauf vorbereitet sein.«

Mein Mund wird trocken bei der Vorstellung. Ich war so fasziniert von der Theorie, dass Zach unschuldig ist, dass ich gar nicht mehr daran gedacht habe, dass er doch schuldig sein könnte.

Mein Magen zieht sich zusammen.

»Das werde ich, Caleb.«

• • •

Mein Wecker klingelt und ich packe ihn und werfe ihn quer durchs Zimmer.

Ich will nicht zum Unterricht heute Morgen. Ich kann nicht.

Ich bin nicht bereit, all diesen Leuten zu begegnen. Ich weiß, im Unterricht wird mindestens eine Person sitzen, die das Foto gesehen hat. Caleb sagt, niemand wüsste, wer das Mädchen auf dem Foto ist, aber ich weiß es und jedes Mal, wenn mich jemand anguckt, werde ich mich fragen, ob er oder sie es auch weiß.

Ich schließe die Augen und versuche wieder einzuschlafen, aber es funktioniert nicht.

Ich kann nicht schlafen.

Die ganze Nacht habe ich mich schon hin und her gewälzt. Mein Gott, ich habe keine Nacht mehr richtig geschlafen, seit Freitag – ihr wisst schon, bevor meine Welt eingestürzt ist und so weiter.

Rein aus Gewohnheit greife ich nach meinem Handy und suche nach einer Nachricht von Zach.

Ich habe mich in den letzten Tagen öfter dabei ertappt, als ich sagen kann. Wenn du mit jemandem monatelang nonstop Nachrichten austauschst, dann gewöhnst du dich an die Person und wenn diese aus deinem Leben gerissen wird, fällst du in ein tiefes, dunkles Loch.

Es gelingt mir, mich vom Bett aufzurappeln, als Zoe hereinstürmt.

»Gut, dass du auf bist.«

»Nicht mehr lange«, brumme ich.

»Oh, doch. Du gehst heute zum Unterricht. Keine Widerrede.«

»Nein, auf keinen Fall.« Ich werfe mich zurück auf die Matratze und ziehe die Decke bis über den Kopf.

Zoe zerrt daran und versucht mit aller Kraft, sie mir wegzuziehen. Der Stoff gleitet mir durch die Finger. Sie hat gewonnen.

Ich bleibe liegen.

»Los, komm schon. Caleb sagt, niemand weiß, dass du es bist, und ich glaube ihm. Es gab keinen Hinweis darauf, wer auf dem Foto ist, und niemand auf dem Campus, außer Caleb, hat dich jemals nackt gesehen. Du weißt, dass das Geheimnis bei ihm sicher ist. Also, aufstehen!«

»Niemals!«

Sie springt aufs Bett und hüpft herum – so heftig, dass ich durch das Auf und Ab auf der Matratze durchgeschüttelt werde.

Es dauert nicht lange, bis ich kichere, und das fühlt sich wundervoll an. Ich habe seit Tagen keine Lust mehr zum Lachen gehabt, dabei lache ich furchtbar gern.

»Stopp, stopp, stopp! Du machst sonst mein Bett kaputt und dann musst du mir ein neues kaufen.«

Sie lässt sich neben mir aufs Bett fallen und schaut mich mit Hundeblick von unten herauf an. »Bitte komm zum Unterricht. Bitte. Ich verspreche, ich werde außer in den Unterrichtsstunden nicht von deiner Seite weichen. Ich gehe mit dir und hole dich gleich danach an der Tür ab, du musst den Walk of Shame nicht alleine gehen.«

»Walk of Shame? Ich dachte, niemand weiß etwas.«

»Stimmt, aber ich kenne dich – du wirst denken, alle haben den Röntgenblick und können deine Brüste sehen und werden daran erkennen, dass du die Frau auf dem Foto bist. Außerdem, können wir bitte darüber reden, dass man auf keinen Fall sexy Fotos von sich selbst auf andere Handys verschickt? Man macht das mit SnapChat, dann verschwindet es ganz schnell.«

»Hast du viele Nacktbilder von dir verschickt?«

Sie zuckt mit den Achseln. »Kann sein. Du weißt ja, ich habe diese umwerfenden Brüste.«

Ich schüttle den Kopf und drücke mich von der Matratze ab, bis ich auf den Knien sitze. »Also gut, ich gehe zum Unterricht, aber du musst wirklich bis zur Tür und zurück mit mir gehen. Ich will auf keinen Fall Shep begegnen.«

»Abgemacht. Jetzt geh duschen. Du bist echt reif dafür.«

Ich hebe einen Arm und schnuppere. »Oh … ja. Wird sofort erledigt.«

Ich gehe durch den Raum und öffne die Schublade meiner Kommode. Plötzlich werde ich von Erinnerungen überwältigt – an Zach und mich und einen gewissen Abend, an dem ich vor dieser Kommode gestanden habe.

Die Tränen rinnen mir übers Gesicht und meine Schultern zucken, ohne dass ich einen Laut von mir gebe.

Zoe schlingt von hinten die Arme um mich und ich lasse mich trösten.

»Es wird alles gut, D. Das verspreche ich dir. Wir werden herausfinden, wer der Schuldige ist, und den werde ich dann ganz, ganz fest in den Hintern treten.«

»Du bist wirklich eine gute beste Freundin, Zoe.«

»Ich weiß.« Sie schmatzt mir einen Kuss auf die Wange. »Und jetzt geh duschen, du Stinktier. Der Unterricht fängt in fünfundvierzig Minuten an.«

• • •

Als ich mich auf meinem Sitz niederlasse, tue ich es schon wieder.

Ich checke mein Handy.

Nichts von Zach – nicht, dass ich wirklich damit rechnen würde, aber trotzdem.

Caleb kommt im letzten Moment hereingestürmt und setzt sich auf den leeren Platz neben mir.

»Wie geht es dir?«

Ich hebe eine Schulter. »So wie erwartet, schätze ich. Ich habe das Gefühl, alle sind plötzlich zu X-Men geworden und alle mit derselben Mutation: Röntgenblick.«

»Na, hör auf, dir Sorgen zu machen. Niemand hat die geringste Ahnung. Ich habe mich im Praktikum heute Morgen umgehört, ob irgendjemand einen Verdacht hat, wer auf dem Foto sein könnte.«

»Und?«

»Niemand hat eine Ahnung, allerdings konnten sie einfach den Mund nicht halten, was das doch für eine heiße Braut ist.«

Er zwinkert mir zu, aber ich habe nicht einmal genug Energie, um mich geschmeichelt zu fühlen. Außerdem bin ich viel zu wütend auf diese Typen, die das Foto herumreichen. Ich meine, wer empfängt ein Nacktfoto von jemandem, den er oder sie nicht kennt, und gibt es weiter?

Die allerletzten Typen, die tun so was.

»Hast du schon eine Ahnung, wie du den Fall lösen willst?«

Caleb wirft mir nur einen Blick zu, ohne meine Frage zu beantworten. »Darüber reden wir später.«

Mir rutscht das Herz in die Hose.

Das klingt nicht gut.

Während des ganzen Unterrichts bin ich unkonzentriert und total unaufmerksam. Mein Kopf ist voll von allem Möglichen, nur nicht von dem, was der Dozent von sich gibt.

Ich versuche, mit Willenskraft die Zeit vorwärtszudrehen, aber je häufiger ich die Augen schließe und bete, desto langsamer vergeht sie, also gebe ich auf und beschränke mich darauf, mein Notebook anzustarren.

Zum Glück bearbeitet Caleb wie verrückt die Tastatur seines Laptops; ich werde ihn später um seine Notizen bitten müssen.

Meine Finger bewegen sich wie von selbst zu dem Handy, das auf dem Tisch vor mir liegt. Ich drücke die Home-Taste und das Display leuchtet auf.

Kein Anruf.

Keine Textnachricht.

Keine Hoffnung.

Endlich ist die Vorlesung zu Ende. Jeder sammelt seine Sachen ein und eilt hinaus, um nicht hinter denen Schlange stehen zu müssen, die sich im Schneckentempo bewegen und die Gänge blockieren.

Heute bewege ich mich im Schneckentempo.

Als ich dann endlich bereit bin, mit Caleb das gefürchtete Gespräch zu führen, ist er nicht mehr da.

Ich sehe ihn die Treppe hinaufrennen und rufe ihm nach.

»Später!«, ruft er zurück.

Ich lasse die Schultern hängen. Ein weiterer Tag, den ich damit verbringen werde, mir Sorgen wegen allem zu machen.

Als ich das Gebäude verlasse, steht Zoe draußen. »Alles in Ordnung?«

»Caleb sagt, er will mit mir reden.«

»Worüber?«

»Weiß ich nicht. Das hat er nicht gesagt, was wirklich blöd von ihm ist, weil …«

»Du dir jetzt den ganzen Tag Gedanken deswegen machen wirst.«

»Das ist schon okay.«

»Bist du sicher? Ich kann meine nächsten beiden Stunden schwänzen und mit dir nach Hause gehen, wenn du mich brauchst.«

»Auf keinen Fall. Du hast mich hierher gezwungen, also musst du bleiben. Außerdem glaube ich, dass ich noch nicht nach Hause gehe. Ich gehe vielleicht einen Kaffee trinken und hole dich später ab. So hänge ich wenigstens nicht zu Hause herum und blase Trübsal.«

Sie hängt sich bei mir ein. »Ich glaube, das ist eine großartige Idee. Ich dürfte in zwei Stunden fertig sein, das ist ja keine sehr lange Zeit. Danach holen wir uns eine Pizza zum Mitnehmen und fläzen uns auf die Couch.«

»Hört sich gut an – aber wir gucken nicht diese abartige Serie, auf die du seit Neuestem so versessen bist.«

Sie kneift die Augen zusammen. »Na schön, aber nur weil du so am Boden zerstört bist und so weiter.«

Kapitel 22

Ich weiß nicht, wie ich hier gelandet bin, aber jetzt ist es zu spät für einen Rückzug.

Ich stoße die Eingangstür des *Level Up* auf und meine Augen scannen automatisch den ganzen Raum.

Er ist nicht da.

Ich weiß nicht, ob ich erleichtert oder bestürzt bin.

Ich gehe zum Tresen und ordere den Drink, den Zach damals für mich ausgesucht hatte. Der Barista guckt mich an und verengt die Lider hinter seinen Brillengläsern, und da merke ich, dass es derselbe ist, der auch an dem Abend im Einsatz war, als Zach und ich hier waren. Rasch wende ich den Blick ab und hoffe, dass er mich nicht erkennt.

Vergeblich.

»Suchst du ihn?«

Ich blicke auf. »Wen?«, frage ich, Unverständnis vortäuschend.

»Hastings.«

Als ich seinen Nachnamen höre, bleibt mir fast der Atem stehen. Ich spüre das inzwischen allzu vertraute Brennen von aufsteigenden Tränen.

»Nein«, sage ich ruhig. »Den suche ich nicht.«

»Er ist jetzt immer total brummig drauf, wenn er kommt. Redet nicht einmal über dieses Ziegenbaby, das er sich angeschafft hat.«

Die Erwähnung von Marshmallow ist, was mich die Fassung verlieren lässt, und schon bin ich wieder ein schluchzendes Häufchen Elend.

»Oh, verdammt. Ich wollte dich nicht zum Weinen bringen.«

Seine Panik angesichts weiblicher Tränen ist echt. Er fängt an, geschäftig hin und her zu rennen und macht mir meinen Drink, während ich mir mit ein paar Servietten das Gesicht abwische.

»Hier.« Er schiebt mir das Glas zu. »Geht aufs Haus.«

Ich schüttle den Kopf. »Kommt nicht in Frage. Ich zahle.«

»Hastings würde mir den Hintern versohlen, wenn er wüsste, dass ich sein Mädchen zum Weinen gebracht und nichts getan habe, um es wiedergutzumachen. Kommt nicht in Frage, dass du etwas für diesen Drink bezahlst.«

Ich möchte ihn korrigieren, ihm sagen, dass ich nicht glaube, dass ich noch irgendjemandes Mädchen bin, aber ich bringe nicht die Kraft auf, es laut auszusprechen.

Ich erwidere seinen Blick in der Hoffnung, dass er nachgibt. Tut er nicht.

»Hm, dann also vielen Dank.«

»Gern geschehen.«

Als er sich wegdreht und kurz den Blick abwendet, stopfe ich einen Zehner in seine Trinkgelddose.

Nimm das.

Ich gehe mit meinem Drink hinüber zu einer der Flippermaschinen. Ungefähr eine Stunde verbringe ich damit, meinen ganzen Frust – und ungefähr zwanzig Dollar – in dieses Ding und in einen Skee-Ball-Automaten zu stecken.

Erstaunlich, was für eine therapeutische Wirkung das hat.

Auf dem Weg zum Ausgang ruft der Barista mir nach. »Vergiss nicht, bei ihm vorbeizuschauen.«

O Gott, das tut weh.

Ich nicke und gehe schnell nach draußen, wo ich mich vorbeugen muss, um wieder zu Atem zu kommen … wieder einmal.

Ein paar Fußgänger gehen vorbei und glotzen. Ich versuche, mich schnellstmöglich aufzurichten, um ohne weitere Vorkommnisse zu meinem Auto zu kommen.

Ich fahre zurück zum Campus, um Zoe abzuholen. Sie wartet am Rand des Parkplatzes auf mich.

»Wie war dein Nachmittag?«, fragt sie vorsichtig, als sie neben mir sitzt.

»Es war …« Ich überlege, ob ich erzählen soll, wo ich war, und entscheide mich dagegen, denn ich habe keine Lust, das zu erklären. »Es hat gutgetan, ein bisschen rauszugehen, eine Weile weg von der Couch zu sein.«

Einerseits fühle ich mich schrecklich, weil ich ihr nicht sage, wo ich war, aber dann auch wieder nicht. Es gibt gewisse Dinge, die ich einfach für mich behalten muss.

»Ich bin so froh, dass du das sagst.«

Ich nicke und steuere unsere Lieblingspizzeria an. Alles,

was ich denken kann, ist, dass ich meine letzte Pizza mit Zach zusammen in seinem Auto gegessen habe.

Diesmal will ich nicht heulen; ich will lächeln.

Eine Sekunde lang denke ich, alles wird gut.

• • •

Lautes Klopfen an der Tür weckt mich aus dem Schlaf, dem ersten längeren Schlaf seit Tagen.

»Ich komme!«, schreie ich und zwinge mich, von der Couch aufzustehen.

Zoe und ich sind am Abend eingeschlafen, während wir *Penny Dreadful* angesehen haben. Es war wohl doch keine so gute Idee, dass wir jeweils eine halbe Pizza dabei verdrückt haben.

Ich taumle zur Tür und reiße sie auf, ohne vorher durchs Guckloch zu schauen. Zu sagen, ich bin überrascht zu sehen, wer da vor mir steht, wäre untertrieben.

Ich reibe mir die Augen und frage mich, ob ich halluziniere.

Tu ich nicht.

Ich schlucke den Kloß in meiner Kehle hinunter und frage: »Was macht ihr denn hier?«

»Los, sag es ihr, du Arsch.«

Shep brummelt etwas Zusammenhangloses. Caleb haut ihm eine runter. »Wie war das, Blödmann? Kannst du es noch mal sagen?«

Shep schubst ihn und er schubst ihn – fester – zurück.

»Stell mich jetzt nicht auf die Probe. Ich bin so kurz davor, dir noch mal eine zu verpassen.«

Jetzt erst bemerke ich, dass sich um Sheps rechtes Auge herum ein Veilchen entwickelt. Ich kann nicht anders, ich empfinde einen Hauch von Befriedigung.

»Sag es ihr«, zischt Caleb.

»Na schön. Ich war's, okay? Ich bin der, der das Foto verschickt hat.« Shep dreht sich zu Caleb um. »Zufrieden, verdammt?«

Caleb schnaubt. »Nicht annähernd. Erzähl ihr alles.«

»Warum? Sie weiß, dass ich es war, was braucht sie denn sonst noch?«

Caleb lächelt kalt, so kalt, dass sogar mich ein Schauer überläuft. »Weil es das Mieseste ist, was ich je gehört habe, und ich will es noch mal von dir hören.«

Es folgt erneutes Grummeln von Shep, der daraufhin von Caleb einen Schlag auf den Hinterkopf erhält.

»Hör auf mich zu schlagen!«

»Hör auf, dich anzustellen wie ein Kleinkind, und rede endlich.«

»Na schön. Verdammt. Ich habe mich auf Zachs Handy ein bisschen umgeschaut, als er es mir geliehen hat, habe das Foto entdeckt, das du ihm geschickt hast, und an mich selbst geschickt für, du weißt schon, für später. Ich habe natürlich den gesendeten Text von Zachs Handy gelöscht, er sollte ja nicht wissen, was ich da mache.«

Mir dreht sich der Magen um bei dem Gedanken, dass Shep mit Hilfe eines Nacktfotos – oder überhaupt eines Fotos – von mir masturbiert hat, aber ich glaube, was mich am allermeisten anwidert, ist die Tatsache, dass er Zachs Bruder ist und nicht nur mich verletzt hat, sondern auch Zach. Was für ein Mensch tut das seiner Familie an?

»Widerlich«, brummt Caleb.

»Halts Maul.« Shep erwidert zum ersten Mal meinen Blick und ich mache unwillkürlich einen Schritt rückwärts, als ich den Hass darin sehe.

»Du wolltest jedenfalls nicht den Mund halten wegen deiner kleinen Freundin Zoe, hast angedeutet, dass ich sie reingelegt hätte, oder so was in der Art. Halt die Luft an, Süße, sie war wirklich leicht zu haben. Ich habe gekriegt, was ich wollte, und das war's.«

Meine Hände ballen sich zu Fäusten. Jetzt bin ich es, die ihn am liebsten schlagen würde.

»Ja, ich habe einen Screenshot von dem Bild gemacht und an meine Freunde geschickt.«

»Und diese Idioten haben es an ihre Kumpels geschickt«, ergänzt Caleb mit einem verächtlichen Schnauben.

Mein Kinn fällt herab. Ich kann nicht fassen, was ich da höre.

»Du warst wütend, weil ich dir auf den Kopf zugesagt habe, dass du meine Freundin reingelegt hast? Verstehe ich das richtig?«

»Du hast das vor meiner Familie gemacht, an Thanksgiving. Tolle Tischmanieren, Delia.«

Er spuckt meinen Namen aus, als wäre er giftig.

»Das ist so ziemlich das Gehässigste, was ich je gehört habe.«

Shep zuckt mit den Achseln und ich spüre, wie mein Puls

sich beschleunigt und meine Muskeln sich verspannen, weil er sich dermaßen gleichgültig gibt. Was für ein widerlicher Typ.

»Du hast ein Nacktfoto von mir an deine Kumpels verschickt, weil du einer bist, der Frauen einfach verbraucht, und ich dich damit konfrontiert habe? Ist dein Ego so zerbrechlich? Hast du eine Ahnung, was du da gemacht hast? Was das für meine Zukunft bedeuten könnte, falls jemand herausfindet, dass ich das auf dem Foto bin?«

»Das wird nicht passieren. Ich habe darauf geachtet, dass es anonym bleibt. Keine Verletzung, kein Verbrechen.«

Ich mache einen Schritt auf ihn zu. »Keine Verletzung, kein Verbrechen? Bitte sag, dass du das nicht ernst meinst. Viele vollkommen fremde Personen haben mich nackt gesehen. Ich fühle mich missbraucht, mehr als ich sagen kann. Was wird diese Leute davon abhalten, das Bild über den ganzen Campus weiterzuverbreiten? Oder es im Internet zu posten? Ich kann nicht fassen, dass du findest, dass das kein großes Ding ist.«

»Es sind bloß ein paar Titten. Du hattest ja nicht einmal den Mut, deine Pussy vor die Kamera zu halten.«

Das Geräusch von Haut, die auf Haut klatscht, ist ohrenbetäubend.

Ich schlage ihn – so fest, dass er rückwärts taumelt.

Und ich empfinde nicht den Hauch von Reue.

»Du hast mich geschlagen!«

Meine Hand zittert, als ich nach der Türklinke greife. »Und ich werde es wieder tun, wenn du nicht verschwindest ... sofort!«

Er durchbohrt mich mit seinem Blick, dann versucht er sich davonzumachen.

Caleb packt ihn, bevor er fliehen kann. »Nicht so schnell. Ich bin nicht fertig mit dir.«

Der Anstarr-Wettbewerb zwischen den beiden dauert nicht lange – Shep gibt zuerst auf. Schließlich wendet Caleb sich ab.

»Ich rufe dich morgen an.«

»Danke, Caleb.«

Er zerrt Shep praktisch am Kragen durch den Flur und schüttelt ihn dabei ein paarmal.

Ich kann nur raten, was er wohl mit ihm tun wird, und dabei verziehen sich meine Lippen zu einem Lächeln.

Nachdem ich die Tür hinter den beiden geschlossen habe, gehe ich zurück zur Couch. Zoe schläft immer noch. Soll ich sie wecken und ihr erzählen, was passiert ist, oder damit lieber bis morgen warten? Ich blicke auf die Uhr. Schon Mitternacht. Wenn ich sie jetzt wecke, werden wir beide stundenlang wach sein und reden und das kann Zoe eigentlich jetzt nicht gebrauchen.

Ich bin immer noch zittrig von der Ohrfeige.

Was Shep getan hat, war kindisch. Ist er wirklich so hungrig nach Aufmerksamkeit, dass er geglaubt hat, das private Foto einer anderen Person mit völlig Fremden zu teilen, wäre eine gute Idee? Oder ist er einfach nur ein Arsch?

Ich verstehe nicht, wie das alles für ihn einen Sinn ergeben kann. Das ist nicht Auge um Auge – das ist ein ganzer Kopf für ein Auge.

Er wollte offenbar Blut sehen und er hat gefunden, was er wollte.

Nur jetzt ist er erwischt worden und ich werde dafür sorgen, dass er die Konsequenzen tragen muss ... natürlich, nachdem Caleb mit ihm fertig ist.

Jetzt muss ich entscheiden, was ich wegen Zach unternehmen werde. Wie soll ich nur mit der ganzen Situation umgehen? Wie soll ich Zach sagen, dass es sein Bruder war, der uns beide hintergangen hat?

Wie soll ich ihm sagen, dass es mir leidtut?

Ich nehme mein Handy, rufe unseren Chat auf und scrolle mich durch die Texte, was ich seit mehreren Tagen ständig tue. Inzwischen könnte ich sie vielleicht auswendig hersagen, so weit ist es mit mir gekommen.

Meine Finger schweben über der Tastatur. Was soll ich zu ihm sagen?

Ich habe Mist gebaut?

Ich bin eine blöde Kuh?

Ich hätte dir vertrauen sollen?

Ich tippe und lösche mehrere Botschaften. Keine von ihnen ist gut genug.

Endlich schicke ich das Einzige, was ich wirklich zu sagen habe:

ICH: Es tut mir leid.

Drei Punkte erscheinen, verschwinden und erscheinen erneut auf dem Display.

Nachdem einige Minuten auf diese Art vergangen sind, erscheinen sie nicht mehr.

ICH: Ich weiß, dass nicht du das Foto geteilt hast. Es tut mir leid, dass ich dir nicht genug vertraut habe, um das gleich am Anfang zu erkennen.

ZACH: Das tut mir auch leid.

ZACH: Aber, Delia?

Allein schon, dass er meinen Namen schreibt, lässt mein Herz schneller schlagen. Es ist so viele Tage her, seit ich ihn aus seinem Mund gehört habe.

Ich habe nicht gewusst, dass ich jemanden so sehr vermissen könnte.

ICH: Ja?

ZACH: Geh schlafen. Es ist schon nach Mitternacht.

Das Lachen bricht einfach so aus mir heraus. Mir ist schwindlig vor Glück. Seine Antwort ist so simpel, so … Zach.

Zum ersten Mal seit Tagen habe ich wieder Hoffnung.

Kapitel 23

»Du willst was tun?

»Marshmallow stehlen.«

»Bist du verrückt? Du klingst definitiv, als ob du den Verstand verloren hättest. Wir können doch keine Ziege stehlen.«

»Können wir doch. Wir müssen es nur schaffen, ein Fenster an Zachs Haus zu öffnen, einsteigen und uns die Ziege schnappen.«

»Ich sehe schon die Headlines: GESUCHT: ZWEI UNGLAUBLICH ATTRAKTIVE COLLEGE-STUDENTINNEN STEHLEN ZIEGENBABY.«

Ich hebe eine Braue. »Unglaublich attraktiv?«

»Was denn?« Zoe hebt die Schultern. »Stimmt doch.«

»Egal. Jedenfalls habe ich mir überlegt, nachdem Caleb hier war …«

»Dass ich das verpasst habe, macht mich übrigens immer noch wütend.«

Ich habe gestern einen Mordsrüffel bekommen, weil ich Zoe nicht vorher, währenddessen oder wenigstens danach geweckt habe, allerdings hauptsächlich deshalb, weil sie sich zu gern bei der Shep-Ohrfeigen-Aktion miteingebracht hätte.

Zum Glück war sie heute spät dran für ihren Kurs und als sie am Abend nach Hause kam, habe ich fest geschlafen, sodass ich es mir nicht von vorne anhören musste.

Aber heute Morgen? Hat sie gleich weitergemacht.

Ich winke ab. »Jaja. Also, ich habe mir überlegt, dass wir Marshmallow stehlen könnten. Dann MÜSSTE Zach einfach herkommen und wir MÜSSTEN reden.«

»Ich möchte meine Frage von vorhin wiederholen, aber ich glaube, wenn ich es tue, wirst du etwas nach mir werfen.«

»Ich meine es wirklich todernst, Zoe, und wenn du mir nicht helfen willst, das Ziegenbaby zu kidnappen, dann frage ich Caleb.«

»Oh, kommt nicht in Frage. Auf keinen Fall lasse ich mir das entgehen, wenn du eine Ziege entführst, du Verrückte.«

»Du bist also dabei?«

»Ich bin dabei«, sagt sie. »Aber wir brauchen einen Plan.«

»Bin schon einen Schritt weiter. Du klopfst an die Tür und lenkst Zach ab, indem du so tust, als wärst du eine hilflose Fremde mit einer Autopanne. Ich schleich mich derweil ums Haus und klettere durch das Fenster in Marshmallows Zimmer.«

»Ein paar Fragen. Erstens, das Zicklein hat ein eigenes Zimmer?« Ich nicke. »Warum?«

»Weil er wirklich süß ist und seine eigene Privatsphäre verdient.«

Zoe blickt mich an, als ob sie auf die Pointe des Witzes warten würde, aber es ist kein Witz. Als ihr das klar wird, fährt sie fort. »Aha. Zweitens, Zach weiß, wer ich bin, also kann ich nicht so tun, als wäre ich eine hilflose Fremde.«

»Oh, da hast du allerdings recht.« Ich führe die Handflächen zusammen und stütze mein Kinn darauf. »Fällt dir was ein?«

»Wie wär's, wenn ich so tue, als wollte ich mit ihm darüber reden, wie schäbig du dich verhalten hast?«

Ich sehe sie erbost an. »Also gut, lasse es uns so machen.«

»Okay. Drittens, warum noch mal wollen wir die Ziege stehlen?«

»Habe ich doch gesagt: damit Zach mit mir reden muss.«

»Warum klopfst du nicht einfach an seine Tür und redest mit ihm?«

Ich ziehe eine genervte Grimasse. »Weil das nicht so viel Spaß macht, wie Marshmallow zu entführen.«

Zoe blickt mich an, ohne ein einziges Mal zu blinzeln.

»Du verstehst das nicht. Zach schon. Er wird es verstehen.«

»Er wird verstehen, warum du sein Ziegenbaby stiehlst?«

»Warte nur ab, du wirst schon sehen.«

»Und wann werden wir diesen Plan ausführen?«, fragt sie.

»Arbeitest du morgen Abend?«

»Nein, aber du musst da wirklich noch mal drüber nachdenken, Delia.«

»Nachdenken worüber?«

Sie setzt sich zu mir auf die Couch. »Über deine Beziehung zu Zach und darüber, was Shep getan hat. Wirst du das hinter dir lassen können? Wirst du ihm verzeihen? Wenn du mit Zach wirklich eine ernsthafte Beziehung haben willst, und ich glaube, genau darauf steuert ihr beiden zu, dann wirst du regelmäßig der Familie begegnen und Shep wird dann auch da sein. Wie wirst du damit klarkommen?«

»Ich ...«

Verflixt, daran hatte ich überhaupt nicht gedacht. Das Einzige, was mich in letzter Zeit beschäftigt hat, war Zach.

Auch wenn Zach mir erlaubt, alles zu erklären, was soll ich im Hinblick auf Shep tun? Ich habe mir schon vorgenommen, wegen ihm das Dekanat aufzusuchen. Ich werde nämlich nie wieder ein Baseballspiel ansehen können, bei dem er unser College vertritt, ohne daran zu denken, dass er ein Nacktfoto von mir verbreitet hat.

Es darf nicht belohnt werden, wenn jemand so etwas Entwürdigendes tut.

Baseball-Spielen ist keine Notwendigkeit; es ist ein Privileg.

Aber wie soll es außerhalb des Colleges weitergehen, und bei den Familientreffen, die Zoe erwähnt hat? Soll ich Shep dann aus dem Weg gehen? Was, wenn ich es seinen Eltern erzähle?

Das alles ist viel komplizierter, als ich dachte.

»Darum kümmere ich mich, wenn es so weit ist. Außerdem wissen wir ja nicht sicher, ob Zach überhaupt mit mir reden will.«

»Ich würde nicht mit dir reden, wenn du meine Ziege stehlen würdest.«

»Lügnerin.«

Sie nickt. »Stimmt. Also, morgen ist der Tag, an dem du deinen Mann zurückerobern willst?«

»Morgen.«

• • •

»Warum hast du darauf bestanden, ein neongrünes Shirt anzuziehen? Wir wollen doch nicht auffallen.«

Ich bin von Kopf bis Fuß schwarz gekleidet.

Zoe nicht.

»Davon hast du nichts gesagt!«, zischt sie.

»Es ist allgemein bekannt, dass man Schwarz trägt, wenn man irgendwo einbrechen will, Schwarz wie die Nacht, sodass man mit der Umgebung verschmilzt, kein verdammtes Neongrün.«

Sie zupft an ihrem hellen Shirt. »Nimm bitte zur Kenntnis, dass das nicht neon-, sondern hellgrün ist.«

»Das ist dasselbe.«

»Das sind zwei völlig unterschiedliche Dinge.«

»Pscht! Sei leiser.«

»Wir sitzen in deinem Auto, ein ganzes Stück von Zachs Haus entfernt. Warum müssen wir jetzt flüstern?«

»Weil wir uns rechtzeitig auf unsere Rollen einstellen müssen.«

Zoe brummt etwas vor sich hin und ich strecke die Hand aus und kneife sie.

»Au! Miststück!«

»Pscht.«

»O mein Gott. Können wir das jetzt nicht einfach durchziehen?«

»Okay. Du weißt noch, was wir geplant haben?«

»Ich klopfe an die Haustür und verführe deinen sexy Nerd-Freund, während du ins Ziegenzimmer einsteigst«, erwidert sie.

»Nein, nicht verführen.«

»Bist du sicher? Ich dachte, du hättest verführen gesagt.«

»Ich kneife dich gleich noch mal.«

Sie rutscht so weit es geht von mir weg. »Also nicht verführen – alles klar. Auf geht's.«

Wir steigen aus und ich schleiche zur Rückseite der Häuserreihe.

»Du siehst kein bisschen verdächtig aus!«, ruft sie hinter mir her, als sie auf die Fahrerseite wechselt.

»Ich hasse dich!« Ich zeige ihr nen Vogel und gehe weiter zur Rückseite des nächstgelegenen Gartens.

Ich schleiche um die Ecke, direkt am Zaun entlang, der den Wald von den Gärten trennt. Mein Herz schlägt so laut, dass ich befürchte, es könnte die Leute im Haus aus dem Schlaf wecken.

Ich kann nicht glauben, dass ich im Begriff bin, ein Ziegenbaby zu entführen.

Was man nicht alles aus Liebe tut, nicht wahr?

Ich schleiche weiter und achte darauf, dass Zoe und ich immer auf derselben Höhe bleiben. Sie fährt ganz langsam weiter und wartet darauf, dass ich ihr das Signal gebe, dass ich mein Ziel erreicht habe.

Ich kann von hier sehen, dass sie auf ihrem Sitz zur Radiomusik herumwackelt.

Unfassbar Zoe.

Als ich endlich am Rand von Zachs Grundstück ankomme, springe ich auf und ab und winke Zoe. Sie hält die Daumen hoch und parkt den Wagen.

Ich gehe weiter zum Haus und spähe durch das Fenster in Marshmallows Zimmer. Es ist zu dunkel, um wirklich etwas erkennen zu können.

So ein Mist! Daran hatte ich nicht gedacht.

Das Fenster ist nicht allzu weit vom Boden entfernt und erstaunlicherweise kann ich es erreichen, ich schiebe und drücke also mit aller Kraft.

Es braucht mehrere Versuche, aber dann habe ich es endlich geschafft.

»Zach! Hey! Was macht dein Hintern?«, höre ich Zoe laut sagen. Sie muss jetzt mit ihm auf der Veranda sein.

»Meinem Hintern geht's gut, danke. Was machst du denn hier, Zoe? Ist Delia auch da?«

»Was? Nein!« Ich höre die Panik in ihrer Stimme. »Wieso sollte sie auch da sein?«

»Äh ... weil wir zusammen sind, sozusagen?« Zach hört sich gerade ziemlich verwirrt an. »Oder waren. Wir ... tja, was immer auch gerade zwischen uns ist.«

Seht ihr? Es gibt immer noch Hoffnung.

»Oh«, sagt Zoe. »Also, nein. Sie ist nicht hier. Allerdings wollte ich mit dir über sie reden.«

»Wozu das?«

»Darüber, wie bekloppt sie ist, total daneben.«

Ich könnte sie erwürgen.

Ich gehe rückwärts, um Anlauf zu nehmen, und anscheinend hilft mir das Adrenalin, jedenfalls kann ich mich schon beim zweiten Anlauf fast auf das Fenstersims hieven.

Da erscheint ein unbekanntes Gesicht in der Fensteröffnung und ich lande auf dem Hintern, was mir erst einmal völlig den Wind aus den Segeln nimmt.

»Kann ich behilflich sein?« Die Stimme ist rau, aber sie klingt nicht verärgert.

Das ist Robbie – zweifellos. Seine Haut hat denselben Karamell-Teint wie die seines Sohns, von dem ich inzwischen Dutzende von Fotos gesehen habe. Er hat die Art von Körperbau, die ein Fenster fast nahezu ausfüllt, und einen Moment lang frage ich mich, ob er vielleicht früher Football gespielt hat.

Er kneift die Augen zusammen und blickt zu mir herab. Offenbar erkennt er mich auch. »Moment mal – du bist Delia, nicht wahr?«

Ich nickte. »Stimmt genau.«

»Darf ich fragen, was zum Teufel du hier machst?«

»Marshmallow entführen und eine Lösegeldforderung hinterlegen.«

Robbie grinst und ich weiß, er versteht vollkommen. »Du bist eine ganz schöne Plage.«

»Manchmal.«

»Es tut mir ja wirklich leid, aber du bist am falschen Fenster gelandet.«

»Verdammt.«

Er bleibt einen Moment schweigend stehen und blickt mich nur an.

»Weißt du was? Ach, was soll's«, sagt er. »Komm rein. Ich schleiche mich raus und hole Marshmallow, während du deine Lösegeldforderung platzierst.«

Ich stehe auf und er streckt die Arme aus, ergreift meine Hände und zieht mich scheinbar ohne Anstrengung hinauf und durchs Fenster.

»Das war so viel einfacher, als ich erwartet habe«, flüstere ich. »Ich glaube, ich sollte ein bisschen mehr trainieren. Ich brauche Muskeln wie du, wenn ich das nächste Mal irgendwo einbreche.«

Er lacht leise und holt ein Notizbuch und einen Stift von seinem Schreibtisch. »Ich bin gleich wieder da.«

Derweil kritzle ich die Botschaft, die Robbie in Marshmallows Zimmer hinterlassen soll.

Hallo Zach,
ich bin fortgelaufen. Ich werde bei Der-die-den-super-Hintern-hat wohnen. Viel Glück bei dem Versuch, mich zurückzubekommen.
Gruß
1/3 der S'Mores-Brüder

Ich bin zufrieden mit der Formulierung, falte den Zettel zusammen und schreibe Zachs Namen in Großbuchstaben darauf.

»Hier. Ich habe ihm auch eine Tasche gepackt.«

Marshmallow gibt einen Laut von sich, als Robbie ihn mir überreicht. Ich drücke ihn an mich. »Ich habe dich ja so vermisst, Kleiner.«

»Sogar er ist mies drauf, seitdem ihr beiden nicht mehr miteinander redet.«

»Er ist mies drauf?«, frage ich.

Robbie muss nicht nachfragen, er weiß, wen ich jetzt damit meine.

»Und wie. Du würdest es nicht glauben. Er hat sogar mal einen seiner Kunden angeschnauzt. Was immer zwischen euch gewesen sein muss, es muss ziemlich übel gewesen sein und es macht ihn fertig.«

»Hat er es dir nicht erzählt?«

Robbie schüttelt den Kopf. »Kein Wort.«

»Oh«, sage ich nur.

»Ich helfe dir jetzt nur, weil ich glaube, dass du die Einzige bist, die meinen Kumpel wieder hinkriegen könnte. Auch wenn du es warst, die ihm das Herz gebrochen hat.«

»Die ganze Sache war ein Missverständnis.«

Robbie wedelt mit der Hand. »Du brauchst es mir nicht zu erklären. Erklär es ihm.«

»Das werde ich.« Ich deute auf Marshmallow, der auf meinem Arm schon fast wieder eingeschlafen ist. »Dafür brauche ich ihn.«

»... siehst du? Ich sage es ja, sie ist total daneben! O Gott, ich könnte jetzt wirklich ein Stück Kuchen gebrauchen.« Zoe schreit geradezu.

»Das ist mein Stichwort«, sage ich zu Robbie.

»Raus mit dir. Ich lenke ihn ab, während du verschwindest.«

Ich klettere durchs Fenster hinaus, ganz vorsichtig, um Marshmallow nicht wehzutun.

Als ich wieder vor dem Fenster stehe, blicke ich zurück.

»Hey, Robbie?«, rufe ich.

Er steckt noch einmal den Kopf heraus. »Ja?«

»Danke.«

»Bring das in Ordnung, okay?«

»Ich versuche es.«

Aus dem Nichts taucht plötzlich ein Streifenwagen auf und rast die Straße entlang. Vor Zachs Haus kommt er mit quietschenden Reifen zum Stehen. Das blinkende rot-blaue Warnlicht wird von der Hauswand reflektiert, und von mir. Ich drücke mich an die Wand und blicke zu Robbie hoch. Meine Panik erreicht die allerhöchste Stufe.

»Was ist denn jetzt los, verdammt?«

Robbie versucht mit aller Kraft, nicht zu lachen. »Ich glaube, du hast bei deinem Einbruchversuch den Alarm ausgelöst.«

»O nein«, murmle ich.

»Geh schon. Ich regle das.«

»Ich wollte eigentlich mit Zoe zurückfahren!«

»Ich sorge dafür, dass sie dich am ausgemachten Treffpunkt abholt.«

»Du musst unbedingt sagen, dass du ein Stück Kuchen gebrauchen könntest. Das ist unser Stichwort.«

»Kuchen? Wirklich?«

»Was denn? Ich war hungrig, als ich mir das ausgedacht habe.«

Er lacht. »Jetzt geh schon.«

Ich nicke und renne los durch die fremden Nachbargärten. Als ich endlich das Gefühl habe, wieder öffentlichen Raum zu betreten, bleibe ich stehen, um Atem zu schöpfen, und gehe den Rest des Weges langsam. Das Ziegenbaby liegt auf meinem Arm und ich grinse die ganze Zeit.

Es dauert noch einmal zehn Minuten, bis Zoe endlich den Wagen vor mir zum Stehen bringt.

Rasch steige ich ein und sie fährt wieder los.

»Und?«

»Du hast den Alarm ausgelöst.«

»Sollten die nicht erst anrufen, wenn so etwas passiert?«

»Sie haben angerufen, aber ich habe ja versucht, Zach abzulenken, und er ist anscheinend so höflich, dass er sein ständig klingelndes Handy nicht beachtet, solange jemand mit ihm redet.«

Ich muss lachen. »O Mann.«

»Ja, aber Robbie ist wirklich ein Netter. Er hat die ganze Zeit dieses komische Ding mit seiner Nase gemacht.« Zoe schnippt zweimal mit dem Daumen gegen ihre Nase. »Ich dachte schon, er hat einen Tick, bis er schließlich gesagt hat, er könnte wirklich ein Stück Kuchen gebrauchen und dabei mit dem Kopf in Richtung Tür genickt hat, als ob er ein Problem mit dem Nacken hätte. Übrigens, der Mann ist wirklich gut gebaut.«

»Robbie?« Sie nickt.

»Ja, der sieht ganz gut aus.«

»Ganz gut!«, kreischt sie. »Er sieht super aus.«

Ich sehe es an ihrem Blick. Robbie wurde soeben zu ihrem nächsten Zielobjekt.

»Er hat einen Sohn.«

»Oh.« Ihre Schultern sacken nach vorne. Da weiß ich, dass sie die Hoffnung im Hinblick auf Robbie schon wieder aufgegeben hat. »Jedenfalls hat Zach keinerlei Verdacht geschöpft. Wie hat Robbie dich eigentlich entdeckt?«

»Ich wollte ins falsche Zimmer einsteigen.«

»Ist nicht wahr.« Sie kichert. »Nur du …«

Ich fahre dem schlafenden Marshmallow mit den Fingern durchs Fell.

»Jedenfalls hast du das Ziegenbaby.«

»Ich habe das Ziegenbaby.«

Kapitel 24

Zu meiner großen Überraschung taucht Zach keineswegs noch in der Nacht der Ziegenentführung auf… und auch nicht am Tag danach.

Ich fange an, mir Sorgen zu machen.

Erstens, dass es ihm egal ist, dass ich Marshmallow entführt habe.

Zweitens, dass ich ihm egal geworden bin.

Drittens, dass die Hausverwaltung herausfindet, dass ich ein gestohlenes Tier in der Wohnung halte.

Ich bin nervlich und emotional zermürbt. Ich kann die Fassade nicht mehr aufrechterhalten.

Ich vermisse Zach wie die Wüste den Regen. Jeden Tag greife ich nach meinem Handy, um ihm etwas Witziges oder irgendetwas zu schreiben, und jeden Tag fällt mir wieder ein, dass das ja nicht geht.

Also schreibe ich einfach an mich, in der Hoffnung, ihm eines Tages die lustigen Sachen zeigen zu können, die mir eingefallen sind, als er nicht da war, um sie wertzuschätzen.

Eines Tages …

Ich stoße einen schweren Seufzer aus.

»Hör auf damit«, beschwert sich Zoe.

»Womit?«

»Mit dem Seufzen. Das nervt.«

»Ich kann nicht anders. Ich bin im Sorgenmodus und wenn ich den Punkt erreicht habe, seufze ich immer sehr viel.«

»Ich weiß und das nervt, also hör auf damit. Er wird kommen wegen Marshmallow. Ich weiß es.«

Meine Schneidezähne versenken sich in meine Unterlippe. »Nur wegen ihm?«

Sie schaut mich an. »Auch wegen dir. Ich spüre das.«

Es klopft an der Tür und ich stehe so abrupt auf, dass ich dabei fast auf Marshmallow trete, der vor meinen Füßen liegt.

Ich renne zur Tür und dann schnell wieder zurück.

»Meinst du, das ist er?«, flüstere ich.

»Das wirst du nie erfahren, wenn du nicht die Tür aufmachst.«

»Ich habe Angst.«

»Soll ich sie aufmachen?«

Ich schüttle den Kopf. »Nein, nein. Ich kann das.« Ich streiche mein Shirt glatt und atme langsam aus. »Ich kann das. Ich kann die Tür öffnen und hallo sagen und alles erklären. Ich kann das.«

»Dann mach es verdammt noch mal.«

»Pscht.«

So gelassen, wie es mir möglich ist, gehe ich zur Tür, setze ein Lächeln auf und öffne sie.

Und bin sehr enttäuscht über das, was ich sehe.

»Verflixt noch mal.«

»Hallo, bin ich hier richtig bei ...«, der Mann blickt auf die Quittung, »... Devlin?«

»Ja, aber wir haben nichts bestellt.«

»Es ist schon bezahlt.«

»Okay ...«

»Und ich wurde fürs Ausliefern auch schon bezahlt, also ...«

Ich blicke Zoe an.

Sie zeigt mir ihre Handflächen. »Ich war's nicht.«

»Steht dort, von wem es kommt?«

Der Lieferant wirkt einen Moment sehr nervös, dann schüttelt er den Kopf.

»Das bedeutet wohl *ja*, aber man hat Sie großzügig dafür bezahlt, dass Sie diese Info geheim halten?«

»Ich kann das weder verneinen noch bestätigen.«

»Wie wäre es nonverbal?«

»Ich habe ganz direkt die Anweisung erhalten, absolut nichts zu verraten. Der ... Spender hat gesagt, dass Sie versuchen würden, mich zum Reden zu bringen, und dass ich stark bleiben soll.« Er redet mit Händen und Füßen und benutzt Luft-Gänsefüßchen. Süß.

»Na schön. Sie haben gewonnen. Her mit der Pizza.«

Als er weggeht, gehe ich mit dem Pizzakarton hinein und lege ihn auf den Couchtisch. Dann lass ich mich auf der Couch nieder und beobachte ihn, als ob eine Zeitbombe darin wäre.

»Das Ding wird dich schon nicht beißen«, sagt Zoe irgendwann.

»Ich weiß, aber was ist da drin?«

»Pizza.«

»Ja, aber was hat es zu bedeuten? Es kommt von Zach … richtig?«

Sie hebt die Schultern. »Das nehme ich an.«

»Dann kann man es also beruhigt essen?«

»Wir haben gerade zu Abend gegessen!«

Ich blicke sie tadelnd an. »Es ist Pizza. Da sagt man nicht nein – schon gar nicht, wenn sie umsonst ist.«

»Na schön, dann iss. Ich gehe ins Bett.«

Sie geht zu ihrem Zimmer und ich rühre mich nicht, bis ich ihre Tür ins Schloss fallen höre.

Ist das ein Friedensangebot? Ein Abschiedsgeschenk? Was will er mir nur damit sagen?

Endlich, nach gefühlten Stunden, öffne ich den Karton … und fange an zu lachen.

Die Peperonistückchen sind kunstvoll arrangiert und formen die Worte GAME ON.

Und ich weiß genau, was Zach mir sagen will.

• • •

Ich blicke auf das unscheinbare Gebäude und warte.

Wie beim ersten Mal, als ich hier war, wirkt es völlig unauffällig. Es ist ein einfaches Haus, das durch nichts von den übrigen Häusern der Straße hervorsticht.

Es ist fast, als würde es gar nicht wirklich existieren, als würde die dunkelrote Tür ins Nirgendwo führen.

Aber ich weiß es besser.

Ich weiß, die Tür führt zu einem magischen Ort, wo man all seine Sorgen vergessen und einfach ... man selbst sein kann.

Fünf, vier, drei, zwei, eins ...

Das Schild leuchtet auf.

Level Up ist jetzt offiziell für alle Nachteulen geöffnet und heute Abend gehöre ich dazu.

Ich stoße die Fahrertür auf und gehe auf das Haus zu. Meine Handflächen sind feucht vom Schweiß und mir ist so heiß, dass ich kaum glauben kann, dass Dezember ist.

Mit der Hand auf dem Türgriff bleibe ich stehen.

Das ist er, der Augenblick, auf den ich seit Tagen warte.

Hinter dieser Tür wird Zach sein, und er wird mir entweder verzeihen oder mich vergessen.

Ich hoffe auf Ersteres und weigere mich, eine andere Möglichkeit zu akzeptieren.

Nach einem tiefen Atemzug stoße ich die Tür auf und betrete die Geräuschkulisse.

»Willkommen im Level Up!«, ruft der inzwischen vertraute Barista vom Tresen. »Das Gleiche wie immer?«

Ich nicke und er macht sich hinterm Tresen zu schaffen, um meinen Drink zuzubereiten.

Mein Blick fällt auf den Mr-und-Mrs-Pac-Man-Tisch, an dem wir gesessen haben, als wir das erste Mal hier waren.

Da sitzt er und sein Blick ruht auf mir.

Ich kann kaum atmen. Meine Kehle wird trocken, die Zunge klebt mir am Gaumen.

Im Grunde ist es nicht lange her, seit ich Zach zuletzt gesehen habe, aber verflixt, jetzt, da er mich mit seinen grünen

Augen verschlingt, habe ich das Gefühl, dass mein Körper schon viel zu lange nicht mehr auf diese Art erwacht ist.

Als sich unsere Blicke endlich kreuzen, erscheint wieder das typische Grübchen und meine Knie drohen nachzugeben.

»Drink für Delia!«

Ich löse mich von Zachs Blick, nehme meinen Drink und schiebe dem Barista das Geld über den Tresen.

»Behalte den Rest.« Ich drehe mich um und bin verblüfft, als niemand mehr an dem Tisch sitzt.

Ich blicke mich suchend um, aber Zach ist nirgends zu sehen. Habe ich das nur geträumt?

Das Gefühl des Scheiterns schlägt über mir zusammen wie eine riesige Welle. Meine Schultern sinken und ich spüre, dass mir die Tränen kommen.

Nach Hause. Ich muss nach Hause.

Als ich mich zur Tür drehen will, spüre ich es.

Er ist es.

»Lass uns um einen Kuss spielen.«

Ein Prickeln läuft mir über den Rücken und hinterlässt eine Gänsehaut.

»Ich glaube, das ist nicht der richtige Ort dafür.«

»Nein? Und warum nicht, Delia?«

»Weil ich sicher bin, dass ich nicht aufhören kann, wenn ich erst einmal anfange, dich zu küssen.«

Er packt mich am Ellenbogen und dreht mich zu sich herum. Wir stehen so dicht beieinander, dass ich den Kopf nach hinten legen muss, um seinem Blick zu begegnen.

»Hi.«

»Hi«, erwidere ich atemlos.

»Du hast also meine Botschaft erhalten.«

»Und du meine.«

»Ich hätte gerne meine Ziege wieder, Delia.«

»Ich würde gerne sagen, dass es mir leidtut.«

Er lässt mich los und macht einen Schritt von mir weg. »Lass uns um die Antworten spielen, einverstanden?«

Ich antworte nicht. Stattdessen gehe ich zur Skeeball-Maschine und mache die entsprechenden Eingaben für zwei Spiele. Wir nehmen jeder einen Ball und beginnen mit dem ersten Spiel.

»Es tut mir leid, dass ich dir nicht mehr vertraut habe«, sage ich zu Zach.

»Warum bist du sofort zu dem Schluss gekommen, dass ich es war, der das Foto verschickt hat?«

»Auf dem Display konnte man lesen, dass ›Z‹ der Absender war.«

»Ich verstehe ja, dass dich das total umgehauen hat, aber du hättest es besser wissen müssen, Delia. Ich würde dir das nie antun. Ich würde das niemandem antun.«

»Ich weiß.«

Wir werfen den nächsten Ball. Zach macht hundert Punkte. Zum Teufel mit ihm.

»Weißt du …« Ich weiß nicht, wie ich es sagen soll, aber ich muss es aussprechen. »Weißt du, wer das Foto geteilt hat?«

»Darum kümmert man sich bereits.«

Ich lasse meinen Ball fallen und richte meine ganze Aufmerksamkeit auf Zach. »Was bedeutet das, Zach?«

»Es bedeutet, dass mein Vater mich von meinem Bruder wegzerren musste, weil ich selbst es nicht geschafft habe, die Finger von seinem Hals zu lösen. Es bedeutet, dass er für diese Saison nicht mehr Baseball spielen wird. Es bedeutet, dass er ein Riesenproblem am Hals hat, Delia.«

Ich kann nicht anders – ich fange an zu weinen.

Zach nimmt mich in die Arme, und da gleitet die Last, die ich mit mir herumgeschleppt habe, von mir. Ich habe das vermisst. Ich habe es vermisst, Zach ganz nahe zu sein, ihn zu berühren.

Ich finde es schrecklich, dass er mit seinem Bruder diese Erfahrung machen musste, und ich will gar nicht daran denken, wie das sein Verhältnis zu ihm verändern wird.

»Wer hat es dir gesagt?«, frage ich unter Tränen.

»Caleb. Ich mag den Kerl. Pech für ihn, dass ich dich niemals hergeben werde.«

Ich lache. »Ich würde mich immer für dich entscheiden.«

»Wegen meinem Hintern?«

»Wegen deinem Hintern.«

»Es tut mir leid«, flüstert er und drückt mir einen Kuss aufs Haar.

»Dir tut es leid?« Ich weiche zurück und blicke zu ihm hoch. »Was denn?«

»Dass ich das Foto nicht sofort gelöscht habe. Hätte ich machen sollen. Du hast mir gesagt, ich soll es löschen und ich hätte keine Sekunde länger damit warten sollen. Das ist alles meine Schuld.«

»Nein«, sage ich entschlossen. »Auf gar keinen Fall. Dein Bruder ist schuld. Er ist es, der so kindisch war, mein Foto zu verbreiten. Und mein Fehler war, dich dafür zu beschuldigen. Aber nichts von alldem ist deine Schuld.«

Er senkt den Kopf. »Das kann ich so nicht akzeptieren.«

»Tja, Pech. Musst du aber.«

»Ich lasse mich nicht von dir herumkommandieren, Delia.«

Ich hebe herausfordernd eine Braue. »Werden wir sehen.«

Er lacht und ich kann gar nicht fassen, wie wundervoll das klingt.

Er lehnt seine Stirn an meine. »Ich habe dich vermisst, weiß du das?«

»Ich habe dich so vermisst, du würdest es nicht glauben.«

»Aber, Delia?«

»Ja?«

»Du musst mir versprechen, dass, wenn etwas – egal, was – passiert, das dich denken lässt, ich hätte dich verraten oder ich könnte nicht die Person sein, für die du mich hältst, dann musst du mich darauf ansprechen. Raste nicht aus und wirf mit Anschuldigungen um dich. Rede mit mir. Wir werden es gemeinsam klären. Übrigens stehen die Chancen nicht schlecht, dass du gleich wieder ausflippst.«

Ich muss gar nicht fragen, ich weiß, er bezieht sich auf Zoes Ablenkungsmethode während unserer Ziegenentführungsaktion.

»Zum Teufel mit Zoe.«

Er schmunzelt und macht wieder einen Schritt auf mich

zu. »Ich will übrigens immer noch meine Ziege zurückhaben.«

»Wir werden sehen, Zachary.«

»Aber versprichst du es, Delia? Versprichst du, mir zu vertrauen und mit mir zu reden? Schließ mich nicht aus und verstoße mich nicht, nur weil du glaubst, in einer Sache recht zu haben.«

»Erstens, ich habe immer recht, das ist einfach so.« Er schüttelt den Kopf. »Zweitens ... ja, ich verspreche es. Ich weiß, ich habe es schon gesagt, aber es tut mir wirklich so, so leid. Ich habe dich nicht darauf angesprochen ... aber versuch du einmal, deine Brüste auf dem Display eines Fremden zu sehen und cool zu bleiben.«

»Ich habe tolle Brüste, deshalb wäre ich nicht besonders beleidigt.«

Ich verdrehe die Augen. »Arsch.«

»Der ist auch toll.«

»Hör auf.«

Er streckt die Hand aus und berührt mich, berührt zum ersten Mal seit über einer Woche meine Haut. Seine Finger streichen über meine Wange. Mir bleibt der Atem stehen und ich kann mich nicht rühren.

Zachs Blick ist ernst geworden und ich frage mich, was er als Nächstes sagen wird.

»Ich weiß, du hast gesagt, das ist nicht nötig, aber ich muss es sagen. Es tut mir leid, dass dir das passiert ist, Delia. Es tut mir leid, dass man dir so wehgetan hat, und es tut mir wirklich leid, dass das durch meinen Bruder passiert ist.

Meine Eltern haben ihm gedroht, ihn vom College zu nehmen. Es waren schlimme Tage.«

»Ich glaube, deshalb fühle ich mich erst recht schlecht.«

»Nein, tu das nicht. Es ist seine eigene Schuld, nicht deine.«

»Danke, Zach, und bitte, danke auch deinen Titanic-Eltern an meiner Stelle.«

Er grinst. »So wirst du sie ab jetzt nennen?«

»Wie soll ich sie sonst nennen?«

»Unvorstellbar, dass dir etwas auch nur halbwegs Normales einfallen würde.«

»Soll ich jetzt beleidigt sein?«

Er zieht mich an sich und schlingt einen Arm um meine Taille. »Absolut nicht. Habe ich erwähnt, dass ich dich vermisst habe?«

»Ich hätte gar nichts dagegen, es noch einmal zu hören.«

Ich werde noch näher herangezogen. Zachs Lippen sind nur noch wenige Zentimeter von meinen entfernt.

»Ich habe dich vermisst, Delia.«

Ich seufze. »Sag es noch einmal.«

»Ich habe dich ...«

Ich presse meinen Mund auf seinen und zeige ihm unmissverständlich, wie sehr ich ihn vermisst habe. Wir küssen uns langsam, aber mit sehr viel Gefühl. Es ist kein wilder, fordernder Kuss und ohne Zungeneinsatz. Es ist einfach ein Kuss mit dem Versprechen auf mehr.

Endlich fühle ich mich wieder vollständig.

»Ich könnte dich eines Tages lieben, Zach«, flüstere ich an seinen Lippen.

»Ich glaube, das ist zu spät für mich, Delia.«

Epilog

»Ich kann nicht glauben, dass du mich nach unserem letzten Feiertagsdebakel überredet hast, Weihnachten mit deiner Familie zu verbringen.«

»Hey, die Feiertage waren prima. Es war unser Blödmann von Sohn, der danach alles ruiniert hat«, protestiert Jack und stellt zwei Becher mit heißem Kakao vor uns ab. »Noch einmal Entschuldigung dafür.«

»Bitte, hör auf, dich zu entschuldigen.«

»Entschuldigung.«

»Ah, ein echter Besserwisser – und wie der Vater, so der Sohn«, meldet sich Rose aus ihrer Couchecke.

Zach und ich waren fast unzertrennlich seit unserer Wiedervereinigung Anfang Dezember. Rein technisch gesehen ist jetzt schon Neujahr, aber wir haben beschlossen, mit seiner Familie noch einmal richtig Weihnachten zu feiern, ohne dass Shep dabei ist.

»Danke noch einmal für dieses Weihnachtsfest extra für uns, Mom. Das wissen wir zu schätzen.«

»Danke mir nicht, freu dich einfach. Nach allem, was ihr beiden durchgemacht habt, habt ihr euch das verdient. Außerdem kann ich es kaum erwarten, wie Delia auf dein Geschenk reagieren wird, Zach.«

Sie zwinkert ihm zu und ich blicke erbost in die Runde.

Zu sagen, Zach habe ein großes Geheimnis um mein Geschenk gemacht, wäre untertrieben. Ich habe absolut null Hinweise bekommen. Zoe weiß Bescheid. Robbie weiß Bescheid. Seine Mutter weiß Bescheid. Alle außer mir wissen Bescheid.

Tja, so läuft das wohl, wenn jemand überrascht werden soll, oder?

»Wie gefällt dir der Pyjama, Rose? Ist er bequem?«

»Ach herrje, und wie! Ich fange besser gar nicht damit an.«

»Zach? Jack? Wie fühlt ihr euch in euren?«

Sie geben beide ein wohliges Brummen von sich und ich schmunzle.

Zu Weihnachten habe ich von Zoe passende Ryan-Gosling-Pyjamas für alle besorgen lassen und für unseren »Weihnachts«-Morgen hat sich jeder damit in Schale geworfen.

»Wer ist bereit, Geschenke auszupacken?«, fragt Rose.

Die Männer stürzen sich auf die verpackten Geschenke unter dem Christbaum, als würden sie das zum allerersten Mal erleben.

Wir Damen lehnen uns zurück und schütteln den Kopf.

Jack reicht mir eins der Geschenke. »Delia, das ist für dich von Rose und mir.«

»Was? Ihr solltet doch nichts für mich kaufen.« Ich nehme ihm die Schachtel aus der Hand. »Danke.«

Da sitze ich und starre auf das Geschenk in meinem Schoß, ich bin ja so glücklich über diese zweite Familie. Sie haben sich nach diesem Debakel mit Shep sehr liebevoll um mich gekümmert und mich bei allen Maßnahmen gegen ihn unterstützt.

Als ich wieder den Kopf hebe, sind alle Blicke auf mich gerichtet.

»Mach es schon auf, Dummerchen!«, sagt Rose.

»Oh!«

Ich wickle das Geschenk aus und lüfte den Deckel.

Meine Brauen schieben sich zusammen, als ich erstaunt ein Teil aus neongrünem elastischem Stoff herausziehe: Es ist einer dieser abartigen Bodys, die manche Frauen beim Sport tragen.

»Äh, danke schön ... glaube ich.«

»Das kannst du bei deinem nächsten Foto-Termin tragen«, erklärt Rose.

Mein Blick wandert zwischen ihr und Jack und dem Body hin und her, ich bin verwirrt.

»Foto-Termin? Was für ein Foto ...«

Da macht es Klick.

Und ich fange an zu lachen.

Das Nacktfoto, das ich Zach geschickt hatte ...

Rose lächelt, zieht die Brauen hoch und sagt: »Du weißt schon, für alle Fälle.«

»Vielen Dank euch beiden.«

»Das ist nicht alles«, sagt Jack. »Guck noch mal rein.«

Ich ziehe einen Umschlag aus der Schachtel und öffne ihn. Die Faltkarte ist ganz einfach, aber süß. Auf der Vorderseite ist eine Schneemannfamilie abgebildet und in der Innenseite steht in Roses Handschrift, nehme ich an: »Wir lieben dich. Wir sind für dich da. Und sie auch.«

In der Karte liegen zwei Flugtickets nach Kansas ... wo meine Mom lebt.

Meine Augen werden feucht von Tränen.

»Meint ihr das im Ernst?«

»Und ob. Wir wissen, die letzten Wochen waren hart für dich und nichts tut in solchen Fällen besser als eine Familie. Also haben wir für dich und Zach Tickets gekauft, damit ihr in den Frühjahrsferien deine Mutter besuchen könnt.«

Ich wische die einzelne Träne weg, die es auf meine Wange geschafft hat. »Ich weiß gar nicht, was ich sagen soll. Vielen, vielen Dank. Das bedeutet mir mehr, als ihr ahnen könnt.«

Rose kommt zu mir und schlingt die Arme um mich. »Gern geschehen, Schätzchen.«

Jack nickt einfach nur, aber ich sehe, dass seine Augen rot sind, weil er ebenfalls gegen Tränen kämpft. Er macht sich an den Geschenken unter dem Baum zu schaffen und reicht eines an Zach weiter.

»Das ist für dich.«

»Für mich? Aber wir hatten doch schon unser Weihnachten.«

»Es ist von mir«, erkläre ich.

»Oh.« Sein Gesicht hellt sich auf und er schüttelt prüfend das Geschenk, bevor er es endlich auspackt.

Er öffnet die Schachtel und seine Grübchen blitzen auf.

»Nicht dein Ernst.«

»Doch.«

»Warum?«

»Manchmal möchte Frau ihren Mann in etwas anderem sehen als Slytherin.«

Zach schüttelt den Kopf über das Zweijahres-Abo für Unterwäsche.

Jack und Rose tauschen einen Blick aus und zucken mit den Schultern, sie verstehen den Insiderwitz nicht.

»Da ist noch etwas«, sage ich. »In der kleineren Schachtel. Hol sie heraus.«

Er tut es und sein Grinsen wird noch breiter. Ein Kaffeebecher steckt darin mit dem *Embody-Positivity*-Logo darauf. Darunter steht: *Zach Hastings, Nerd, Boss, sexy Hintern.*

Es ist sein erstes offizielles *Embody-Positivity*-Accessoire. Die landesweit nutzbare App wird nächsten Monat bereit sein und er ist schon auf der Suche nach einem Gebäude für die Firmenzentrale.

»Danke.«

Zach rutscht zu mir herüber und gibt mir einen schnellen Kuss.

Dann greift er nach dem letzten Geschenk unter dem Baum. Es ist klein und ich kann mir wirklich nicht vorstellen, was darin sein könnte.

Zach drückt es mir in die Hand, lehnt sich zurück und beobachtet mich mit Adleraugen. Alle beobachten mich.

Meine Hände zittern ganz leicht, als ich das Geschenkpapier abwickle und die Schachtel öffne. Darin befindet sich eine weitere, kleinere Schachtel, eine die sehr stark nach einer von diesen Schatullen aussieht, in denen Schmuck verschenkt wird.

Ich suche Zachs Blick. Er wirkt nervös. Ich habe Angst.

Als ich endlich genug Mut aufbringe, nehme ich die Samtschatulle heraus und öffne sie.

Eine Halskette mit einem Anhänger, der die Form einer Ziege hat, liegt darin und darunter steht: »Okayste Ziegenmama der Welt«.

Ich muss furchtbar lachen. »Nicht dein Ernst«, gelingt es mir mit Mühe zu sagen.

»Oh doch.«

Mein Handy vibriert hörbar auf dem Couchtisch. Es ist mir ein bisschen peinlich, weil es den Augenblick ruinieren könnte.

Deshalb ignoriere ich es. Es vibriert erneut.

»Willst du nicht drangehen?«, fragt Zach.

Etwas an seiner Stimme sagt mir, dass ich sofort auf mein Handy gucken soll.

Ich klicke aufs Display, um es zu entsperren.

Zwei ungelesene Nachrichten.

ZACH: ANHANG HERUNTERLADEN

ZACH: Darf ich vorstellen? Schoki und Graham Cracker. Wir holen sie morgen auf der Heimfahrt ab. Keine Sorge, wir bauen ihnen ein Ziegenhotel, damit sie ein Zuhause haben.

Als ich aufblicke, ertappe ich Zach dabei, wie er mich beobachtet, ganz offensichtlich sehr stolz auf sich selbst.
Ich tippe eine Antwort.

ICH: Ich liebe sie fast so sehr, wie ich dich liebe.

ZACH: Ich weiß. ZWINKER.

Danksagungen

An meinen Marinesoldaten. Du bist der eigentliche Grund, weshalb ich dieses Buch geschrieben habe. Danke für witzige Bemerkungen und schlagfertige, sarkastische Antworten – einige davon haben es in dieses Buch geschafft. Ich finde keine Worte, um auszudrücken, wie sehr ich dich mag, was ganz schön blöde ist, denn eigentlich verdiene ich damit mein Geld. Danke für alles.

Mom, du hast mich immer unterstützt. Danke dafür.

C, Stann und Cathlin, danke, ihr Lieben, für eure tollen Anmerkungen!

Und ein besonderer Dank an Sara Ney dafür, dass ich dich so unendlich nerven durfte.

Caitlin von *Editing by C. Marie*, dich hat der Himmel geschickt. Danke dafür, dass du meine Manuskripte immer in etwas Lesbares verwandelst.

Colleen Hoover, ich hoffe, jemand spuckt in deinen Käse-Dip.

Arschgeigen, ihr seid die Schlimmsten.

Jamie, danke für … also, für alles. Du weißt schon.

Soulmate und Diann, ihr beiden seid die Besten und ihr macht mich von Herzen froh.

Danke an meine Familie, verwandt oder verschwägert, eure Unterstützung bedeutet mir alles.

Teagan's Tidbits, danke für alles, ihr bietet einen sicheren Ort und kümmert euch um mich, wenn mein Marinesoldat nicht da ist. Danke, dass ich mich hemmungslos über *Supernatural* und *Cole Sprouse* und alles Mögliche auslassen durfte. Ihr seid die Besten.

Liebe Leserinnen, danke für all eure Unterstützung. Ich hoffe, euch hat die Geschichte von Delia und Zach so viel Spaß gemacht wie mir das Schreiben. Ich habe viel gelacht und ich hoffe, ihr auch. Danke.

Liebe Grüße und ein riesengroßes Dankeschön

Teagan

Du findest Teagan auf Facebook:

https://www.facebook.com/teaganhunterwrites

Instagram:

https://www.instagram.com/teaganhunterwrites

Twitter:

https://twitter.com/THunterWrites

Ihrer Webseite:

http://teaganhunterwrites.com

Oder kannst ihr eine Mail schreiben:

teaganhunterwrites@gmail.com

Die neue Serie der Smart-Romance-Queen Penny Reid!

Nachdem Janie Morris am selben Tag Freund, Wohnung und Job verloren hat, fragt sie sich wirklich, welchen fiesen Plan das Schicksal für sie vorgesehen hat. Zu allem Überfluss ist Quinn Sullivan, der äußerst attraktive Securitymann, auch noch Zeuge ihres blamablen Abgangs. Und läuft ihr danach ständig über den Weg. Wie ein Paar Schuhe, das man gerne hätte, sich aber nicht leisten kann. Doch das letzte, was Janie von ihm erwartet hätte, ist ein Angebot, das sie einfach nicht ablehnen kann.

Penny Reid
Love factually

Roman
Aus dem Amerikanischen von Peter Groth
Klappenbroschur
Auch als E-Book erhältlich
www.ullstein-buchverlage.de

ullstein

Du findest Teagan auf Facebook:

https://www.facebook.com/teaganhunterwrites

Instagram:

https://www.instagram.com/teaganhunterwrites

Twitter:

https://twitter.com/THunterWrites

Ihrer Webseite:

http://teaganhunterwrites.com

Oder kannst ihr eine Mail schreiben:

teaganhunterwrites@gmail.com